山田社日檢權威題庫小組

超高命中率
絕對合格

日檢 情境單字
單字模考

捷進日檢

GOAL

START

N3
新制對應！

情境單字附

朗讀 QR 免費下載
QR Code線上音檔

朗讀 MP3 隨書附贈
學習不漏接

吉松由美, 田中陽子, 西村惠子,山田社日檢題庫小組 合著

山田社
日檢書

前言

為因應學習方式的改變，研發「數位耳朵」學習，
只要掃描情境分類書本上的 QR Code，
就能完全掌握「捷進」的「情境單字&模考單字」，
只要有收機訊號，可隨時隨地在任何地方學習了。

以 **情境分類**，單字速記 **NO.1**！

新制日檢考試重視「活用在交流上」
在什麼場合，如何用詞造句？
本書配合 N3 要求，場景包羅廣泛，
這個場合，都是這麼說，
從「單字→單字成句→情境串連」式學習，
打好「聽說讀寫」總和能力基礎，
結果令人驚嘆，
史上最聰明的學習法！讓您快速取證、提升國際競爭力、搶百萬年薪！

日語初學者除了文法，最重要的就是增加自己的單字量。如果文法是骨架，單字就是肌肉，本書精心將 N3 考試會用到的單字，分類到您一看就懂的日常生活中常見的場景，幫助您快速提升單字肌肉量，提升您的日語力！

史上最強的新日檢 N3 單字集《絕對合格！新制日檢 必勝 N3 情境分類單字》，首先以情境分類，串連相關單字。而單字是根據日本國際交流基金（JAPAN FOUNDATION）舊制考試基準及新發表的「新日本語能力試驗相關概要」，加以編寫彙整而成的。除此之外，本書精心分析從 2010 年開始的新日檢考試內容，增加了過去未收錄的 N3 程度常用單字，加以調整了單字的程度，可説是內容最紮實的 N3 單字書。

無論是累積應考實力，或是考前迅速總複習，都能讓您考場上如虎添翼，金腦發威。精心編制過的內容，讓單字不再會是您的死穴，而是您得高分的最佳利器！

「背單字總是背了後面忘了前面！」「背得好好的單字，一上考場大腦就當機！」「背了單字，但一碰到日本人腦筋只剩一片空白鬧詞窮。」「單字只能硬背好無聊，每次一開始衝勁十足，後面卻完全無力。」「我很貪心，我想要有主題分類、方便又好查的單字書。」這些都是讀者的真實心聲！

您的心聲我們聽到了。本書的單字採用情境式主題分類，還有搭配金牌教師編著的實用例句，相信能讓您甩開對單字的陰霾，輕鬆啟動記憶單字的按鈕，提升學習興趣及成效！

▼ 內容包括：

1. **分類王**──本書採用**情境式學習法**，由淺入深將單字分類成：時間、住房、衣服…動植物、氣象、機關單位…通訊、體育運動、藝術…經濟、政治、法律…心理、感情、思考等，不僅能一次把相關單字整串背起來，還方便運用在日常生活中，再搭配金牌教師編寫的實用短例句，讓您在腦內產生對單字的印象，應考時就能在瞬間理解單字，包您一目十行，絕對合格！

情境單元
抓大方向

細分小項，
學習更容易

2. **單字王**──高出題率單字全面強化記憶：根據新制規格，由日籍金牌教師群所精選高出題率單字。**每個單字所包含的詞性、意義、用法等等**，讓您精確瞭解單字各層面的字義，活用的領域更加廣泛，幫您全面強化學習記憶，分數更上一層樓。

高出題率單字

必背單字詞性

詳細單字解釋

3. **速攻王**—掌握單字最準確：依照情境主題將單字分類串連，**從「單字→單字成句→情境串連」式學習**，幫助您快速將單字一串記下來，頭腦清晰再也不混淆。每一類別並以五十音順排列，方便您輕鬆找到您要的單字！中譯解釋的部份，去除冷門字義，並依照常用的解釋依序編寫而成。讓您在最短時間內，迅速掌握日語單字。

4. **例句王**—活用單字的勝者學習法：要活用就需要「聽說讀寫」四種總和能力，怎麼活用呢？書中每個單字下面帶出一個例句，例句不僅配合情境，更精選該單字常接續的詞彙、常使用的場合、常見的表現，配合 N3 所需時事、職場、生活、旅遊等內容，貼近 N3 程度。從例句來記單字，加深了對單字的理解，對根據上下文選擇適切語彙的題型，更是大有幫助，同時也紮實了聽說讀寫的超強實力。

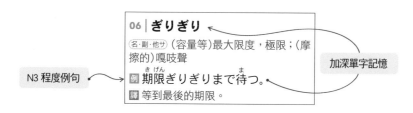

5. 聽力王──合格最短距離：新制日檢考試，把聽力的分數提高了，合格最短距離就是加強聽力學習。為此，書中還附贈光碟，幫助您熟悉日籍教師的標準發音及語調，**讓您累積聽力實力。**為打下堅實的基礎，建議您搭配《精修版 新制對應 絕對合格！日檢必背聽力 N3》來進一步加強練習。

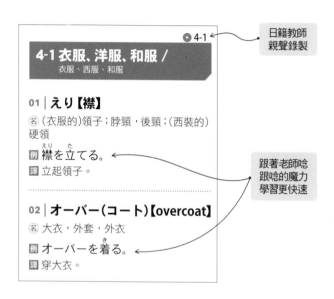

《絕對合格！新制日檢 必勝 N3 情境分類單字》本著利用「喝咖啡時間」，也能「倍增單字量」「提升日語實力」的意旨，附贈日語朗讀光碟，讓您不論是站在公車站牌前發呆，一個人喝咖啡，或等親朋好友，都能隨時隨地聽 MP3，無時無刻增進日語單字能力，讓您無論走到哪，都能學到哪！怎麼考，怎麼過！

目錄

詞性說明

詞性	定義	例（日文／中譯）
名詞	表示人事物、地點等名稱的詞。有活用。	門^{もん}／大門
形容詞	詞尾是い。說明客觀事物的性質、狀態或主觀感情、感覺的詞。有活用。	細^{ほそ}い／細小的
形容動詞	詞尾是だ。具有形容詞和動詞的雙重性質。有活用。	静^{しず}かだ／安静的
動詞	表示人或事物的存在、動作、行為和作用的詞。	言^いう／說
自動詞	表示的動作不直接涉及其他事物。只說明主語本身的動作、作用或狀態。	花^{はな}が咲^さく／花開。
他動詞	表示的動作直接涉及其他事物。從動作的主體出發。	母^{はは}が窓^{まど}を開^あける／母親打開窗戶。
五段活用	詞尾在ウ段或詞尾由「ア段＋る」組成的動詞。活用詞尾在「ア、イ、ウ、エ、オ」這五段上變化。	持^もつ／拿
上一段活用	「イ段＋る」或詞尾由「イ段＋る」組成的動詞。活用詞尾在イ段上變化。	見^みる／看 起^おきる／起床
下一段活用	「エ段＋る」或詞尾由「エ段＋る」組成的動詞。活用詞尾在エ段上變化。	寝^ねる／睡覺 見^みせる／讓…看
下二段活用	詞尾在ウ段・エ段或詞尾由「ウ段・エ段＋る」組成的動詞。活用詞尾在ウ段到エ段這二段上變化。	得（う）る／得到 寝（ね）る／睡覺
變格活用	動詞的不規則變化。一般指カ行「来る」、サ行「する」兩種。	来^くる／到來 する／做
カ行變格活用	只有「来る」。活用時只在カ行上變化。	来^くる／到來
サ行變格活用	只有「する」。活用時只在サ行上變化。	する／做
連體詞	限定或修飾體言的詞。沒活用，無法當主詞。	どの／哪個
副詞	修飾用言的狀態和程度的詞。沒活用，無法當主詞。	余^{あま}り／不太…

副助詞	接在體言或部分副詞、用言等之後，增添各種意義的助詞。	～も ／也…
終助詞	接在句尾，表示說話者的感嘆、疑問、希望、主張等語氣。	か ／嗎
接續助詞	連接兩項陳述內容，表示前後兩項存在某種句法關係的詞。	ながら ／邊…邊…
接續詞	在段落、句子或詞彙之間，起承先啟後的作用。沒活用，無法當主詞。	しかし ／然而
接頭詞	詞的構成要素，不能單獨使用，只能接在其他詞的前面。	御^お～ ／貴（表尊敬及美化）
接尾詞	詞的構成要素，不能單獨使用，只能接在其他詞的後面。	～枚^{まい} ／…張（平面物品數量）
造語成份（新創詞語）	構成復合詞的詞彙。	一昨年^{いっさくねん} ／前年
漢語造語成份（和製漢語）	日本自創的詞彙，或跟中文意義有別的漢語詞彙。	風呂^{ふろ} ／澡盆
連語	由兩個以上的詞彙連在一起所構成，意思可以直接從字面上看出來。	赤^{あか}い傘^{かさ} ／紅色雨傘 足^{あし}を洗^{あら}う ／洗腳
慣用語	由兩個以上的詞彙因習慣用法而構成，意思無法直接從字面上看出來。常用來比喻。	足^{あし}を洗^{あら}う ／脫離黑社會
感嘆詞	用於表達各種感情的詞。沒活用，無法當主詞。	ああ ／啊（表驚訝等）
寒暄語	一般生活上常用的應對短句、問候語。	お願^{ねが}いします ／麻煩…

其他略語

呈現	詞性	呈現	詞性
對	對義詞	近	文法部分的相近文法補充
類	類義詞	補	補充說明

新日本語能力試驗的考試內容

N3 題型分析

測驗科目 (測驗時間)				試題內容	
			題型	小題 題數 *	分析
語言知識 (30分)	文字、語彙	1	漢字讀音 ◇	8	測驗漢字語彙的讀音。
		2	假名漢字寫法 ◇	6	測驗平假名語彙的漢字寫法。
		3	選擇文脈語彙 ○	11	測驗根據文脈選擇適切語彙。
		4	替換類義詞 ○	5	測驗根據試題的語彙或說法，選擇類義詞或類義說法。
		5	語彙用法 ○	5	測驗試題的語彙在文句裡的用法。
語言知識、讀解 (70分)	文法	1	文句的文法1 （文法形式判斷）○	13	測驗辨別哪種文法形式符合文句內容。
		2	文句的文法2 （文句組構）◆	5	測驗是否能夠組織文法正確且文義通順的句子。
		3	文章段落的文法 ◆	5	測驗辨別該文句有無符合文脈。
	讀解*	4	理解內容 （短文）○	4	於讀完包含生活與工作等各種題材的撰寫說明文或指示文等，約150～200字左右的文章段落之後，測驗是否能夠理解其內容。
		5	理解內容 （中文）○	6	於讀完包含撰寫的解說與散文等，約350字左右的文章段落之後，測驗是否能夠理解其關鍵詞或因果關係等等。
		6	理解內容 （長文）○	4	於讀完解說、散文、信函等，約550字左右的文章段落之後，測驗是否能夠理解其概要或論述等等。

讀解*	7	彙整資訊	◆	2	測驗是否能夠從廣告、傳單、提供各類訊息的雜誌、商業文書等資訊題材（600字左右）中，找出所需的訊息。
聽解 (40分)	1	理解問題	◇	6	於聽取完整的會話段落之後，測驗是否能夠理解其內容（於聽完解決問題所需的具體訊息之後，測驗是否能夠理解應當採取的下一個適切步驟）。
	2	理解重點	◇	6	於聽取完整的會話段落之後，測驗是否能夠理解其內容（依據剛才已聽過的提示，測驗是否能夠抓住應當聽取的重點）。
	3	理解概要	◇	3	於聽取完整的會話段落之後，測驗是否能夠理解其內容（測驗是否能夠從整段會話中理解說話者的用意與想法）。
	4	適切話語	◆	4	於一面看圖示，一面聽取情境說明時，測驗是否能夠選擇適切的話語。
	5	即時應答	◆	9	於聽完簡短的詢問之後，測驗是否能夠選擇適切的應答。

＊「小題題數」為每次測驗的約略題數，與實際測驗時的題數可能未盡相同。此外，亦有可能會變更小題題數。

＊有時在「讀解」科目中，同一段文章可能會有數道小題。

資料來源：《日本語能力試驗JLPT官方網站：分項成績‧合格判定‧合否結果通知》。2016年1月11日，取自：http://www.jlpt.jp/tw/guideline/results.html

必　　勝

N3

情境分類單字

1-1 時、時間、時刻 /
時候、時間、時刻

01 | あける【明ける】

（自下一）（天）明，亮；過年；（期間）結束，期滿

例 夜が明ける。

譯 天亮。

02 | あっというま（に）【あっという間（に）】

（感）一眨眼的功夫

例 休日はあっという間に終わった。

譯 假日一眨眼就結束了。

03 | いそぎ【急ぎ】

（名・副）急忙，匆忙，緊急

例 急ぎの旅になる。

譯 成為一趟匆忙的旅程。

04 | うつる【移る】

（自五）移動；推移；沾到

例 時が移る。

譯 時間推移；時代變遷。

05 | おくれ【遅れ】

（名）落後，晚，畏縮，怯懦

例 郵便に二日の遅れが出ている。

譯 郵件延遲兩天送達。

06 | ぎりぎり

（名・副・他サ）（容量等）最大限度，極限；（摩擦的）嘎吱聲

例 期限ぎりぎりまで待つ。

譯 等到最後的期限。

07 | こうはん【後半】

（名）後半，後一半

例 後半はミスが多くて負けた。

譯 後半因失誤過多而輸掉了。

08 | しばらく

（副）好久；暫時

例 しばらく会社を休む。

譯 暫時向公司請假。

09 | しょうご【正午】

（名）正午

例 正午になった。

譯 到了中午。

10 | しんや【深夜】

（名）深夜

例 試合が深夜まで続く。

譯 比賽打到深夜。

11 | ずっと

（副）更；一直

例 ずっと待っている。
譯 一直等待著。

12 | せいき【世紀】

名 世紀，百代；時代，年代；百年一現，絕世
例 世紀の大発見になる。
譯 成為世紀的大發現。

13 | ぜんはん【前半】

名 前半，前半部
例 前半の戦いが終わった。
譯 上半場比賽結束。

14 | そうちょう【早朝】

名 早晨，清晨
例 早朝に勉強する。
譯 在早晨讀書。

15 | たつ【経つ】

自五 經，過；(炭火等)燒盡
例 時間が経つのが早い。
譯 時間過得真快。

16 | ちこく【遅刻】

名・自サ 遲到，晚到
例 待ち合わせに遅刻する。
譯 約會遲到。

17 | てつや【徹夜】

名・自サ 通宵，熬夜
例 徹夜で仕事する。
譯 徹夜工作。

18 | どうじに【同時に】

副 同時，一次；馬上，立刻
例 発売と同時に大ヒットした。
譯 一出售立即暢銷熱賣。

19 | とつぜん【突然】

副 突然
例 突然怒り出す。
譯 突然生氣。

20 | はじまり【始まり】

名 開始，開端；起源
例 近代医学の始まりである。
譯 為近代醫學的起源。

21 | はじめ【始め】

名・接尾 開始，開頭；起因，起源；以…為首
例 始めから終わりまで全部読む。
譯 從頭到尾全部閱讀。

22 | ふける【更ける】

自下一 (秋)深；(夜)闌
例 夜が更ける。
譯 三更半夜。

23 | ぶり【振り】

造語 相隔
例 五年振りに会った。
譯 相隔五年之後又見面。

24 | へる【経る】

自下一 （時間、空間、事物）經過，通過

例 ３年を経た。

譯 經過了三年。

---

25 | まい【毎】

接頭 每

例 毎朝、牛乳を飲む。

譯 每天早上，喝牛奶。

---

26 | まえもって【前もって】

副 預先，事先

例 前もって知らせる。

譯 事先知會。

---

27 | まよなか【真夜中】

名 三更半夜，深夜

例 真夜中に目が覚めた。

譯 深夜醒來。

---

28 | やかん【夜間】

名 夜間，夜晚

例 夜間の勤務はきついなぁ。

譯 夜勤太累啦！

1-2 季節、年、月、週、日 /
季節、年、月、週、日

01 | いっさくじつ【一昨日】

名 前一天，前天

例 一昨日アメリカから帰ってきた。

譯 前天從美國回來了。

---

02 | いっさくねん【一昨年】

造語 前年

例 一昨年は雪が多かった。

譯 前年下了很多雪。

---

03 | か【日】

漢造 表示日期或天數

例 事故は三月二十日に起こった。

譯 事故發在三月二十日。

---

04 | きゅうじつ【休日】

名 假日，休息日

例 休日が続く。

譯 連續休假。

---

05 | げじゅん【下旬】

名 下旬

例 五月の下旬になる。

譯 在五月下旬。

---

06 | げつまつ【月末】

名 月末，月底

例 料金は月末に払う。

譯 費用於月底支付。

---

07 | さく【昨】

漢造 昨天；前一年，前一季；以前，過去

例 昨晩日本から帰ってきた。

譯 昨晚從日本回來了。

---

08 | さくじつ【昨日】

名 （「きのう」的鄭重説法）昨日，昨天

例 昨日母から手紙が届いた。

譯 昨天收到了母親寫來的信。

09 | さくねん【昨年】

名·副 去年
例 昨年と比べる。
譯 跟去年相比。

10 | じつ【日】

漢造 太陽；日，一天，白天；每天
例 翌日にお届けします。
譯 隔日幫您送達。

11 | しゅう【週】

名·漢造 星期；一圈
例 週に一回運動する。
譯 每周運動一次。

12 | しゅうまつ【週末】

名 週末
例 週末に運動する。
譯 每逢週末就會去運動。

13 | じょうじゅん【上旬】

名 上旬
例 来月上旬に旅行する。
譯 下個月的上旬要去旅行。

14 | せんじつ【先日】

名 前天；前些日子
例 先日、田中さんに会った。
譯 前些日子，遇到了田中小姐。

15 | ぜんじつ【前日】

名 前一天
例 入学式の前日は緊張した。
譯 參加入學典禮的前一天非常緊張。

16 | ちゅうじゅん【中旬】

名 （一個月中的）中旬
例 ６月の中旬に戻る。
譯 在6月中旬回來。

17 | ねんし【年始】

名 年初；賀年，拜年
例 年始のご挨拶に伺う。
譯 歲暮年初時節前往拜訪。

18 | ねんまつねんし【年末年始】

名 年底與新年
例 年末年始はハワイに行く。
譯 去夏威夷跨年。

19 | へいじつ【平日】

名 （星期日、節假日以外）平日；平常，平素
例 平日ダイヤで運行する。
譯 以平日的火車時刻表行駛。

20 | ほんじつ【本日】

名 本日，今日
例 本日のお薦めメニューはこちらです。
譯 這是今日的推薦菜單。

21 | ほんねん【本年】

名 本年，今年

例 本年もよろしく。

譯 今年還望您繼續關照。

---

22 | みょう【明】

接頭 （相對於「今」而言的）明

例 明日のご予定は。

譯 你明天的行程是？

---

23 | みょうごにち【明後日】

名 後天

例 明後日に延期する。

譯 延到後天。

---

24 | ようび【曜日】

名 星期

例 曜日によって色を変える。

譯 根據禮拜幾的不同而改變顏色。

---

25 | よく【翌】

漢造 次，翌，第二

例 翌日は休日だ。

譯 隔天是假日。

---

26 | よくじつ【翌日】

名 隔天，第二天

例 翌日の準備ができている。

譯 隔天的準備已完成。

1-3 過去、現在、未来 /
過去、現在、未來

01 | いご【以後】

名 今後，以後，將來；（接尾語用法）（在某時期）以後

例 以後気をつけます。

譯 以後會多加小心一點。

---

02 | いぜん【以前】

名 以前；更低階段（程度）的；（某時期）以前

例 以前の通りだ。

譯 和以前一樣。

---

03 | げんだい【現代】

名 現代，當代；（歷史）現代（日本史上指二次世界大戰後）

例 現代の社会が求める。

譯 現代社會所要求的。

---

04 | こんご【今後】

名 今後，以後，將來

例 今後のことを考える。

譯 為今後作打算。

---

05 | じご【事後】

名 事後

例 事後の計画を立てる。

譯 制訂事後計畫。

---

06 | じぜん【事前】

名 事前

例 事前に話し合う。

譯 事前討論。

07 | すぎる【過ぎる】
(自上一) 超過；過於；經過
例 ５時を過ぎた。
譯 已經五點多了。

08 | ぜん【前】
(漢造) 前方，前面；(時間)早；預先；從前
例 前首相が韓国を訪問する。
譯 前首相訪韓。

09 | ちょくご【直後】
(名・副) (時間，距離)緊接著，剛…之後，…之後不久
例 犯人は事件直後に逮捕された。
譯 犯人在事件發生後不久便遭逮捕。

10 | ちょくぜん【直前】
(名) 即將…之前，眼看就要…的時候；(時間，距離)之前，跟前，眼前
例 テストの直前に頑張って勉強する。
譯 在考前用功讀書。

11 | のち【後】
(名) 後，之後；今後，未來；死後，身後
例 晴れのち曇りが続く。
譯 天氣持續晴後陰。

12 | ふる【古】
(名・漢造) 舊東西；舊，舊的
例 読んだ本を古本屋に売った。
譯 把看過的書賣給二手書店。

13 | みらい【未来】
(名) 將來，未來；(佛)來世
例 未来を予測する。
譯 預測未來。

14 | らい【来】
(接尾) 以來
例 彼とは 10 年来の付き合いだ。
譯 我和他已經認識十年了。

1-4 期間、期限 /
期間、期限

01 | かん【間】
(名・接尾) 間，機會，間隙
例 五日間の京都旅行も終わった。
譯 五天的京都之旅已經結束。

02 | き【期】
(漢造) 時期；時機；季節；(預定的)時日
例 入学の時期が近い。
譯 開學時期將近。

03 | きかん【期間】
(名) 期間，期限內
例 期間が過ぎる。
譯 過期。

04 | きげん【期限】
(名) 期限
例 期限になる。
譯 到期。

05｜シーズン【season】

㊔（盛行的）季節，時期

例 受験（じゅけん）シーズンが始（はじ）まった。

譯 考季開始了。

06｜しめきり【締め切り】

㊔（時間、期限等）截止，屆滿；封死，封閉；截斷，斷流

例 締（し）め切（き）りが近（ちか）づく。

譯 臨近截稿日期。

07｜ていき【定期】

㊔ 定期，一定的期限

例 エレベーターは定期的（ていきてき）に調（しら）べる。

譯 定期維修電梯。

08｜まにあわせる【間に合わせる】

(連語) 臨時湊合，就將；使來得及，趕出來

例 締切（しめきり）に間（ま）に合（あ）わせる。

譯 在截止期限之前繳交。

2-1 家、住む / 住家、居住

01 | うつす【移す】

(他五) 移，搬；使傳染；度過時間

例 住まいを移す。

譯 遷移住所。

02 | きたく【帰宅】

(名・自サ) 回家

例 会社から帰宅する。

譯 從公司回家。

03 | くらす【暮らす】

(自他五) 生活，度日

例 楽しく暮らす。

譯 過著快樂的生活。

04 | けん・げん【軒】

(漢造) 軒昂，高昂；屋簷；表房屋數量，書齋，商店等雅號

例 薬屋が3軒ある。

譯 有三家藥局。

05 | じょう【畳】

(接尾・漢造) (計算草蓆、席墊)塊，畳；重疊

例 6畳のアパートに住んでいる。

譯 住在一間六鋪席大的公寓裡。

06 | すごす【過ごす】

(他五・接尾) 度(日子、時間)，過生活；過渡過量；放過，不管

例 休日は家で過ごす。

譯 假日在家過。

07 | せいけつ【清潔】

(名・形動) 乾淨的，清潔的；廉潔；純潔

例 清潔に保つ。

譯 保持乾淨。

08 | ひっこし【引っ越し】

(名) 搬家，遷居

例 引っ越しをする。

譯 搬家。

09 | マンション【mansion】

(名) 公寓大廈；(高級)公寓

例 高級マンションに住む。

譯 住高級大廈。

10 | るすばん【留守番】

(名) 看家，看家人

例 留守番をする。

譯 看家。

11 | わ【和】

(名) 日本

例 和室と洋室、どちらがいい。

譯 和室跟洋室哪個好呢？

12 | わが【我が】

(連體) 我的，自己的，我們的

例 我が家へ、ようこそ。

譯 歡迎來到我家。

2-2 家の外側 /
住家的外側

01 | とじる【閉じる】

(自上一) 閉，關閉；結束

例 戸が閉じた。

譯 門關上了。

02 | ノック【knock】

(名・他サ) 敲打；（來訪者）敲門；打球

例 ノックの音が聞こえる。

譯 聽見敲門聲。

03 | ベランダ【veranda】

(名) 陽台；走廊

例 ベランダの花が次々に咲く。

譯 陽台上的花接二連三的綻放。

04 | やね【屋根】

(名) 屋頂

例 屋根から落ちる。

譯 從屋頂掉下來。

05 | やぶる【破る】

(他五) 弄破；破壞；違反；打敗；打破(記錄)

例 ドアを破って入った。

譯 破門而入。

06 | ロック【lock】

(名・他サ) 鎖，鎖上，閉鎖

例 ロックが壊れた。

譯 門鎖壞掉了。

2-3 部屋、設備 /
房間、設備

01 | あたたまる【暖まる】

(自五) 暖，暖和；感到溫暖；手頭寬裕

例 部屋が暖まる。

譯 房間暖和起來。

02 | いま【居間】

(名) 起居室

例 居間を掃除する。

譯 清掃客廳。

03 | かざり【飾り】

(名) 裝飾(品)

例 飾りをつける。

譯 加上裝飾。

04 | きく【効く】

(自五) 有效，奏效；好用，能幹；可以，能夠；起作用；（交通工具等）通，有

例 停電で冷房が効かない。

譯 停電了冷氣無法運轉。

05 | キッチン【kitchen】

㊂ 廚房

㊁ ダイニングキッチンが人気だ。

㊁ 廚房兼飯廳裝潢很受歡迎。

06 | しんしつ【寝室】

㊂ 寝室

㊁ 寝室で休んだ。

㊁ 在臥房休息。

07 | せんめんじょ【洗面所】

㊂ 化妝室，廁所

㊁ 洗面所で顔を洗った。

㊁ 在化妝室洗臉。

08 | ダイニング【dining】

㊂ 餐廳（「ダイニングルーム」之略稱）；吃飯，用餐；西式餐館

㊁ ダイニングルームで食事をする。

㊁ 在西式餐廳用餐。

09 | たな【棚】

㊂ （放置東西的）隔板，架子，棚

㊁ お菓子を棚に置く。

㊁ 把糕點放在架子上。

10 | つまる【詰まる】

㊄ 擠滿，塞滿；堵塞，不通；窘困，窘迫；縮短，緊小；停頓，擱淺

㊁ トイレが詰まった。

㊁ 廁所排水管塞住了。

11 | てんじょう【天井】

㊂ 天花板

㊁ 天井の高い家がいい。

㊁ 我要天花板高的房子。

12 | はしら【柱】

㊂·接尾 （建）柱子；支柱；（轉）靠山

㊁ 柱が倒れた。

㊁ 柱子倒下。

13 | ブラインド【blind】

㊂ 百葉窗，窗簾，遮光物

㊁ ブラインドを下ろす。

㊁ 拉下百葉窗。

14 | ふろ（ば）【風呂（場）】

㊂ 浴室，洗澡間，浴池

㊁ 風呂に入る。

㊁ 泡澡。

15 | まどり【間取り】

㊂ （房子的）房間佈局，採間，平面佈局

㊁ 間取りがいい。

㊁ 隔間還不錯。

16 | もうふ【毛布】

㊂ 毛毯，毯子

㊁ 毛布をかける。

㊁ 蓋上毛毯。

17 | ゆか【床】

㊂ 地板

㊁ 床を拭く。

㊁ 擦地板。

18 | よわめる【弱める】

(他下一) 減弱，削弱

例 冷房を少し弱められますか。

譯 冷氣可以稍微轉弱嗎？

---

19 | リビング【living】

(名) 起居間，生活間

例 リビングには家具が並んでいる。

譯 客廳擺放著家具。

パート 3 食事

第三章

- 用餐 -

3-1 食事、味 /

用餐、味道

01 | あぶら【脂】

名 脂肪，油脂；(喻)活動力，幹勁

例 脂があるからおいしい。

譯 富含油質所以好吃。

02 | うまい

形 味道好，好吃；想法或做法巧妙，擅於；非常適宜，順利

例 空気がうまい。

譯 空氣新鮮。

03 | さげる【下げる】

他下一 向下；掛；收走

例 コップを下げる。

譯 收走杯子。

04 | さめる【冷める】

自下一 (熱的東西)變冷，涼；(熱情、興趣等)降低，減退

例 スープが冷めてしまった。

譯 湯冷掉了。

05 | しょくご【食後】

名 飯後，食後

例 食後に薬を飲む。

譯 藥必須在飯後服用。

06 | しょくぜん【食前】

名 飯前

例 食前にちゃんと手を洗う。

譯 飯前把手洗乾淨。

07 | すっぱい【酸っぱい】

形 酸，酸的

例 梅干しはすっぱいに決まっている。

譯 梅乾當然是酸的。

08 | マナー【manner】

名 禮貌，規矩；態度舉止，風格

例 食事のマナーが悪い。

譯 用餐禮儀不好。

09 | メニュー【menu】

名 菜單

例 ディナーのメニューをご覧ください。

譯 這是餐點的菜單，您請過目。

10 | ランチ【lunch】

名 午餐

例 ランチタイムにラーメンを食べる。

譯 午餐時間吃拉麵。

3-2 食べ物 /
食物

01 | アイスクリーム【ice cream】

图 冰淇淋

例 アイスクリームを食べる。

譯 吃冰淇淋。

02 | あぶら【油】

图 脂肪，油脂

例 魚を油で揚げる。

譯 用油炸魚。

03 | インスタント【instant】

名・形動 即席，稍加工即可的，速成

例 インスタントコーヒーを飲む。

譯 喝即溶咖啡。

04 | うどん【饂飩】

图 烏龍麵條，烏龍麵

例 うどんをゆでて食べる。

譯 煮烏龍麵吃。

05 | オレンジ【orange】

图 柳橙，柳丁；橙色

例 オレンジは全部食べた。

譯 橘子全都吃光了。

06 | ガム【(英) gum】

图 口香糖；樹膠

例 ガムを噛む。

譯 嚼口香糖。

07 | かゆ【粥】

图 粥，稀飯

例 粥を炊く。

譯 煮粥。

08 | かわ【皮】

图 皮，表皮；皮革

例 皮をむく。

譯 剝皮。

09 | くさる【腐る】

自五 腐臭，腐爛；金屬鏽，爛；墮落，
腐敗；消沉，氣餒

例 味噌が腐る。

譯 味噌發臭。

10 | ケチャップ【ketchup】

图 蕃茄醬

例 ケチャップをつける。

譯 沾蕃茄醬。

11 | こしょう【胡椒】

图 胡椒

例 胡椒を入れる。

譯 灑上胡椒粉。

12 | さけ【酒】

图 酒(的總稱)，日本酒，清酒

例 酒を杯に入れる。

譯 將酒倒入杯子裡。

13 | しゅ【酒】

漢造 酒

例 葡萄酒を飲む。
譯 喝葡萄酒。

---

14 | **ジュース【juice】**

名 果汁，汁液，糖汁，肉汁
例 ジュースを飲む。
譯 喝果汁。

---

15 | **しょくりょう【食料】**

名 食品，食物
例 食料を保存する。
譯 保存食物。

---

16 | **しょくりょう【食糧】**

名 食糧，糧食
例 食糧を輸入する。
譯 輸入糧食。

---

17 | **しんせん【新鮮】**

名·形動 （食物）新鮮；清新乾淨；新穎，全新
例 新鮮な果物を食べる。
譯 吃新鮮的水果。

---

18 | **す【酢】**

名 醋
例 酢を入れる。
譯 加入醋。

---

19 | **スープ【soup】**

名 湯（多指西餐的湯）
例 スープを飲む。
譯 喝湯。

---

20 | **ソース【sauce】**

名 （西餐用）調味醬
例 ソースを作る。
譯 調製醬料。

---

21 | **チーズ【cheese】**

名 起司，乳酪
例 チーズを買う。
譯 買起司。

---

22 | **チップ【chip】**

名 （削木所留下的）片削；洋芋片
例 ポテトチップスを食べる。
譯 吃洋芋片。

---

23 | **ちゃ【茶】**

名·漢造 茶；茶樹；茶葉；茶水
例 茶を入れる。
譯 泡茶。

---

24 | **デザート【dessert】**

名 餐後點心，甜點（大多泛指較西式的甜點）
例 デザートを食べる。
譯 吃甜點。

---

25 | **ドレッシング【dressing】**

名 調味料，醬汁；服裝，裝飾
例 サラダにドレッシングをかける。
譯 把醬汁淋到沙拉上。

26 | どんぶり【丼】

名 大碗公；大碗蓋飯

例 500 円で鰻丼が食べられる。

譯 500圓就可以吃到鰻魚蓋飯。

27 | なま【生】

名・形動 （食物沒有煮過、烤過）生的；直接的，不加修飾的；不熟練，不到火候

例 生で食べる。

譯 生吃。

28 | ビール【(荷) bier】

名 啤酒

例 ビールを飲む。

譯 喝啤酒。

29 | ファストフード【fast food】

名 速食

例 ファストフードを食べすぎた。

譯 吃太多速食。

30 | べんとう【弁当】

名 便當，飯盒

例 弁当を作る。

譯 做便當。

31 | まぜる【混ぜる】

他下一 混入；加上，加進；攪，攪拌

例 ビールとジュースを混ぜる。

譯 將啤酒和果汁加在一起。

32 | マヨネーズ【mayonnaise】

名 美乃滋，蛋黃醬

例 パンにマヨネーズを塗る。

譯 在土司上塗抹美奶滋。

33 | みそしる【味噌汁】

名 味噌湯

例 私の母は毎朝味噌汁を作る。

譯 我母親每天早上煮味噌湯。

34 | ミルク【milk】

名 牛奶；煉乳

例 紅茶にはミルクを入れる。

譯 在紅茶裡加上牛奶。

35 | ワイン【wine】

名 葡萄酒；水果酒；洋酒

例 白ワインが合います。

譯 白酒很搭。

3-3 調理、料理、クッキング /
調理、菜餚、烹調

01 | あげる【揚げる】

他下一 炸，油炸；舉，抬；提高；進步

例 天ぷらを揚げる。

譯 炸天婦羅。

02 | あたためる【温める】

他下一 溫，熱；擱置不發表

例 ご飯を温める。

譯 熱飯菜。

03 | こぼす【溢す】

他五 灑，漏，溢（液體），落（粉末）；發

牢騷，抱怨

例 コーヒーを溢す。
譯 咖啡溢出來了。

---

04 | たく【炊く】

(他五) 點火，燒著；燃燒；煮飯，燒菜
例 ご飯を炊く。
譯 煮飯。

---

05 | たける【炊ける】

(自下一) 燒成飯，做成飯
例 ご飯が炊けた。
譯 飯已經煮熟了。

---

06 | つよめる【強める】

(他下一) 加強，增強
例 火を強める。
譯 把火力調大。

---

07 | てい【低】

(名‧漢造) (位置)低；(價格等)低；變低
例 低温でゆっくり焼く。
譯 用低溫慢烤。

---

08 | にえる【煮える】

(自下一) 煮熟，煮爛；水燒開；固體融化(成泥狀)；發怒，非常氣憤
例 芋は煮えました。
譯 芋頭已經煮熟了。

---

09 | にる【煮る】

(自五) 煮，燉，熬
例 豆を煮る。
譯 煮豆子。

---

10 | ひやす【冷やす】

(他五) 使變涼，冰鎮；(喻)使冷靜
例 冷蔵庫で冷やす。
譯 放在冰箱冷藏。

---

11 | むく【剥く】

(他五) 剝，削
例 りんごを剥く。
譯 削蘋果皮。

---

12 | むす【蒸す】

(他五‧自五) 蒸，熱(涼的食品)；(天氣)悶熱
例 肉まんを蒸す。
譯 蒸肉包。

---

13 | ゆでる【茹でる】

(他下一) (用開水)煮，燙
例 よく茹でる。
譯 煮熟。

---

14 | わく【沸く】

(自五) 煮沸，煮開；興奮
例 お湯が沸く。
譯 開水滾開。

---

15 | わる【割る】

(他五) 打，劈開；用除法計算
例 卵を割る。
譯 打破蛋。

4-1 衣服、洋服、和服 /
衣服、西服、和服

01 | えり【襟】
(名)(衣服的)領子；脖頸，後頸；(西裝的)硬領
例 襟を立てる。
譯 立起領子。

02 | オーバー(コート)【overcoat】
(名) 大衣，外套，外衣
例 オーバーを着る。
譯 穿大衣。

03 | ジーンズ【jeans】
(名) 牛仔褲
例 ジーンズをはく。
譯 穿牛仔褲。

04 | ジャケット【jacket】
(名) 外套，短上衣；唱片封面
例 ジャケットを着る。
譯 穿外套。

05 | すそ【裾】
(名) 下擺，下襟；山腳；(靠近頸部的)頭髮
例 ジーンズの裾が汚れた。
譯 牛仔褲的褲腳髒了。

06 | せいふく【制服】
(名) 制服
例 制服を着る。
譯 穿制服。

07 | そで【袖】
(名) 衣袖；(桌子)兩側抽屜，(大門)兩側的廳房，舞台的兩側，飛機(兩翼)
例 半袖を着る。
譯 穿短袖。

08 | タイプ【type】
(名・他サ) 型，形式，類型；典型，榜樣，樣本，標本；(印)鉛字，活字；打字(機)
例 このタイプの服にする。
譯 決定穿這種樣式的服裝。

09 | ティーシャツ【T-shirt】
(名) 圓領衫，T恤
例 ティーシャツを着る。
譯 穿T恤。

10 | パンツ【pants】
(名) 內褲；短褲；運動短褲
例 パンツをはく。
譯 穿褲子。

11 | パンプス【pumps】
(名) 女用的高跟皮鞋，淑女包鞋

例 パンプスをはく。
譯 穿淑女包鞋。

---

12 | ぴったり

(副・自サ) 緊緊地，嚴實地；恰好，正適合；説中，猜中
例 体にぴったりした背広をつくる。
譯 製作合身的西裝。

---

13 | ブラウス【blouse】

(名)（多半為女性穿的）罩衫，襯衫
例 ブラウスを洗濯する。
譯 洗襯衫。

---

14 | ぼろぼろ

(名・副・形動)（衣服等）破爛不堪；（粒狀物）散落貌
例 今でもぼろぼろの洋服を着ている。
譯 破破爛爛的衣服現在還在穿。

4-2 着る、装身具 /
穿戴、服飾用品

01 | きがえ【着替え】

(名・自サ) 換衣服；換洗衣物
例 急いで着替えを済ませる。
譯 急急忙忙地換好衣服。

---

02 | きがえる・きかえる【着替える】

(他下一) 換衣服
例 着物を着替える。
譯 換衣服。

---

03 | スカーフ【scarf】

(名) 圍巾，披肩；領結
例 スカーフを巻く。
譯 圍上圍巾。

---

04 | ストッキング【stocking】

(名) 褲襪；長筒襪
例 ナイロンのストッキングを履く。
譯 穿尼龍絲襪。

---

05 | スニーカー【sneakers】

(名) 球鞋，運動鞋
例 スニーカーで通勤する。
譯 穿球鞋上下班。

---

06 | ぞうり【草履】

(名) 草履，草鞋
例 草履を履く。
譯 穿草鞋。

---

07 | ソックス【socks】

(名) 短襪
例 ソックスを履く。
譯 穿襪子。

---

08 | とおす【通す】

(他五・接尾) 穿通，貫穿；滲透，透過；連續，貫徹；（把客人）讓到裡邊；一直，連續，…到底
例 そでに手を通す。
譯 把手伸進袖筒。

09 │ネックレス【necklace】

名 項鍊

例 ネックレスをつける。
譯 戴上項鍊。

10 │ハイヒール【high heel】

名 高跟鞋

例 ハイヒールをはく。
譯 穿高跟鞋。

11 │バッグ【bag】

名 手提包
例 バッグに財布を入れる。
譯 把錢包放入包包裡。

12 │ベルト【belt】

名 皮帶；（機）傳送帶；（地）地帶
例 ベルトの締め方を動画で解説する。
譯 以動畫解說繫皮帶的方式。

13 │ヘルメット【helmet】

名 安全帽；頭盔，鋼盔

例 ヘルメットをかぶる。
譯 戴安全帽。

14 │マフラー【muffler】

名 圍巾；（汽車等的）滅音器
例 暖かいマフラーをくれた。
譯 人家送了我暖和的圍巾。

5-1 身体、体 /
胴體、身體

01 | あたたまる【温まる】
(自五) 暖，暖和；感到心情溫暖
例 体が温まる。
譯 身體暖和。

02 | あたためる【暖める】
(他下一) 使溫暖；重溫，恢復
例 手を暖める。
譯 焐手取暖。

03 | うごかす【動かす】
(他五) 移動，挪動，活動；搖動，搖撼；給予影響，使其變化，感動
例 体を動かす。
譯 活動身體。

04 | かける【掛ける】
(他下一・接尾) 坐；懸掛；蓋上，放上；放在…之上；提交；澆；開動；花費；寄託；鎖上；(數學)乘
例 椅子に掛ける。
譯 坐下。

05 | かた【肩】
(名) 肩，肩膀；(衣服的)肩
例 肩を揉む。

譯 按摩肩膀。

06 | こし【腰】
(名・接尾) 腰；(衣服、裙子等的)腰身
例 腰が痛い。
譯 腰痛。

07 | しり【尻】
(名) 屁股，臀部；(移動物體的)後方，後面；末尾，最後；(長物的)末端
例 しりが痛くなった。
譯 屁股痛了起來。

08 | バランス【balance】
(名) 平衡，均衡，均等
例 バランスを取る。
譯 保持平衡。

09 | ひふ【皮膚】
(名) 皮膚
例 冬は皮膚が弱くなる。
譯 皮膚在冬天比較脆弱。

10 | へそ【臍】
(名) 肚臍；物體中心突起部分
例 へそを曲げる。
譯 不聽話。

11 | ほね【骨】

名 骨頭；費力氣的事

例 骨が折れる。

譯 費力氣。

12 | むける【剥ける】

自下一 剝落，脫落

例 鼻の皮がむけた。

譯 鼻子的皮脫落了。

13 | むね【胸】

名 胸部；內心

例 胸が痛む。

譯 胸痛；痛心。

14 | もむ【揉む】

他五 搓，揉；捏，按摩；(很多人)互相推擠；爭辯；(被動式型態)鍛鍊，受磨練

例 肩をもんであげる。

譯 我幫你按摩肩膀。

5-2 顔 / 臉

01 | あご【顎】

名 (上、下)顎；下巴

例 二重あごになる。

譯 長出雙下巴。

02 | うつる【映る】

自五 映，照；顯得，映入；相配，相稱；照相，映現

例 目に映る。

譯 映入眼簾。

03 | おでこ

名 凸額，額頭突出(的人)；額頭，額骨

例 おでこを出す。

譯 露出額頭。

04 | かぐ【嗅ぐ】

他五 (用鼻子)聞，嗅

例 花の香りをかぐ。

譯 聞花香。

05 | かみのけ【髪の毛】

名 頭髮

例 髪の毛を切る。

譯 剪髮。

06 | くちびる【唇】

名 嘴唇

例 唇が青い。

譯 嘴唇發青。

07 | くび【首】

名 頸部

例 首が痛い。

譯 脖子痛。

08 | した【舌】

名 舌頭；說話；舌狀物

例 舌が長い。

譯 愛說話。

09 | だまる【黙る】

自五 沉默，不說話；不理，不聞不問

例 黙って命令に従う。

譯 默默地服從命令。

10 | はなす【離す】

他五 使…離開，使…分開；隔開，拉開距離

例 目を離す。

譯 轉移視線。

11 | ひたい【額】

名 前額，額頭；物體突出部分

例 額に汗して働く。

譯 汗流滿面地工作。

12 | ひょうじょう【表情】

名 表情

例 表情が暗い。

譯 神情陰鬱。

13 | ほお【頰】

名 頰，臉蛋

例 ほおが赤い。

譯 臉蛋紅通通的。

14 | まつげ【まつ毛】

名 睫毛

例 まつ毛が抜ける。

譯 掉睫毛。

15 | まぶた【瞼】

名 眼瞼，眼皮

例 瞼を閉じる。

譯 闔上眼瞼。

16 | まゆげ【眉毛】

名 眉毛

例 まゆげが長い。

譯 眉毛很長。

17 | みかける【見掛ける】

他下一 看到，看出，看見；開始看

例 彼女をよく駅で見かけます。

譯 經在車站看到她。

5-3 手足 (1) /
手腳 (1)

01 | あくしゅ【握手】

名・自サ 握手；和解，言和；合作，妥協；會師，會合

例 握手をする。

譯 握手合作。

02 | あしくび【足首】

名 腳踝

例 足首を温める。

譯 暖和腳踝。

03 | うめる【埋める】

他下一 埋，掩埋；填補，彌補；佔滿

例 金を埋める。

譯 把錢埋起來。

04 | おさえる【押さえる】

他下一 按，壓；扣住，勒住；控制，阻止；捉住；扣留；超群出眾

例 耳を押さえる。

譯 搗住耳朵。

05 | おやゆび【親指】

名 （手腳的）拇指

例 手の親指が痛い。

譯 手的大拇指會痛。

06 | かかと【踵】

名 腳後跟

例 踵の高い靴を履く。

譯 穿高跟鞋。

07 | かく【掻く】

他五 （用手或爪）搔，撥；拔，推；攪拌，攪和

例 頭を掻く。

譯 搔起頭來。

08 | くすりゆび【薬指】

名 無名指

例 薬指に指輪をしている。

譯 在無名指上戴戒指。

09 | こゆび【小指】

名 小指頭

例 小指に指輪をつける。

譯 小指戴上戒指。

10 | だく【抱く】

他五 抱；孵卵；心懷，懷抱

例 赤ちゃんを抱く。

譯 抱小嬰兒。

11 | たたく【叩く】

他五 敲，叩；打；詢問，徵求；拍，鼓掌；攻擊，駁斥；花完，用光

例 ドアをたたく。

譯 敲打門。

12 | つかむ【掴む】

他五 抓，抓住，揪住，握住；掌握到，瞭解到

例 手首を掴んだ。

譯 抓住了手腕。

13 | つつむ【包む】

他五 包裹，打包，包上；蒙蔽，遮蔽，籠罩；藏在心中，隱瞞；包圍

例 プレゼントを包む。

譯 包裝禮物。

14 | つなぐ【繋ぐ】

他五 拴結，繫；連起，接上；延續，維繫(生命等)

例 手を繋ぐ。

譯 手牽手。

15 | つまさき【爪先】

名 腳指甲尖端

例 爪先で立つ。

譯 用腳尖站立。

16 | つめ【爪】

名 （人的）指甲，腳指甲；（動物的）爪；指尖；（用具的）鉤子

例 爪を伸ばす。

譯 指甲長長。

17 | てくび【手首】

(名) 手腕
例 手首を怪我した。
譯 手腕受傷了。

18 | てのこう【手の甲】

(名) 手背
例 手の甲にキスする。
譯 在手背上親吻。

19 | てのひら【手の平・掌】

(名) 手掌
例 掌に載せて持つ。
譯 放在手掌上托著。

20 | なおす【直す】

(他五) 修理；改正；治療
例 自転車を直す。
譯 修理腳踏車。

N3 ● 5-3(2)

5-3 手足 (2) /
手腳 (2)

21 | なかゆび【中指】

(名) 中指
例 中指でさすな。
譯 別用中指指人。

22 | なぐる【殴る】

(他五) 毆打，揍；草草了事
例 人を殴る。
譯 打人。

23 | ならす【鳴らす】

(他五) 鳴，啼，叫；(使)出名；嘮叨；放響屁
例 鐘を鳴らす。
譯 敲鐘。

24 | にぎる【握る】

(他五) 握，抓；握飯團或壽司；掌握，抓住；(圍棋中決定誰先下)抓棋子
例 手を握る。
譯 握拳。

25 | ぬく【抜く】

(自他五·接尾) 抽出，拔去；選出，摘引；消除，排除；省去，減少；超越
例 空気を抜いた。
譯 放了氣。

26 | ぬらす【濡らす】

(他五) 浸濕，淋濕，沾濕
例 濡らすと壊れる。
譯 碰到水，就會故障。

27 | のばす【伸ばす】

(他五) 伸展，擴展，放長；延緩(日期)，推遲；發展，發揮；擴大，增加；稀釋；打倒
例 手を伸ばす。
譯 伸手。

28 | はくしゅ【拍手】

(名·自サ) 拍手，鼓掌
例 拍手を送った。
譯 一起報以掌聲。

29 | はずす【外す】

他五 摘下，解開，取下；錯過，錯開；落後，失掉；避開，躲過

例 眼鏡を外す。

譯 摘下眼鏡。

30 | はら【腹】

名 肚子；心思，內心活動；心情，情緒；心胸，度量；胎內，母體內

例 腹がいっぱい。

譯 肚子很飽。

31 | ばらばら (な)

副 分散貌；凌亂，支離破碎的

例 時計をばらばらにする。

譯 把表拆開。

32 | ひざ【膝】

名 膝，膝蓋

例 膝を曲げる。

譯 曲膝。

33 | ひじ【肘】

名 肘，手肘

例 肘つきのいす。

譯 帶扶手的椅子。

34 | ひとさしゆび【人差し指】

名 食指

例 人差し指を立てる。

譯 豎起食指。

35 | ふる【振る】

他五 揮，搖；撒，丟；(俗)放棄，犧牲(地位等)；謝絕，拒絕；派分；在漢字上註假名；(使方向)偏於

例 手を振る。

譯 揮手。

36 | ほ・ぽ【步】

名・漢造 步，步行；(距離單位)步

例 前へ、一歩進む。

譯 往前一步。

37 | まげる【曲げる】

他下一 彎，曲；歪，傾斜；扭曲，歪曲；改變，放棄；(當舖裡的)典當；偷，竊

例 腰を曲げる。

譯 彎腰。

38 | もも【股・腿】

名 股，大腿

例 腿の裏側が痛い。

譯 腿部內側會痛。

パート 6

第六章

生理

- 生理（現象）-

6-1 誕生、生命 /
誕生、生命

01 | いっしょう【一生】

名 一生，終生，一輩子

例 私は一生結婚しません。

譯 終生不結婚。

02 | いのち【命】

名 生命，命；壽命

例 命が危ない。

譯 性命垂危。

03 | うむ【産む】

他五 生，產

例 女の子を産む。

譯 生女兒。

04 | せい【性】

名・漢造 性別；性慾；本性

例 性に目覚める。

譯 情竇初開。

05 | せいねんがっぴ【生年月日】

名 出生年月日，生日

例 生年月日を書く。

譯 填上出生年月日。

06 | たんじょう【誕生】

名・自サ 誕生，出生；成立，創立，創辦

例 誕生日のお祝いをする。

譯 慶祝生日。

6-2 老い、死 /
老年、死亡

01 | おい【老い】

名 老；老人

例 体の老いを感じる。

譯 感到身體衰老。

02 | こうれい【高齢】

名 高齢

例 彼は百歳の高齢まで生きた。

譯 他活到百歲的高齡。

03 | しご【死後】

名 死後；後事

例 死後の世界を見た。

譯 看到冥界。

04 | しぼう【死亡】

名・他サ 死亡

例 事故で死亡する。

譯 死於意外事故。

05 ｜ せいぜん【生前】

名 生前

例 父が生前可愛がっていた猫がいる。

譯 有一隻貓是父親生前最喜歡的。

06 ｜ なくなる【亡くなる】

自五 去世，死亡

例 おじいさんが亡くなった。

譯 爺爺過世了。

6-3 発育、健康 ／
發育、健康

01 ｜ えいよう【栄養】

名 營養

例 栄養が足りない。

譯 營養不足。

02 ｜ おきる【起きる】

自上一 （倒著的東西）起來，立起來；起床；不睡；發生

例 ずっと起きている。

譯 一直都是醒著。

03 ｜ おこす【起こす】

他五 扶起；叫醒；引起

例 子どもを起こす。

譯 把小孩叫醒。

04 ｜ けんこう【健康】

形動 健康的，健全的

例 健康に役立つ。

譯 有益健康。

05 ｜ しんちょう【身長】

名 身高

例 身長が伸びる。

譯 長高。

06 ｜ せいちょう【成長】

名・自サ （經濟、生產）成長，增長，發展；（人、動物）生長，發育

例 子供が成長した。

譯 孩子長大成人了。

07 ｜ せわ【世話】

名・他サ 援助，幫助；介紹，推薦；照顧，照料；俗語，常言

例 子どもの世話をする。

譯 照顧小孩。

08 ｜ そだつ【育つ】

自五 成長，長大，發育

例 元気に育っている。

譯 健康地成長著。

09 ｜ たいじゅう【体重】

名 體重

例 体重が落ちる。

譯 體重減輕。

10 ｜ のびる【伸びる】

自上一 （長度等）變長，伸長；（皺摺等）伸展；擴展，到達；（勢力、才能等）擴大，增加，發展

例 背が伸びる。

譯 長高了。

11 | はみがき【歯磨き】

名 刷牙；牙膏，牙膏粉；牙刷
例 食後に歯みがきをする。
譯 每餐飯後刷牙。

12 | はやす【生やす】

他五 使生長；留（鬍子）
例 髭を生やす。
譯 留鬍鬚。

6-4 体調、体質 /
身體狀況、體質

01 | おかしい【可笑しい】

形 奇怪，可笑；不正常
例 胃の調子がおかしい。
譯 胃不太舒服。

02 | かゆい【痒い】

形 癢的
例 頭が痒い。
譯 頭部發癢。

03 | かわく【渇く】

自五 渴，乾渴；渴望，內心的要求
例 のどが渇く。
譯 口渴。

04 | ぐっすり

副 熟睡，酣睡
例 ぐっすり寝る。
譯 睡得很熟。

05 | けんさ【検査】

名・他サ 檢查，檢驗
例 検査に通る。
譯 通過檢查。

06 | さます【覚ます】

他五 （從睡夢中）弄醒，喚醒；（從迷惑、錯誤中）清醒，醒酒；使清醒，使覺醒
例 目を覚ました。
譯 醒了。

07 | さめる【覚める】

自下一 （從睡夢中）醒，醒過來；（從迷惑、錯誤、沉醉中）醒悟，清醒
例 目が覚めた。
譯 醒過來了。

08 | しゃっくり

名・自サ 打嗝
例 しゃっくりが出る。
譯 打嗝。

09 | たいりょく【体力】

名 體力
例 体力がない。
譯 沒有體力。

10 | ちょうし【調子】

名 （音樂）調子，音調；語調，聲調，口氣；格調，風格；情況，狀況
例 体の調子が悪い。
譯 身體情況不好。

11 | つかれ【疲れ】

(名) 疲勞，疲乏，疲倦
例 疲れが出る。
譯 感到疲勞。

12 | どきどき

(副・自サ)（心臓）撲通撲通地跳，七上八下
例 心臓がどきどきする。
譯 心臟撲通撲通地跳。

13 | ぬける【抜ける】

(自下一) 脫落，掉落；遺漏；脫；離，離開，消失，散掉；溜掉；逃走，逃脫
例 髪がよく抜ける。
譯 髮絲經常掉落。

14 | ねむる【眠る】

(自五) 睡覺；埋藏
例 薬で眠らせた。
譯 用藥讓他入睡。

15 | はったつ【発達】

(名・自サ)（身心）成熟，發達；擴展，進步；（機能）發達，發展
例 全身の筋肉が発達している。
譯 全身肌肉發達。

16 | へんか【変化】

(名・自サ) 變化，改變；（語法）變形，活用
例 変化に強い。
譯 很善於應變。

17 | よわまる【弱まる】

(自五) 變弱，衰弱
例 体が弱まっている。
譯 身體變弱。

6-5 病気、治療 /
疾病、治療

01 | いためる【傷める・痛める】

(他下一) 使（身體）疼痛，損傷；使（心裡）痛苦
例 足を痛める。
譯 把腳弄痛。

02 | ウイルス【virus】

(名) 病毒，濾過性病毒
例 ウイルスにかかる。
譯 被病毒感染。

03 | かかる

(自五) 生病；遭受災難
例 病気にかかる。
譯 生病。

04 | さます【冷ます】

(他五) 冷卻，弄涼；（使熱情、興趣）降低，減低
例 熱を冷ます。
譯 退燒。

05 | しゅじゅつ【手術】

(名・他サ) 手術
例 手術して治す。
譯 進行手術治療。

06 | しょうじょう【症状】

名 症狀

例 どんな症状か医者に説明する。

譯 告訴醫師有哪些症狀。

07 | じょうたい【状態】

名 狀態，情況

例 手術後の状態はとてもいいです。

譯 手術後狀況良好。

08 | ダウン【down】

名・自他サ 下，倒下，向下，落下；下降，減退；（棒）出局；（拳擊）擊倒

例 風邪でダウンする。

譯 因感冒而倒下。

09 | ちりょう【治療】

名・他サ 治療，醫療，醫治

例 治療計画が決まった。

譯 決定治療計畫。

10 | なおす【治す】

他五 醫治，治療

例 虫歯を治す。

譯 治療蛀牙。

11 | ぼう【防】

漢造 防備，防止；堤防

例 予防は治療に勝つ。

譯 預防勝於治療。

12 | ほうたい【包帯】

名・他サ （醫）繃帶

例 包帯を換える。

譯 更換包紮帶。

13 | まく【巻く】

自五・他五 形成漩渦；喘不上氣來；捲；纏繞；上發條；捲起；包圍；（登山）迂迴繞過險處；（連歌，俳諧）連吟

例 足に包帯を巻く。

譯 腳用繃帶包紮。

14 | みる【診る】

他上一 診察

例 患者を診る。

譯 看診。

15 | よぼう【予防】

名・他サ 預防

例 病気は予防が大切だ。

譯 預防疾病非常重要。

N3 ● 6-6

6-6 体の器官の働き /
身體器官功能

01 | くさい【臭い】

形 臭

例 臭い匂いがする。

譯 有臭味。

02 | けつえき【血液】

名 血，血液

例 血液を採る。

譯 抽血。

03 ｜こぼれる【零れる】

（自下一）灑落，流出；溢出，漾出；（花）掉落

例 涙が零れる。

譯 灑淚。

---

04 ｜さそう【誘う】

（他五）約，邀請；勸誘，會同；誘惑，勾引；引誘，引起

例 涙を誘う。

譯 引人落淚。

---

05 ｜なみだ【涙】

（名）涙，眼淚；哭泣；同情

例 涙があふれる。

譯 淚如泉湧。

---

06 ｜ふくむ【含む】

（他五・自四）含（在嘴裡）；帶有，包含；瞭解，知道；含蓄；懷（恨）；鼓起；（花）含苞

例 目に涙を含む。

譯 眼裡含淚。

パート 7 第七章 人物
- 人物 -

7-1 人物、老若男女 /
人物、男女老少

01 | あらわす【現す】
(他五) 現，顯現，顯露
例 彼が姿を現す。
譯 他露了臉。

02 | しょうじょ【少女】
(名) 少女，小姑娘
例 少女のころは漫画家を目指していた。
譯 少女時代曾以當漫畫家為目標。

03 | しょうねん【少年】
(名) 少年
例 少年の頃に戻る。
譯 回到年少時期。

04 | せいじん【成人】
(名・自サ) 成年人；成長，(長大)成人
例 成人して働きに出る。
譯 長大後外出工作。

05 | せいねん【青年】
(名) 青年，年輕人
例 息子は立派な青年になった。
譯 兒子成為一個優秀的好青年了。

06 | ちゅうこうねん【中高年】
(名) 中年和老年，中老年
例 中高年に人気だ。
譯 受到中高年齡層觀眾的喜愛。

07 | ちゅうねん【中年】
(名) 中年
例 中年になった。
譯 已經是中年人了。

08 | としうえ【年上】
(名) 年長，年歲大(的人)
例 年上の人に敬語を使う。
譯 對長輩要使用敬語。

09 | としより【年寄り】
(名) 老人；(史)重臣，家老；(史)村長；(史)女管家；(相撲)退休的力士，顧問
例 お年寄りに席を譲った。
譯 讓了座給長輩。

10 | ミス【Miss】
(名) 小姐，姑娘
例 ミス日本に輝いた。
譯 榮獲為日本小姐。

11 | めうえ【目上】

名 上司；長輩

例 目上の人を立てる。

譯 尊敬長輩。

12 | ろうじん【老人】

名 老人，老年人

例 老人になる。

譯 老了。

13 | わかもの【若者】

名 年輕人，青年

例 若者たちの間で有名になった。

譯 在年輕人間頗負盛名。

7-2 いろいろな人を表すことば /
各種人物的稱呼

01 | アマチュア【amateur】

名 業餘愛好者；外行

例 アマチュア選手もレベルが高い。

譯 業餘選手的水準也很高。

02 | いもうとさん【妹さん】

名 妹妹，令妹（「妹」的鄭重説法）

例 妹さんはおいくつですか。

譯 你妹妹多大年紀？

03 | おまごさん【お孫さん】

名 孫子，孫女，令孫（「孫」的鄭重説法）

例 お孫さんは何人いますか。

譯 您孫子(女)有幾位？

04 | か【家】

漢造 家庭；家族；專家

例 芸術家になって食べていく。

譯 當藝術家餬口過日。

05 | グループ【group】

名 (共同行動的)集團，夥伴；組，幫，群

例 グループを作る。

譯 分組。

06 | こいびと【恋人】

名 情人，意中人

例 恋人ができた。

譯 有了情人。

07 | こうはい【後輩】

名 後來的同事，(同一學校)後班生；晚輩，後生

例 後輩を叱る。

譯 責罵後生晚輩。

08 | こうれいしゃ【高齢者】

名 高齡者，年高者

例 高齢者の人数が増える。

譯 高齡人口不斷增加。

09 | こじん【個人】

名 個人

例 個人的な問題になる。

譯 成為私人的問題。

10 | しじん【詩人】

名 詩人

例 詩人になる。
譯 成為詩人。

11 | しゃ【者】

漢造 者，人；(特定的)事物，場所
例 けが人はいるが，死亡者はいない。
譯 雖然有人受傷，但沒有人死亡。

12 | しゅ【手】

漢造 手；親手；專家；有技藝或資格的人
例 助手を呼んでくる。
譯 請助手過來。

13 | しゅじん【主人】

名 家長，一家之主；丈夫，外子；主人；東家，老闆，店主
例 お隣のご主人はよく手伝ってくれる。
譯 鄰居的男主人經常幫我忙。

14 | じょ【女】

名·漢造 (文)女兒；女人，婦女
例 かわいい少女を見た。
譯 看見一位可愛的少女。

15 | しょくにん【職人】

名 工匠
例 職人になる。
譯 成為工匠。

16 | しりあい【知り合い】

名 熟人，朋友
例 知り合いになる。
譯 相識。

17 | スター【star】

名 (影劇)明星，主角；星狀物，星
例 スーパースターになる。
譯 成為超級巨星。

18 | だん【団】

漢造 團，圓團；團體
例 団体で旅行へ行く。
譯 跟團旅行。

19 | だんたい【団体】

名 團體，集體
例 団体で動く。
譯 團體行動。

20 | ちょう【長】

名·漢造 長，首領；長輩；長處
例 一家の長として頑張る。
譯 以身為一家之主而努力。

21 | どくしん【独身】

名 單身
例 独身の生活を楽しむ。
譯 享受單身生活。

22 | どの【殿】

接尾 (前接姓名等)表示尊重(書信用，多用於公文)
例 PTA会長殿がお見えになりました。
譯 家長教師會會長蒞臨了。

23 | ベテラン【veteran】

(名) 老手，内行
(例) ベテラン選手がやめる。
(譯) 老將辭去了。

24 | ボランティア【volunteer】

(名) 志願者，志工
(例) ボランティアで道路のごみ拾いをしている。
(譯) 義務撿拾馬路上的垃圾。

25 | ほんにん【本人】

(名) 本人
(例) 本人が現れた。
(譯) 當事人現身了。

26 | むすこさん【息子さん】

(名) （尊稱他人的）令郎
(例) 息子さんのお名前は。
(譯) 請教令郎的大名是？

27 | やぬし【家主】

(名) 房東，房主；戶主
(例) 家主に家賃を払う。
(譯) 付房東房租。

28 | ゆうじん【友人】

(名) 友人，朋友
(例) 友人と付き合う。
(譯) 和友人交往。

29 | ようじ【幼児】

(名) 學齡前兒童，幼兒

(例) 幼児教育を研究する。
(譯) 研究幼兒教育。

30 | ら【等】

(接尾) （表示複數）們；（同類型的人或物）等
(例) 君らは何年生。
(譯) 你們是幾年級？

31 | リーダー【leader】

(名) 領袖，指導者，隊長
(例) 登山隊のリーダーになる。
(譯) 成為登山隊的領隊。

7-3 容姿 /
姿容

01 | イメージ【image】

(名) 影像，形象，印象
(例) イメージが変わった。
(譯) 變得跟印象中不同了。

02 | おしゃれ【お洒落】

(名・形動) 打扮漂亮，愛漂亮的人
(例) お洒落をする。
(譯) 打扮。

03 | かっこういい【格好いい】

(連語・形) （俗）真棒，真帥，酷（口語用「かっこいい」）
(例) かっこういい人が苦手だ。
(譯) 在帥哥面前我往往會不知所措。

04 | けしょう【化粧】

（名・自サ）化妝，打扮；修飾，裝飾，裝潢
例 化粧を直す。
譯 補妝。

05 | そっくり

（形動・副）一模一樣，極其相似；全部，完全，原封不動
例 私と母はそっくりだ。
譯 我和媽媽長得幾乎一模一樣。

06 | にあう【似合う】

（自五）合適，相稱，調和
例 君によく似合う。
譯 很適合你。

07 | はで【派手】

（名・形動）（服裝等）鮮艷的，華麗的；（為引人注目而動作）誇張，做作
例 派手な服を着る。
譯 穿華麗的衣服。

08 | びじん【美人】

（名）美人，美女
例 やっぱり美人は得だね。
譯 果然美女就是佔便宜。

7-4 態度、性格 /
態度、性格

01 | あわてる【慌てる】

（自下一）驚慌，急急忙忙，匆忙，不穩定
例 慌てて逃げる。
譯 驚慌逃走。

02 | いじわる【意地悪】

（名・形動）使壞，刁難，作弄
例 意地悪な人に苦しめられている。
譯 被壞心眼的人所苦。

03 | いたずら【悪戯】

（名・形動）淘氣，惡作劇；玩笑，消遣
例 いたずらがすぎる。
譯 惡作劇過度。

04 | いらいら【苛々】

（名・副・他サ）情緒急躁、不安；焦急，急躁
例 連絡がとれずいらいらする。
譯 聯絡不到對方焦躁不安。

05 | うっかり

（副・自サ）不注意，不留神；發呆，茫然
例 うっかりと秘密をしゃべる。
譯 不小心把秘密說出來。

06 | おじぎ【お辞儀】

（名・自サ）行禮，鞠躬，敬禮；客氣
例 お辞儀をする。
譯 行禮。

07 | おとなしい【大人しい】

（形）老實，溫順；（顏色等）樸素，雅致
例 おとなしい娘がいい。
譯 我喜歡溫順的女孩。

08 | かたい【固い・硬い・堅い】

形 硬的，堅固的；堅決的；生硬的；嚴謹的，頑固的；一定，包准；可靠的

例 頭が固い。

譯 死腦筋。

09 | きちんと

副 整齊，乾乾淨淨；恰好，洽當；如期，準時；好好地，牢牢地

例 沢山の本をきちんと片付けた。

譯 把一堆書收拾得整整齊齊的。

10 | けいい【敬意】

名 尊敬對方的心情，敬意

例 敬意を表する。

譯 表達敬意。

11 | けち

名・形動 吝嗇、小氣(的人)；卑賤，簡陋，心胸狹窄，不值錢

例 けちな性格になる。

譯 變成小氣的人。

12 | しょうきょくてき【消極的】

形動 消極的

例 消極的な態度をとる。

譯 採取消極的態度。

13 | しょうじき【正直】

名・形動・副 正直，老實

例 正直な人が得をする。

譯 正直的人好處多多。

14 | せいかく【性格】

名 (人的)性格，性情；(事物的)性質，特性

例 性格が悪い。

譯 性格惡劣。

15 | せいしつ【性質】

名 性格，性情；(事物)性質，特性

例 性質がよい。

譯 性質很好。

16 | せっきょくてき【積極的】

形動 積極的

例 積極的に仕事を探す。

譯 積極地找工作。

17 | そっと

副 悄悄地，安靜的；輕輕的；偷偷地；照原樣不動的

例 そっと教えてくれた。

譯 偷偷地告訴了我。

18 | たいど【態度】

名 態度，表現；舉止，神情，作風

例 態度が悪い。

譯 態度惡劣。

19 | つう【通】

名・形動・接尾・漢造 精通，內行，專家；通曉人情世故，通情達理；暢通；(助數詞)封，件，紙；穿過；往返；告知；貫徹始終

例 彼は日本通だ。

譯 他是個日本通。

20 | どりょく【努力】

(名・自サ) 努力

例 努力が結果につながる。

譯 因努力而取得成果。

21 | なやむ【悩む】

(自五) 煩惱，苦惱，憂愁；感到痛苦

例 進路のことで悩んでいる。

譯 煩惱不知道以後做什麼好。

22 | にがて【苦手】

(名・形動) 棘手的人或事；不擅長的事物

例 勉強が苦手だ。

譯 不喜歡讀書。

23 | のうりょく【能力】

(名) 能力；（法）行為能力

例 能力を伸ばす。

譯 施展才能。

24 | ばか【馬鹿】

(名・接頭) 愚蠢，糊塗

例 ばかなまねはするな。

譯 別做傻事。

25 | はっきり

(副・自サ) 清楚；直接了當

例 はっきり言いすぎた。

譯 説得太露骨了。

26 | ぶり【振り】

(造語) 樣子，狀態

例 勉強振りを評価する。

譯 對學習狀況給予評價。

27 | やるき【やる気】

(名) 幹勁，想做的念頭

例 やる気はある。

譯 幹勁十足。

28 | ゆうしゅう【優秀】

(名・形動) 優秀

例 優秀な人材を得る。

譯 獲得優秀的人才。

29 | よう【様】

(造語・漢造) 樣子，方式；風格；形狀

例 彼の様子がおかしい。

譯 他的樣子有些怪異。

30 | らんぼう【乱暴】

(名・形動・自サ) 粗暴，粗魯；蠻橫，不講理；胡來，胡亂，亂打人

例 言い方が乱暴だ。

譯 説話方式很粗魯。

31 | わがまま

(名・形動) 任性，放肆，肆意

例 わがままを言う。

譯 説任性的話。

7-5 人間関係 /
人際關係

01 ｜ あいて【相手】

名 夥伴，共事者；對方，敵手；對象

例 テニスの相手をする。

譯 做打網球的對手。

02 ｜ あわせる【合わせる】

他下一 合併；核對，對照；加在一起，混合；配合，調合

例 力を合わせる。

譯 聯手，合力。

03 ｜ おたがい【お互い】

名 彼此，互相

例 お互いに頑張ろう。

譯 彼此加油吧！

04 ｜ カップル【couple】

名 一對，一對男女，一對情人，一對夫婦

例 お似合いなカップルですね。

譯 真是相配的一對啊！

05 ｜ きょうつう【共通】

名・形動・自サ 共同，通用

例 共通の趣味がある。

譯 有同樣的嗜好。

06 ｜ きょうりょく【協力】

名・自サ 協力，合作，共同努力，配合

例 みんなで協力する。

譯 大家通力合作。

07 ｜ コミュニケーション 【communication】

名 (語言、思想、精神上的)交流，溝通；通訊，報導，信息

例 コミュニケーションを大切にする。

譯 注重溝通。

08 ｜ したしい【親しい】

形 (血緣)近；親近，親密；不稀奇

例 親しい友達になる。

譯 成為密友。

09 ｜ すれちがう【擦れ違う】

自五 交錯，錯過去；不一致，不吻合，互相分歧；錯車

例 彼女と擦れ違った。

譯 與她擦身而過。

10 ｜ たがい【互い】

名・形動 互相，彼此；雙方；彼此相同

例 互いに協力する。

譯 互相協助。

11 ｜ たすける【助ける】

他下一 幫助，援助；救，救助；輔佐；救濟，資助

例 命を助ける。

譯 救人一命。

12 ｜ ちかづける【近付ける】

他五 使…接近，使…靠近

例 人との関係を近づける。

譯 與人的關係更緊密。

13 | ちょくせつ【直接】

(名・副・自サ) 直接

例 会って直接話す。

譯 見面直接談。

14 | つきあう【付き合う】

(自五) 交際，往來；陪伴，奉陪，應酬

例 彼女と付き合う。

譯 與她交往。

15 | デート【date】

(名・自サ) 日期，年月日；約會，幽會

例 私とデートする。

譯 跟我約會。

16 | であう【出会う】

(自五) 遇見，碰見，偶遇；約會，幽會；(顏色等)協調，相稱

例 彼女に出会った。

譯 與她相遇了。

17 | なか【仲】

(名) 交情；(人和人之間的)聯繫

例 あの二人は仲がいい。

譯 那兩位交情很好。

18 | パートナー【partner】

(名) 伙伴，合作者，合夥人；舞伴

例 いいパートナーになる。

譯 成為很好的工作伙伴。

19 | はなしあう【話し合う】

(自五) 對話，談話；商量，協商，談判

例 楽しく話し合う。

譯 相談甚歡。

20 | みおくり【見送り】

(名) 送行；靜觀，觀望；(棒球)放著好球不打

例 盛大な見送りを受けた。

譯 獲得盛大的送行。

21 | みおくる【見送る】

(他五) 目送；送行，送別；送終；觀望，等待(機會)

例 姉を見送る。

譯 目送姐姐。

22 | みかた【味方】

(名・自サ) 我方，自己的這一方；夥伴

例 いつも君の味方だ。

譯 我永遠站在你這邊。

01│いったい【一体】 N3◉8

(名・副) 一體，同心合力；一種體裁；根本，本來；大致上；到底，究竟

例 夫婦一体となって働く。

譯 夫妻同心協力工作。

02│いとこ【従兄弟・従姉妹】

(名) 堂表兄弟姊妹

例 従兄弟同士仲がいい。

譯 堂表兄弟姊妹感情良好。

03│け【家】

(接尾) 家，家族

例 将軍家の生活を紹介する。

譯 介紹將軍一家(普通指德川一家)的生活狀況。

04│だい【代】

(名・漢造) 代，輩；一生，一世；代價

例 代がかわる。

譯 世代交替。

05│ちょうじょ【長女】

(名) 長女，大女兒

例 長女が生まれる。

譯 長女出生。

06│ちょうなん【長男】

(名) 長子，大兒子

例 長男が生まれる。

譯 長男出生。

07│ふうふ【夫婦】

(名) 夫婦，夫妻

例 夫婦になる。

譯 成為夫妻。

08│まご【孫】

(名・造語) 孫子；隔代，間接

例 孫ができた。

譯 抱孫子了。

09│みょうじ【名字・苗字】

(名) 姓，姓氏

例 結婚して名字が変わる。

譯 結婚後更改姓氏。

10│めい【姪】

(名) 姪女，外甥女

例 今日は姪の誕生日だ。

譯 今天是姪子的生日。

11│もち【持ち】

(接尾) 負擔，持有，持久性

例 彼は妻子持ちだ。

譯 他有家室。

12 | ゆらす【揺らす】

(他五) 搖擺，搖動

例 揺りかごを揺らす。

譯 推晃搖籃。

- - - - - - - - - - - - - - - - - - - -

13 | りこん【離婚】

(名·自サ)（法）離婚

例 二人は離婚した。

譯 兩個人離婚了。

01 | うし【牛】　　　　　N3 ● 9

名 牛
例 牛を飼う。
譯 養牛。

02 | うま【馬】

名 馬
例 馬に乗る。
譯 騎馬。

03 | かう【飼う】

他五 飼養（動物等）
例 豚を飼う。
譯 養豬。

04 | せいぶつ【生物】

名 生物
例 生物がいる。
譯 有生物生存。

05 | とう【頭】

接尾 （牛、馬等）頭
例 動物園には牛が一頭いる。
譯 動物園有一隻牛。

06 | わ【羽】

接尾 （數鳥或兔子）隻
例 鶏が一羽いる。
譯 有一隻雞。

パート
10
第十章

植物
- 植物 -

01 | さくら【桜】　　　　N3 ● 10

名 (植)櫻花，櫻花樹；淡紅色

例 桜が咲く。

訳 櫻花開了。

02 | そば【蕎麦】

名 蕎麥；蕎麥麵

例 蕎麦を植える。

訳 種植蕎麥。

03 | はえる【生える】

自下一 (草，木)等生長

例 雑草が生えてきた。

訳 雜草長出來了。

04 | ひょうほん【標本】

名 標本；(統計)樣本；典型

例 植物の標本を作る。

訳 製作植物的標本。

05 | ひらく【開く】

自五・他五 綻放；開，拉開

例 花が開く。

訳 花兒綻放開來。

06 | フルーツ【fruits】

名 水果

例 フルーツジュースをよく飲んで
いる。

訳 我常喝果汁。

物質
- 物質 -

11-1 物、物質 /
物、物質

01 | かがくはんのう【化学反応】
名 化學反應
例 化学反応が起こる。
譯 起化學反應。

02 | こおり【氷】
名 冰
例 氷が溶ける。
譯 冰融化。

03 | ダイヤモンド【diamond】
名 鑽石
例 ダイヤモンドを買う。
譯 買鑽石。

04 | とかす【溶かす】
他五 溶解，化開，溶入
例 完全に溶かす。
譯 完全溶解。

05 | はい【灰】
名 灰
例 タバコの灰が飛んできた。
譯 煙灰飄過來了。

06 | リサイクル【recycle】
名・サ変 回收，（廢物）再利用
例 牛乳パックをリサイクルする。
譯 回收牛奶盒。

11-2 エネルギー、燃料 /
能源、燃料

01 | エネルギー【(徳) energie】
名 能量，能源，精力，氣力
例 エネルギーが不足する。
譯 能源不足。

02 | かわる【替わる】
自五 更換，交替
例 石油に替わる燃料を作る。
譯 製作替代石油的燃料。

03 | けむり【煙】
名 煙
例 工場から煙が出ている。
譯 煙正從工廠冒出來。

04 | しげん【資源】
名 資源
例 資源が少ない。
譯 資源不足。

05 | もやす【燃やす】

(他五) 燃燒；(把某種情感)燃燒起來，激起
例 落ち葉を燃やす。
譯 燒落葉。

11-3 原料、材料 /
原料、材料

01 | あさ【麻】

(名) (植物)麻，大麻；麻紗，麻布，麻
纖維
例 麻の布で拭く。
譯 用麻布擦拭。

02 | ウール【wool】

(名) 羊毛，毛線，毛織品
例 ウールのセーターを出す。
譯 取出毛料的毛衣。

03 | きれる【切れる】

(自下一) 斷；用盡
例 糸が切れる。
譯 線斷掉。

04 | コットン【cotton】

(名) 棉，棉花；木棉，棉織品
例 下着はコットンしか着られない。
譯 內衣只能穿純棉製品。

05 | しつ【質】

(名) 質量；品質，素質；質地，實質；
抵押品；真誠，樸實
例 質がいい。
譯 品質良好。

06 | シルク【silk】

(名) 絲，絲綢；生絲
例 シルクのドレスを買った。
譯 買了一件絲綢的洋裝。

07 | てっこう【鉄鋼】

(名) 鋼鐵
例 鉄鋼業が盛んだ。
譯 鋼鐵業興盛。

08 | ビニール【vinyl】

(名) (化)乙烯基；乙烯基樹脂；塑膠
例 野菜をビニール袋に入れた。
譯 把蔬菜放進了塑膠袋裡。

09 | プラスチック【plastic・plastics】

(名) (化)塑膠，塑料
例 プラスチック製の車を発表する。
譯 發表塑膠製的車子。

10 | ポリエステル【polyethylene】

(名) (化學)聚乙稀，人工纖維
例 ポリエステルの服を洗濯機に入れる。
譯 把人造纖維的衣服放入洗衣機。

11 | めん【綿】

(名・漢造) 棉，棉線；棉織品；綿長；詳盡；
棉，棉花
例 綿のシャツを着る。
譯 穿棉襯衫。

天体、気象

- 天體、氣象 -

12-1 天体、気象、気候 /
天體、氣象、氣候

01 | あたる【当たる】

(自五・他五) 碰撞；擊中；合適；太陽照射；
取暖， 吹(風)；接觸；(大致)位於；
當…時候；(粗暴)對待

例 日が当たる。

譯 陽光照射。

02 | いじょうきしょう【異常気象】

名 氣候異常

例 異常気象が続いている。

譯 氣候異常正持續著。

03 | いんりょく【引力】

名 物體互相吸引的力量

例 引力が働く。

譯 引力產生作用。

04 | おんど【温度】

名 (空氣等)溫度，熱度

例 温度が下がる。

譯 溫度下降。

05 | くれ【暮れ】

名 日暮，傍晚；季末，年末

例 日の暮れが早くなる。

譯 日落得早。

06 | しっけ【湿気】

名 濕氣

例 部屋の湿気が酷い。

譯 房間濕氣非常嚴重。

07 | しつど【湿度】

名 濕度

例 湿度が高い。

譯 濕度很高。

08 | たいよう【太陽】

名 太陽

例 太陽の光を浴びる。

譯 沐浴在陽光下。

09 | ちきゅう【地球】

名 地球

例 地球は 46 億年前に誕生した。

譯 地球誕生於四十六億年前。

10 | つゆ【梅雨】

名 梅雨；梅雨季

例 梅雨が明ける。

譯 梅雨期結束。

11 | のぼる【昇る】

(自五) 上升

例 太陽が昇る。

譯 太陽升起。

12 | ふかまる【深まる】

自五 加深，變深

例 秋が深まる。

譯 秋深。

13 | まっくら【真っ暗】

名・形動 漆黑；（前途）黯淡

例 真っ暗になる。

譯 變得漆黑。

14 | まぶしい【眩しい】

形 耀眼，刺眼的；華麗奪目的，鮮豔的，刺目

例 太陽が眩しかった。

譯 太陽很刺眼。

15 | むしあつい【蒸し暑い】

形 悶熱的

例 昼間は蒸し暑い。

譯 白天很悶熱。

16 | よ【夜】

名 夜、夜晚

例 夏の夜は短い。

譯 夏夜很短。

12-2 さまざまな自然現象 /
各種自然現象

01 | うまる【埋まる】

自五 被埋上；填滿，堵住；彌補，補齊

例 雪に埋まる。

譯 被雪覆蓋住。

02 | かび

名 霉

例 かびが生える。

譯 發霉。

03 | かわく【乾く】

自五 乾，乾燥

例 土が乾く。

譯 地面乾。

04 | すいてき【水滴】

名 水滴；（注水研墨用的）硯水壺

例 水滴が落ちた。

譯 水滴落下來。

05 | たえず【絶えず】

副 不斷地，經常地，不停地，連續

例 絶えず水が流れる。

譯 水源源不絕流出。

06 | ちらす【散らす】

他五・接尾 把…分散開，驅散；吹散，灑散；散佈，傳播；消腫

例 火花を散らす。

譯 吹散煙火。

07 | ちる【散る】

自五 凋謝，散漫，落；離散，分散；遍佈；消腫；渙散

例 桜が散った。

譯 櫻花飄落了。

08 | つもる【積もる】

(自五・他五) 積，堆積；累積；估計；計算；推測

例 雪が積もる。

譯 積雪。

09 | つよまる【強まる】

(自五) 強起來，加強，增強

例 風が強まった。

譯 風勢逐漸增強。

10 | とく【溶く】

(他五) 溶解，化開，溶入

例 お湯に溶く。

譯 用熱開水沖泡。

11 | とける【溶ける】

(自下一) 溶解，融化

例 水に溶けません。

譯 不溶於水。

12 | ながす【流す】

(他五) 使流動，沖走；使漂走；流(出)；放逐；使流產；傳播；洗掉(汙垢)；不放在心上

例 水を流す。

譯 沖水。

13 | ながれる【流れる】

(自下一) 流動；漂流；飄動；傳布；流逝；流浪；(壞的)傾向；流產；作罷；偏離目標；瀰漫；降落

例 汗が流れる。

譯 流汗。

14 | なる【鳴る】

(自五) 響，叫；聞名

例 ベルが鳴る。

譯 鈴聲響起。

15 | はずれる【外れる】

(自下一) 脱落，掉下；(希望)落空，不合(道理)；離開(某一範圍)

例 ボタンが外れる。

譯 鈕釦脱落。

16 | はる【張る】

(自五・他五) 延伸，伸展；覆蓋；膨脹，負擔過重；展平，擴張；設置，布置

例 池に氷が張る。

譯 池塘都結了一層薄冰。

17 | ひがい【被害】

(名) 受害，損失

例 被害がひどい。

譯 受災嚴重。

18 | まわり【回り】

(名・接尾) 轉動；走訪，巡迴；周圍；周，圈

例 火の回りが速い。

譯 火蔓延得快。

19 | もえる【燃える】

(自下一) 燃燒，起火；(轉)熱情洋溢，滿懷希望；(轉)顏色鮮明

例 怒りに燃える。

譯 怒火中燒。

20 | やぶれる【破れる】

(自下一) 破損，損傷；破壞，破裂，被打破；失敗

例 紙が破れる。

譯 紙破了。

21 | ゆれる【揺れる】

(自下一) 搖晃，搖動；躊躇

例 船が揺れる。

譯 船在搖晃。

地理、場所

- 地理、地方 -

13-1 地理 /
地理

01 | あな【穴】

(名) 孔，洞，窟窿；坑；穴，窩；礦井；
藏匿處；缺點；虧空

例 穴に入る。

譯 鑽進洞裡。

02 | きゅうりょう【丘陵】

(名) 丘陵

例 丘陵を歩く。

譯 走在山岡上。

03 | こ【湖】

(接尾) 湖

例 琵琶湖に張っていた氷が溶けた。

譯 在琵琶湖面上凍結的冰層融解了。

04 | こう【港】

(漢造) 港口

例 神戸港まで 30 分で着く。

譯 三十分鐘就可以抵達神戸港。

05 | こきょう【故郷】

(名) 故鄉，家鄉，出生地

例 故郷を離れる。

譯 離開故鄉。

06 | さか【坂】

(名) 斜面，坡道；(比喻人生或工作的關
鍵時刻)大關，陡坡

例 坂を上る。

譯 爬上坡。

07 | さん【山】

(接尾) 山；寺院，寺院的山號

例 富士山に登る。

譯 爬富士山。

08 | しぜん【自然】

(名・形動・副) 自然，天然；大自然，自然界；
自然地

例 自然が豊かだ。

譯 擁有豐富的自然資源。

09 | じばん【地盤】

(名) 地基，地面；地盤，勢力範圍

例 地盤が強い。

譯 地基強固。

10 | わん【湾】

(名) 灣，海灣

例 東京湾にもたくさんの魚がいる。

譯 東京灣也有很多魚。

13-2 場所、空間 /
地方、空間

01 | あける【空ける】

他下一 倒出，空出；騰出(時間)

例 会議室を空ける。

譯 空出會議室。

---

02 | くう【空】

名・形動・漢造 空中，空間；空虛

例 空に消える。

譯 消失在空中。

---

03 | そこ【底】

名 底，底子；最低處，限度；底層，深處；邊際，極限

例 海の底に沈んだ。

譯 沉入海底。

---

04 | ちほう【地方】

名 地方，地區；(相對首都與大城市而言的)地方，外地

例 地方から全国へ広がる。

譯 從地方蔓延到全國。

---

05 | どこか

連語 哪裡是，豈止，非但

例 どこか暖かい国へ行きたい。

譯 想去暖活的國家。

---

06 | はたけ【畑】

名 田地，旱田；專業的領域

例 畑の野菜を採る。

譯 採收田裡的蔬菜。

13-3 地域、範囲 /
地域、範圍

01 | あたり【辺り】

名・造語 附近，一帶；之類，左右

例 あたりを見回す。

譯 環視周圍。

---

02 | かこむ【囲む】

他五 圍上，包圍；圍攻

例 自然に囲まれる。

譯 沐浴在大自然之中。

---

03 | かんきょう【環境】

名 環境

例 環境が変わる。

譯 環境改變。

---

04 | きこく【帰国】

名・自サ 回國，歸國；回到家鄉

例 夏に帰国する。

譯 夏天回國。

---

05 | きんじょ【近所】

名 附近，左近，近郊

例 近所で工事が行われる。

譯 這附近將會施工。

---

06 | コース【course】

名 路線，(前進的)路徑；跑道：課程，學程：程序：套餐

例 コースを変える。

譯 改變路線。

07 | しゅう【州】

名 大陸，州

例 州によって法律が違う。

譯 每一州的法律各自不同。

08 | しゅっしん【出身】

名 出生（地），籍貫；出身；畢業於…

例 彼女は東京の出身だ。

譯 她出生於東京。

09 | しょ【所】

漢造 處所，地點；特定地

例 次の場所へ行く。

譯 前往到下一個地方。

10 | しょ【諸】

漢造 諸

例 欧米諸国を旅行する。

譯 旅行歐美各國。

11 | せけん【世間】

名 世上，社會上；世人；社會輿論；（交際活動的）範圍

例 世間を広げる。

譯 交遊廣闊。

12 | ちか【地下】

名 地下；陰間；（政府或組織）地下，秘密（組織）

例 地下に眠る。

譯 沉睡在地底下。

13 | ちく【地区】

名 地區

例 この地区は古い家が残っている。

譯 此地區留存著許多老房子。

14 | ちゅうしん【中心】

名 中心，當中；中心，重點，焦點；中心地，中心人物

例 Aを中心とする。

譯 以Ａ為中心。

15 | とうよう【東洋】

名 （地）亞洲；東洋，東方（亞洲東部和東南部的總稱）

例 東洋文化を研究する。

譯 研究東洋文化。

16 | ところどころ【所々】

名 處處，各處，到處都是

例 所々に間違いがある。

譯 有些地方錯了。

17 | とし【都市】

名 都市，城市

例 東京は日本で一番大きい都市だ。

譯 東京是日本最大的都市。

18 | ない【内】

漢造 內，裡頭；家裡；內部

例 校内で走るな。

譯 校內嚴禁奔跑。

19 | はなれる【離れる】

自下一 離開，分開；離去；距離，相隔；

脱離（關係），背離
例 故郷を離れる。
譯 離開家鄉。

---

20 | はんい【範囲】

名 範圍，界線
例 広い範囲に渡る。
譯 範圍遍佈極廣。

---

21 | ひろまる【広まる】

自五（範圍）擴大；傳播，遍及
例 話が広まる。
譯 事情漸漸傳開。

---

22 | ひろめる【広める】

他下一 擴大，增廣；普及，推廣；披漏，宣揚
例 知識を広める。
譯 普及知識。

---

23 | ぶ【部】

名・漢造 部分；部門；冊
例 一部の人だけが悩んでいる。
譯 只有部分的人在煩惱。

---

24 | ふうぞく【風俗】

名 風俗；服裝，打扮；社會道德
例 地方の風俗を紹介する。
譯 介紹地方的風俗。

---

25 | ふもと【麓】

名 山腳
例 富士山の麓に広がる。

譯 蔓延到富士山下。

---

26 | まわり【周り】

名 周圍，周邊
例 周りの人が驚いた。
譯 周圍的人嚇了一跳。

---

27 | よのなか【世の中】

名 人世間，社會；時代，時期；男女之情
例 世の中の動きを知る。
譯 知曉社會的變化。

---

28 | りょう【領】

名・接尾・漢造 領土；脖領；首領
例 日本領を犯す。
譯 侵犯日本領土。

13-4 方向、位置 /
方向、位置

---

01 | か【下】

漢造 下面；屬下；低下；下，降
例 上学年と下学年に分ける。
譯 分為上半學跟下半學年。

---

02 | かしょ【箇所】

名・接尾（特定的）地方；（助數詞）處
例 一箇所間違える。
譯 一個地方錯了。

03 | くだり【下り】

② 下降的;東京往各地的列車

例 下りの列車に乗る。

譯 搭乘南下的列車。

04 | くだる【下る】

自五 下降,下去;下野,脱離公職;由中央到地方;下達;往河的下游去

例 川を下る。

譯 順流而下。

05 | しょうめん【正面】

② 正面;對面;直接,面對面

例 建物の正面から入る。

譯 從建築物的正面進入。

06 | しるし【印】

② 記號,符號;象徵(物),標記;徽章;(心意的)表示;紀念(品);商標

例 大事な所に印をつける。

譯 重要處蓋上印章。

07 | すすむ【進む】

自五·接尾 進,前進;進步,先進;進展;升級,進級;升入,進入,到達;繼續下去

例 ゆっくりと進んだ。

譯 緩慢地前進。

08 | すすめる【進める】

他下一 使向前推進,使前進;推進,發展,開展;進行,舉行;提升,晉級;增進,使旺盛

例 計画を進める。

譯 進行計畫。

09 | ちかづく【近づく】

自五 臨近,靠近;接近,交往;幾乎,近似

例 目的地に近付く。

譯 接近目的地。

10 | つきあたり【突き当たり】

② (道路的)盡頭

例 廊下の突き当たりまで歩く。

譯 走到走廊的盡頭。

11 | てん【点】

② 點;方面;(得)分

例 その点について説明する。

譯 關於那一點容我進行說明。

12 | とじょう【途上】

② (文)路上;中途

例 通学の途上、祖母に会った。

譯 去學校的途中遇到奶奶。

13 | ななめ【斜め】

名·形動 斜,傾斜;不一般,不同往常

例 斜めになっていた。

譯 歪了。

14 | のぼる【上る】

自五 進京;晉級,高昇;(數量)達到,高達

例 階段を上る。

譯 爬樓梯。

15 ┃ はし【端】

<ruby>名<rt></rt></ruby> 開端，開始；邊緣；零頭，片段；開始，盡頭

例 道の端を歩く。

譯 走在路旁的兩旁。

---

16 ┃ ふたて【二手】

<ruby>名<rt></rt></ruby> 兩路

例 二手に分かれる。

譯 兵分兩路。

---

17 ┃ むかい【向かい】

<ruby>名<rt></rt></ruby> 正對面

例 駅の向かいにある。

譯 在車站的對面。

---

18 ┃ むき【向き】

<ruby>名<rt></rt></ruby> 方向；適合，合乎；認真，慎重其事；傾向，趨向；（該方面的）人，人們

例 向きが変わる。

譯 轉變方向。

---

19 ┃ むく【向く】

(自五・他五) 朝，向，面；傾向，趨向；適合；面向，著

例 気の向くままにやる。

譯 隨心所欲地做。

---

20 ┃ むける【向ける】

(自他下一) 向，朝，對；差遣，派遣；撥用，用在

例 銃を男に向けた。

譯 槍指向男人。

---

21 ┃ もくてきち【目的地】

<ruby>名<rt></rt></ruby> 目的地

例 目的地に着く。

譯 抵達目的地。

---

22 ┃ よる【寄る】

(自五) 順道去…；接近

例 喫茶店に寄る。

譯 順道去咖啡店。

---

23 ┃ りょう【両】

(漢造) 雙，兩

例 川の両岸に桜が咲く。

譯 河川的兩岸櫻花綻放著。

---

24 ┃ りょうがわ【両側】

<ruby>名<rt></rt></ruby> 兩邊，兩側，兩方面

例 道の両側に寄せる。

譯 使靠道路兩旁。

施設、機関
- 設施、機關單位 -

14-1 施設、機関 /
設施、機關單位

01 | かん【館】
漢造 旅館；大建築物或商店
例 博物館を見学する。
譯 參觀博物館。

02 | くやくしょ【区役所】
名 (東京都特別区與政令指定都市所屬的)區公所
例 区役所で働く。
譯 在區公所工作。

03 | けいさつしょ【警察署】
名 警察署
例 警察署に連れて行かれる。
譯 被帶去警局。

04 | こうみんかん【公民館】
名 (市町村等的)文化館，活動中心
例 公民館で茶道の教室がある。
譯 公民活動中心裡設有茶道的課程。

05 | しやくしょ【市役所】
名 市政府，市政廳
例 市役所に勤めている。
譯 在市公所工作。

06 | じょう【場】
名・漢造 場，場所；場面
例 会場を片付ける。
譯 整理會場。

07 | しょうぼうしょ【消防署】
名 消防局，消防署
例 消防署に連絡する。
譯 聯絡消防局。

08 | にゅうこくかんりきょく【入国管理局】
名 入國管理局
例 入国管理局にビザを申請する。
譯 在入國管理局申請了簽證。

09 | ほけんじょ【保健所】
名 保健所，衛生所
例 保健所で健康診断を受ける。
譯 在衛生所做健康檢查。

14-2 いろいろな施設 /
各種設施

01 | えん【園】
接尾 園
例 弟は幼稚園に通っている。
譯 弟弟上幼稚園。

02 | げきじょう【劇場】

名 劇院，劇場，電影院
例 劇場へ行く。
譯 去劇場。

03 | じ【寺】

漢造 寺
例 金閣寺には金閣、銀閣寺には銀閣
がある。
譯 金閣寺有金閣，銀閣寺有銀閣。

04 | はくぶつかん【博物館】

名 博物館，博物院
例 博物館を楽しむ。
譯 到博物館欣賞。

05 | ふろや【風呂屋】

名 浴池，澡堂
例 風呂屋に行く。
譯 去澡堂。

06 | ホール【hall】

名 大廳；舞廳；（有舞台與觀眾席的）會場
例 新しいホールをオープンする。
譯 新的禮堂開幕了。

07 | ほいくえん【保育園】

名 幼稚園，保育園
例 2歳から保育園に行く。
譯 從兩歲起就讀育幼園。

14

設施、機關單位

14-3 店 / 商店

01 | あつまり【集まり】

名 集會，會合；收集（的情況）
例 客の集まりが悪い。
譯 上門顧客不多。

02 | オープン【open】

名·自他サ·形動 開放，公開；無蓋，敞篷；露天，野外
例 3月にオープンする。
譯 於三月開幕。

03 | コンビニ（エンスストア）【convenience store】

名 便利商店
例 コンビニで買う。
譯 在便利商店買。

04 | （じどう）けんばいき【（自動）券売機】

名 （門票、車票等）自動售票機
例 自動券売機で買う。
譯 於自動販賣機購買。

05 | しょうばい【商売】

名·自サ 經商，買賣，生意；職業，行業
例 商売がうまくいく。
譯 生意順利。

06 | チケット【ticket】

(名) 票，券；車票；入場券；機票

(例) コンサートのチケットを買う。

(譯) 買票。

07 | ちゅうもん【注文】

(名・他サ) 點餐，訂貨，訂購；希望，要求，願望

(例) パスタを注文した。

(譯) 點了義大利麵。

08 | バーゲンセール【bargain sale】

(名) 廉價出售，大拍賣

(例) バーゲンセールが始まった。

(譯) 開始大拍賣囉。

09 | ばいてん【売店】

(名) （車站等）小賣店

(例) 駅の売店で新聞を買う。

(譯) 在車站的小賣店買報紙。

10 | ばん【番】

(名・接尾・漢造) 輪班；看守，守衛；（表順序與號碼）第…號；（交替）順序，次序

(例) 店の番をする。

(譯) 照看店舖。

14-4 団体、会社 /
團體、公司行號

01 | かい【会】

(名) 會，會議，集會

(例) 会に入る。

(譯) 入會。

02 | しゃ【社】

(名・漢造) 公司，報社(的簡稱)；社會團體；組織；寺院

(例) 新聞社に就職する。

(譯) 在報社上班。

03 | つぶす【潰す】

(他五) 毀壞，弄碎；熔毀，熔化；消磨，消耗；宰殺；堵死，填滿

(例) 会社を潰す。

(譯) 讓公司倒閉。

04 | とうさん【倒産】

(名・自サ) 破產，倒閉

(例) 激しい競争に負けて倒産した。

(譯) 在激烈競爭裡落敗而倒閉了。

05 | ほうもん【訪問】

(名・他サ) 訪問，拜訪

(例) 会社を訪問する。

(譯) 訪問公司。

パート **15** 第十五章 交通

- 交通 -

15-1 交通、運輸 /
交通、運輸

01 | いき・ゆき【行き】
(名) 去，往
例 東京行きの列車が来た。
譯 開往東京的列車進站了。

02 | おろす【下ろす・降ろす】
(他五)（從高處）取下，拿下，降下，弄下；開始使用（新東西）；砍下
例 車から荷物を降ろす。
譯 從卡車上卸下貨。

03 | かたみち【片道】
(名) 單程，單方面
例 片道の電車賃をもらう。
譯 取得單程的電車費。

04 | けいゆ【経由】
(名・自サ) 經過，經由
例 新宿経由で東京へ行く。
譯 經新宿到東京。

05 | しゃ【車】
(名・接尾・漢造) 車；（助數詞）車，輛，車廂
例 電車に乗る。
譯 搭電車。

06 | じゅうたい【渋滞】
(名・自サ) 停滯不前，遲滯，阻塞
例 道が渋滞している。
譯 路上塞車。

07 | しょうとつ【衝突】
(名・自サ) 撞，衝撞，碰上；矛盾，不一致；衝突
例 車が壁に衝突した。
譯 車子撞上了牆壁。

08 | しんごう【信号】
(名・自サ) 信號，燈號；（鐵路、道路等的）號誌；暗號
例 信号が変わる。
譯 燈號改變。

09 | スピード【speed】
(名) 快速，迅速；速度
例 スピードを上げる。
譯 加速，加快。

10 | そくど【速度】
(名) 速度
例 速度を上げる。
譯 加快速度。

11 | ダイヤ【diamond・diagram 之略】

（名）鑽石（「ダイヤモンド」之略稱）；列車時刻表；圖表，圖解（「ダイヤグラム」之略稱）

例 大雪でダイヤが乱れる。

譯 交通因大雪而陷入混亂。

12 | たかめる【高める】

（他下一）提高，抬高，加高

例 安全性を高める。

譯 加強安全性。

13 | たつ【発つ】

（自五）立，站；冒，升；離開；出發；奮起；飛，飛走

例 9時の列車で発つ。

譯 坐九點的火車離開。

14 | ちかみち【近道】

（名）捷徑，近路

例 学問に近道はない。

譯 學問沒有捷徑。

15 | ていきけん【定期券】

（名）定期車票；月票

例 定期券を申し込む。

譯 申請定期車票。

16 | ていりゅうじょ【停留所】

（名）公車站；電車站

例 バスの停留所で待つ。

譯 在公車站等車。

17 | とおりこす【通り越す】

（自五）通過，越過

例 バス停を通り越す。

譯 錯過了下車的公車站牌。

18 | とおる【通る】

（自五）經過；穿過；合格

例 左側を通る。

譯 往左側走路。

19 | とっきゅう【特急】

（名）火速；特急列車（「特別急行」之略稱）

例 特急で東京へたつ。

譯 坐特快車前往東京。

20 | とばす【飛ばす】

（他五・接尾）使…飛，使飛起；（風等）吹起，吹跑；飛濺，濺起

例 バイクを飛ばす。

譯 飆摩托車。

21 | ドライブ【drive】

（名・自サ）開車遊玩；兜風

例 ドライブに出かける。

譯 開車出去兜風。

22 | のせる【乗せる】

（他下一）放在高處，放到…；裝載；使搭乘；使參加；騙人，誘拐；記載，刊登；合著音樂的拍子或節奏

例 子供を車に乗せる。

譯 讓小孩上車。

23 | ブレーキ【brake】

名 煞車；制止，控制，潑冷水

例 ブレーキをかける。

譯 踩煞車。

24 | めんきょ【免許】

名・他サ (政府機關)批准，許可；許可證，執照；傳授秘訣

例 車の免許を取る。

譯 考到汽車駕照。

25 | ラッシュ【rush】

名 (眾人往同一處)湧現；蜂擁，熱潮

例 帰省ラッシュで込んでいる。

譯 因返鄉人潮而擁擠。

26 | ラッシュアワー【rushhour】

名 尖峰時刻，擁擠時段

例 ラッシュアワーに遇う。

譯 遇上交通尖峰。

27 | ロケット【rocket】

名 火箭發動機；(軍)火箭彈；狼煙火箭

例 ロケットで飛ぶ。

譯 乘火箭飛行。

N3 ● 15-2

15-2 鉄道、船、飛行機 /
鐵路、船隻、飛機

01 | かいさつぐち【改札口】

名 (火車站等)剪票口

例 改札口を出る。

譯 出剪票口。

02 | かいそく【快速】

名・形動 快速，高速度

例 快速電車に乗る。

譯 搭乘快速電車。

03 | かくえきていしゃ【各駅停車】

名 指電車各站都停車，普通車

例 各駅停車の電車に乗る。

譯 搭乘各站停車的列車。

04 | きゅうこう【急行】

名・自サ 急忙前往，急趕；急行列車

例 急行に乗る。

譯 搭急行電車。

05 | こむ【込む・混む】

自五・接尾 擁擠，混雜；費事，精緻，複雜；表進入的意思；表深入或持續到極限

例 電車が込む。

譯 電車擁擠。

06 | こんざつ【混雑】

名・自サ 混亂，混雜，混染

例 混雑を避ける。

譯 避免混亂。

07 | ジェットき【jet 機】

名 噴氣式飛機，噴射機

例 ジェット機に乗る。

譯 乘坐噴射機。

08 | しんかんせん【新幹線】

名 日本鐵道新幹線
例 新幹線に乗る。
譯 搭新幹線。

09 | つなげる【繋げる】

他五 連接，維繫
例 船を港に繋げる。
譯 把船綁在港口。

10 | とくべつきゅうこう【特別急行】

名 特別快車，特快車
例 特別急行が遅れた。
譯 特快車誤點了。

11 | のぼり【上り】

名 (「のぼる」的名詞形)登上，攀登；上坡(路)；上行列車(從地方往首都方向的列車)；進京
例 上り電車が到着した。
譯 上行的電車已抵達。

12 | のりかえ【乗り換え】

名 換乘，改乘，改搭
例 次の駅で乗り換える。
譯 在下一站轉乘。

13 | のりこし【乗り越し】

名・自サ (車)坐過站
例 乗り越した分を払う。
譯 支付坐過站的份。

14 | ふみきり【踏切】

名 (鐵路的)平交道，道口；(轉)決心
例 踏切を渡る。
譯 過平交道。

15 | プラットホーム【platform】

名 月台
例 プラットホームを出る。
譯 走出月台。

16 | ホーム【platform 之略】

名 月台
例 ホームから手を振る。
譯 在月台招手。

17 | まにあう【間に合う】

自五 來得及，趕得上；夠用
例 終電に間に合う。
譯 趕上末班車。

18 | むかえ【迎え】

名 迎接；去迎接的人；接，請
例 空港まで迎えに行く。
譯 迎接機。

19 | れっしゃ【列車】

名 列車，火車
例 列車が着く。
譯 列車到站。

15-3 自動車、道路 /
汽車、道路

01 | かわる【代わる】

(自五) 代替，代理，代理

例 運転を代わる。

譯 交替駕駛。

02 | つむ【積む】

(自五・他五) 累積，堆積；裝載；積蓄，積累

例 トラックに積んだ。

譯 裝到卡車上。

03 | どうろ【道路】

(名) 道路

例 道路が混雑する。

譯 道路擁擠。

04 | とおり【通り】

(名) 大街，馬路；通行，流通

例 広い通りに出る。

譯 走到大馬路。

05 | バイク【bike】

(名) 腳踏車；摩托車（「モーターバイク」
之略稱）

例 バイクで旅行したい。

譯 想騎機車旅行。

06 | バン【van】

(名) 大篷貨車

例 新型のバンがほしい。

譯 想要有一台新型貨車。

07 | ぶつける

(他下一) 扔，投；碰，撞，(偶然)碰上，遇上；
正當，恰逢；衝突，矛盾

例 車をぶつける。

譯 撞上了車。

08 | レンタル【rental】

(名・サ変) 出租，出賃；租金

例 車をレンタルする。

譯 租車。

通信、報道
- 通訊、報導 -

16-1 通信、電話、郵便 /
通訊、電話、郵件

01 | あてな【宛名】
名 收信(件)人的姓名住址
例 手紙の宛名を書く。
譯 寫收件人姓名。

02 | インターネット【internet】
名 網路
例 インターネットに繋がる。
譯 連接網路。

03 | かきとめ【書留】
名 掛號郵件
例 書留で郵送する。
譯 用掛號信郵寄。

04 | こうくうびん【航空便】
名 航空郵件；空運
例 航空便で送る。
譯 用空運運送。

05 | こづつみ【小包】
名 小包裹；包裹
例 小包を出す。
譯 寄包裹。

06 | そくたつ【速達】
名・自他サ 快速信件
例 速達で送る。
譯 寄快遞。

07 | たくはいびん【宅配便】
名 宅急便
例 宅配便が届く。
譯 收到宅配包裹。

08 | つうじる・つうずる【通じる・通ずる】
自上一・他上一 通；通到，通往；通曉，精通；明白，理解；使…通；在整個期間內
例 電話が通じる。
譯 通電話。

09 | つながる【繋がる】
自五 相連，連接，聯繫；(人)排隊，排列；有(血緣、親屬)關係，牽連
例 電話が繋がった。
譯 電話接通了。

10 | とどく【届く】
自五 及，達到；(送東西)到達；周到；達到(希望)
例 手紙が届いた。
譯 收到信。

11 | ふなびん【船便】

名 船運

例 船便で送る。

譯 用船運過去。

12 | やりとり【やり取り】

名・他サ 交換，互換，授受

例 手紙のやり取りをする。

譯 書信來往。

13 | ゆうそう【郵送】

名・他サ 郵寄

例 原稿を郵送する。

譯 郵寄稿件。

14 | ゆうびん【郵便】

名 郵政；郵件

例 郵便が来る。

譯 寄來郵件。

16-2 伝達、通知、情報 /
傳達、告知、信息

01 | アンケート【(法) enquête】

名 (以同樣內容對多數人的)問卷調查，民意測驗

例 アンケートをとる。

譯 問卷調查。

02 | こうこく【広告】

名・他サ 廣告；作廣告，廣告宣傳

例 広告を出す。

譯 拍廣告。

03 | しらせ【知らせ】

名 通知；預兆，前兆

例 知らせが来た。

譯 通知送來了。

04 | せんでん【宣伝】

名・自他サ 宣傳，廣告；吹噓，鼓吹，誇大其詞

例 製品を宣伝する。

譯 宣傳產品。

05 | のせる【載せる】

他下一 放在…上，放在高處；裝載，裝運；納入，使參加；欺騙；刊登，刊載

例 新聞に公告を載せる。

譯 在報上刊登廣告。

06 | はやる【流行る】

自五 流行，時興；興旺，時運佳

例 ヨガダイエットが流行っている。

譯 流行瑜珈減肥。

07 | ふきゅう【普及】

名・自サ 普及

例 テレビが普及している。

譯 電視普及。

08 | ブログ【blog】

名 部落格

例 ブログを作る。

譯 架設部落格。

09 | ホームページ【homepage】

名 網站，網站首頁

例 ホームページを作る。

譯 架設網站。

10 | よせる【寄せる】

自下一・他下一 靠近，移近；聚集，匯集，集中；加；投靠，寄身

例 意見をお寄せください。

譯 集中大家的意見。

16-3 報道、放送 /
報導、廣播

01 | アナウンス【announce】

名・他サ 廣播；報告；通知

例 選手の名前をアナウンスする。

譯 廣播選手的名字。

02 | インタビュー【interview】

名・自サ 會面，接見；訪問，採訪

例 インタビューを始める。

譯 開始採訪。

03 | きじ【記事】

名 報導，記事

例 新聞記事に載る。

譯 報導刊登在報上。

04 | じょうほう【情報】

名 情報，信息

例 情報を得る。

譯 獲得情報。

05 | スポーツちゅうけい【スポーツ中継】

名 體育（競賽）直播，轉播

例 スポーツ中継を見た。

譯 看了現場直播的運動比賽。

06 | ちょうかん【朝刊】

名 早報

例 毎朝朝刊を読む。

譯 每天早上讀早報。

07 | テレビばんぐみ【television 番組】

名 電視節目

例 テレビ番組を録画する。

譯 錄下電視節目。

08 | ドキュメンタリー【documentary】

名 紀錄，紀實；紀錄片

例 ドキュメンタリー映画が作られていた。

譯 拍攝成紀錄片。

09 | マスコミ【mass communication 之略】

名 （透過報紙、廣告、電視或電影等向群眾進行的）大規模宣傳；媒體（「マスコミュニケーション」之略稱）

例 マスコミに追われている。

譯 蜂擁而上的採訪媒體。

10 | ゆうかん【夕刊】

名 晚報

例 夕刊を取る。

譯 訂閱晚報。

パート 17 第十七章 スポーツ

- 體育運動 -

17-1 スポーツ / 體育運動

01 | オリンピック【Olympics】

名 奧林匹克

例 オリンピックに出る。

譯 參加奧運。

02 | きろく【記録】

名・他サ 記錄，記載，（體育比賽的）紀錄

例 記録をとる。

譯 做記錄。

03 | しょうひ【消費】

名・他サ 消費，耗費

例 カロリーを消費する。

譯 消耗卡路里。

04 | スキー【ski】

名 滑雪；滑雪橇，滑雪板

例 スキーに行く。

譯 去滑雪。

05 | チーム【team】

名 組，團隊；（體育）隊

例 チームを作る。

譯 組織團隊。

06 | とぶ【跳ぶ】

自五 跳，跳起；跳過（順序、號碼等）

例 跳び箱を跳ぶ。

譯 跳過跳箱。

07 | トレーニング【training】

名・他サ 訓練，練習

例 週二日トレーニングをしている。

譯 每週鍛鍊身體兩次。

08 | バレエ【ballet】

名 芭蕾舞

例 バレエを習う。

譯 學習芭蕾舞。

17-2 試合 / 比賽

01 | あらそう【争う】

他五 爭奪；爭辯；奮鬥，對抗，競爭

例 相手チームと一位を争う。

譯 與競爭隊伍爭奪冠軍。

02 | おうえん【応援】

名・他サ 援助，支援；聲援，助威

例 試合を応援する。

譯 為比賽加油。

03 | かち【勝ち】

名 勝利
例 勝ちを得る。
譯 獲勝。

04 | かつやく【活躍】

名・自サ 活躍
例 試合で活躍する。
譯 在比賽中很活躍。

05 | かんぜん【完全】

名・形動 完全，完整；完美，圓滿
例 完全な勝利を信じる。
譯 相信將能得到完美的獲勝。

06 | きん【金】

名・漢造 黃金，金子；金錢
例 金メダルを取る。
譯 獲得金牌。

07 | しょう【勝】

漢造 勝利；名勝
例 勝利を得た。
譯 獲勝。

08 | たい【対】

名・漢造 對比，對方；同等，對等；相對，相向；（比賽）比；面對
例 3対1で、白組の勝ちだ。
譯 以三比一的結果由白隊獲勝。

09 | はげしい【激しい】

形 激烈，劇烈；（程度上）很高，厲害；

熱烈
例 競争が激しい。
譯 競爭激烈。

17-3 球技、陸上競技 /
球類、田徑賽

01 | ける【蹴る】

他五 踢；沖破（浪等）；拒絕，駁回
例 ボールを蹴る。
譯 踢球。

02 | たま【球】

名 球
例 球を打つ。
譯 打球。

03 | トラック【track】

名 （操場、運動場、賽馬場的）跑道
例 トラックを一周する。
譯 繞跑道跑一圈。

04 | ボール【ball】

名 球；（棒球）壞球
例 サッカーボールを追いかける。
譯 追足球。

05 | ラケット【racket】

名 （網球、乒乓球等的）球拍
例 ラケットを張りかえた。
譯 重換網球拍。

趣味、娯楽

- 愛好、嗜好、娯樂 -

01 | アニメ【animation】 N3 ● 18
⓷ 卡通，動畫片
例 アニメが放送される。
譯 播映卡通。

02 | かるた【carta・歌留多】
⓷ 紙牌；寫有日本和歌的紙牌
例 歌留多で遊ぶ。
譯 玩日本紙牌。

03 | かんこう【観光】
⓷·他サ 觀光，遊覽，旅遊
例 観光の名所を紹介する。
譯 介紹觀光勝地。

04 | クイズ【quiz】
⓷ 回答比賽，猜謎；考試
例 クイズ番組に参加する。
譯 參加益智節目。

05 | くじ【籤】
⓷ 籤；抽籤
例 籤で決める。
譯 用抽籤方式決定。

06 | ゲーム【game】
⓷ 遊戲，娛樂；比賽
例 ゲームで負ける。

譯 遊戲比賽比輸。

07 | ドラマ【drama】
⓷ 劇；連戲劇；戲劇；劇本；戲劇文學；
(轉)戲劇性的事件
例 大河ドラマを放送する。
譯 播放大河劇。

08 | トランプ【trump】
⓷ 撲克牌
例 トランプを切る。
譯 洗牌。

09 | ハイキング【hiking】
⓷ 健行，遠足
例 鎌倉へハイキングに行く。
譯 到鎌倉去健行。

10 | はく・ぱく【泊】
接尾 宿，過夜；停泊
例 京都に一泊する。
譯 在京都住一晚。

11 | バラエティー【variety】
⓷ 多樣化，豐富多變；綜藝節目(「バ
ラエティーショー」之略稱)
例 バラエティーに富んだ。
譯 豐富多樣。

12 | ピクニック【picnic】

名 郊遊，野餐

例 ピクニックに行く。

譯 去野餐。

19-1 芸術、絵画、彫刻 /
藝術、繪畫、雕刻

01 | えがく【描く】
(他五) 畫，描繪；以…為形式，描寫；想像
例 人物を描く。
譯 畫人物。

02 | かい【会】
(接尾) …會
例 展覧会が終わる。
譯 展覽會結束。

03 | げいじゅつ【芸術】
(名) 藝術
例 芸術がわからない。
譯 不懂藝術。

04 | さくひん【作品】
(名) 製成品；(藝術)作品，(特指文藝方面)創作
例 作品に題をつける。
譯 取作品的名稱。

05 | し【詩】
(名・漢造) 詩，詩歌
例 詩を作る。
譯 作詩。

06 | しゅつじょう【出場】
(名・自サ) (參加比賽)上場，入場；出站，走出場
例 コンクールに出場する。
譯 參加比賽。

07 | デザイン【design】
(名・自他サ) 設計(圖)；(製作)圖案
例 制服をデザインする。
譯 設計制服。

08 | びじゅつ【美術】
(名) 美術
例 美術の研究を深める。
譯 深入研究美術。

19-2 音楽 /
音樂

01 | えんか【演歌】
(名) 演歌(現多指日本民間特有曲調哀愁的民謠)
例 演歌歌手になる。
譯 成為演歌歌手。

02 | えんそう【演奏】
(名・他サ) 演奏
例 音楽を演奏する。
譯 演奏音樂。

03 | か【歌】

(漢造) 唱歌；歌詞
例 演歌を歌う。
譯 唱傳統歌謠。

04 | きょく【曲】

(名・漢造) 曲調；歌曲；彎曲
例 歌詞に曲をつける。
譯 為歌詞譜曲。

05 | クラシック【classic】

(名) 經典作品，古典作品，古典音樂；古典的
例 クラシックのレコードを聴く。
譯 聽古典音樂唱片。

06 | ジャズ【jazz】

(名・自サ) (樂)爵士音樂
例 ジャズのレコードを集める。
譯 收集爵士唱片。

07 | バイオリン【violin】

(名) (樂)小提琴
例 バイオリンを弾く。
譯 拉小提琴。

08 | ポップス【pops】

(名) 流行歌，通俗歌曲(「ポピュラーミュージック」之略稱)
例 80年代のポップスが懐かしい。
譯 八〇年代的流行歌很叫人懷念。

01 | アクション【action】

(名) 行動，動作；(劇)格鬥等演技
例 アクションドラマが人気だ。
譯 動作片很紅。

02 | エスエフ (SF) 【science fiction】

(名) 科學幻想
例 SF映画を見る。
譯 看科幻電影。

03 | えんげき【演劇】

(名) 演劇，戲劇
例 演劇の練習をする。
譯 排演戲劇。

04 | オペラ【opera】

(名) 歌劇
例 妻とオペラを観る。
譯 與妻子觀看歌劇。

05 | か【化】

(漢造) 化學的簡稱；變化
例 小説を映画化する。
譯 把小説改成電影。

06 | かげき【歌劇】

(名) 歌劇
例 歌劇に夢中になる。
譯 沉迷於歌劇。

07 | コメディー【comedy】

名 喜劇

例 コメディー映画が好きだ。

譯 喜歡看喜劇電影。

08 | ストーリー【story】

名 故事，小説；(小説、劇本等的)劇情，結構

例 このドラマは俳優に加えてストーリーもいい。

譯 這部影集不但演員好，故事情節也精彩。

09 | ばめん【場面】

名 場面，場所；情景，(戲劇、電影等)場景，鏡頭；市場的情況，行情

例 場面が変わる。

譯 轉換場景。

10 | ぶたい【舞台】

名 舞台；大顯身手的地方

例 舞台に立つ。

譯 站上舞台。

11 | ホラー【horror】

名 恐怖，戰慄

例 ホラー映画のせいで眠れなかった。

譯 因為恐怖電影而睡不著。

12 | ミュージカル【musical】

名 音樂劇；音樂的，配樂的

例 ミュージカルが好きだ。

譯 喜歡看歌舞劇。

パート 20 第二十章 数量、図形、色彩
- 數量、圖形、色彩 -

20-1 数 /
數目

01 | かく【各】
接頭 各，每人，每個，各個
例 各クラスから一人出してください。
譯 請每個班級選出一名。

02 | かず【数】
名 數，數目；多數，種種
例 数が多い。
譯 數目多。

03 | きすう【奇数】
名 (數) 奇數
例 奇数を使う。
譯 使用奇數。

04 | けた【桁】
名 (房屋、橋樑的) 橫樑，桁架；算盤的主柱；數字的位數
例 桁を間違える。
譯 弄錯位數。

05 | すうじ【数字】
名 數字；各個數字
例 数字で示す。
譯 用數字表示。

06 | せいすう【整数】
名 (數) 整數
例 答えは整数だ。
譯 答案為整數。

07 | ちょう【兆】
名・漢造 徵兆；(數) 兆
例 国の借金は 1000 兆円だ。
譯 國家的債務有1000兆圓。

08 | ど【度】
名・漢造 尺度；程度；溫度；次數，回數；規則，規定；氣量，氣度
例 昨日より 5 度ぐらい高い。
譯 溫度比昨天高五度。

09 | ナンバー【number】
名 數字，號碼；(汽車等的) 牌照
例 自動車のナンバーを変更したい。
譯 想換汽車號碼牌。

10 | パーセント【percent】
名 百分率
例 手数料が 3 パーセントかかる。
譯 手續費要三個百分比。

11 | びょう【秒】
名・漢造 (時間單位) 秒

例 タイムを秒まで計る。
譯 以秒計算。

12 | プラス【plus】

(名・他サ)(數)加號，正號；正數；有好處，
利益；加(法)；陽性

例 プラスになる。
譯 有好處。

13 | マイナス【minus】

(名・他サ)(數)減，減法；減號，負數；負
極；(溫度)零下

例 マイナスになる。
譯 變得不好。

20-2 計算 /
計算

01 | あう【合う】

(自五)正確，適合；一致，符合；對，準；
合得來；合算
例 計算が合う。
譯 計算符合。

02 | イコール【equal】

(名)相等；(數學)等號

例 A イコール B だ。
譯 A等於B。

03 | かけざん【掛け算】

(名)乘法
例 まだ 5 歳だが掛け算もできる。
譯 雖然才五歲連乘法也會。

04 | かぞえる【数える】

(他下一)數，計算；列舉，枚舉
例 羊の数を 1,000 匹まで数えた。
譯 數羊數到了一千隻。

05 | けい【計】

(名)總計，合計；計畫，計
例 一年の計は春にあり。
譯 一年之計在於春。

06 | けいさん【計算】

(名・他サ)計算，演算；估計，算計，考慮
例 計算が早い。
譯 計算得快。

07 | ししゃごにゅう【四捨五入】

(名・他サ)四捨五入
例 小数点第三位を四捨五入する。
譯 四捨五入取到小數點後第二位。

08 | しょうすう【小数】

(名)(數)小數
例 小数点以下は、四捨五入する。
譯 小數點以下，要四捨五入。

09 | しょうすうてん【小数点】

(名)小數點
例 小数点以下は、書かなくてもいい。
譯 小數點以下的數字可以不必寫出來。

10 | たしざん【足し算】

名 加法，加算

例 足し算の教材を十冊やる。

譯 做了十本加法的教材。

11 | でんたく【電卓】

名 電子計算機（「電子式卓上計算機（でんししきたくじょうけいさんき）」之略稱）

例 電卓で計算する。

譯 用計算機計算。

12 | ひきざん【引き算】

名 減法

例 引き算を習う。

譯 學習減法。

13 | ぶんすう【分数】

名 （數學的）分數

例 分数を習う。

譯 學分數。

14 | わり【割り・割】

造語 分配；(助數詞用)十分之一，一成；比例；得失

例 4割引きにする。

譯 給你打了四折。

15 | わりあい【割合】

名 比例；比較起來

例 空気の成分の割合を求める。

譯 算出空氣中成分的比例。

16 | わりざん【割り算】

名 （算）除法

例 割り算は難しい。

譯 除法很難。

20-3 量、長さ、広さ、重さなど(1) /
量、容量、長度、面積、重量等(1)

01 | あさい【浅い】

形 （水等）淺的；（顏色）淡的；（程度）膚淺的，少的，輕的；（時間）短的

例 考えが浅い。

譯 思慮不周到。

02 | アップ【up】

名・他サ 增高，提高；上傳（檔案至網路）

例 給料アップを望む。

譯 希望提高薪水。

03 | いちどに【一度に】

副 同時地，一塊地，一下子

例 卵と牛乳を一度に入れる。

譯 蛋跟牛奶一齊下鍋。

04 | おおく【多く】

名・副 多數，許多；多半，大多

例 人がどんどん多くなる。

譯 愈來愈多人。

05 | おく【奥】

名 裡頭，深處；裡院；盡頭

例 のどの奥に魚の骨が引っかかった。

譯 喉嚨深處鯁到魚刺了。

06 | かさねる【重ねる】

(他下一) 重疊堆放；再加上，蓋上；反覆，重複，屢次

例 本を 3 冊重ねる。

譯 把三本書疊起來。

07 | きょり【距離】

(名) 距離，間隔，差距

例 距離が遠い。

譯 距離遙遠。

08 | きらす【切らす】

(他五) 用盡，用光

例 名刺を切らす。

譯 名片用完。

09 | こ【小】

(接頭) 小，少；稍微

例 小雨が降る。

譯 下小雨。

10 | こい【濃い】

(形) 色或味濃深；濃稠，密

例 化粧が濃い。

譯 化著濃妝。

11 | こう【高】

(名・漢造) 高；高處，高度；(地位等)高

例 高層ビルを建築する。

譯 蓋摩天大樓。

12 | こえる【越える・超える】

(自下一) 越過；度過；超出，超過

例 山を越える。

譯 翻過山頭。

13 | ごと

(接尾) (表示包含在內)一共，連同

例 リンゴを皮ごと食べる。

譯 蘋果帶皮一起吃。

14 | ごと【毎】

(接尾) 每

例 月ごとの支払いになる。

譯 規定每月支付。

15 | さい【最】

(漢造・接頭) 最

例 学年で最優秀の成績を取った。

譯 得到了全學年第一名的成績。

16 | さまざま【様々】

(名・形動) 種種，各式各樣的，形形色色的

例 様々な原因を考えた。

譯 想到了各種原因。

17 | しゅるい【種類】

(名) 種類

例 種類が多い。

譯 種類繁多。

18 | しょ【初】

(漢造) 初，始；首次，最初

例 初級から上級までレベルが揃っ
ている。

譯 從初級到高級等各種程度都有。

19 | しょうすう【少数】

名 少數
例 少数の意見を大事にする。
譯 尊重少數的意見。

20 | すくなくとも【少なくとも】

副 至少，對低，最低限度
例 少なくとも 3 時間はかかる。
譯 至少要花三個小時。

21 | すこしも【少しも】

副 （下接否定）一點也不，絲毫也不
例 お金には、少しも興味がない。
譯 金錢這東西，我一點都不感興趣。

22 | ぜん【全】

漢造 全部，完全；整個；完整無缺
例 全科目の成績が上がる。
譯 全科成績都進步。

23 | センチ【centimeter】

名 厘米，公分
例 1 センチ右に動かす。
譯 往右移動了一公分。

24 | そう【総】

漢造 總括；總覽；總，全體；全部
例 総員 50 名だ。
譯 總共有五十人。

25 | そく【足】

接尾・漢造 （助數詞）雙；足；足夠；添
例 靴下を二足買った。
譯 買了兩雙襪子。

26 | そろう【揃う】

自五 （成套的東西）備齊；成套；一致，
（全部）一樣，整齊；（人）到齊，齊聚
例 色々な商品が揃った。
譯 各種商品一應備齊。

27 | そろえる【揃える】

他下一 使…備齊；使…一致；湊齊，弄齊，
使成對
例 必要なものを揃える。
譯 準備好必需品。

28 | たてなが【縦長】

名 矩形，長形
例 縦長の封筒が多く使われている。
譯 有許多人使用長方形的信封。

29 | たん【短】

名・漢造 短；不足，缺點
例 LINE と Facebook、それぞれの短
所は何ですか。
譯 LINE和臉書的缺點各是什麼？

30 | ちぢめる【縮める】

他下一 縮小，縮短，縮減；縮回，捲縮，
起皺紋
例 亀が驚いて首を縮めた。
譯 烏龜受了驚嚇把頭縮了起來。

20-3 量、長さ、広さ、重さなど (2) /
量、容量、長度、面積、重量等 (2)

31 | つき【付き】

接尾 (前接某些名詞)樣子;附屬

例 デザート付きの定食を注文する。

譯 點附甜點的套餐。

---

32 | つく【付く】

自五 附著,沾上;長,添增;跟隨;隨從,聽隨;偏袒;設有;連接著

例 ご飯粒が付く。

譯 沾到飯粒。

---

33 | つづき【続き】

名 接續,繼續;接續部分,下文;接連不斷

例 続きがある。

譯 有後續。

---

34 | つづく【続く】

自五 繼續,延續,連續;接連發生,接連不斷;隨後發生,接著;連著,通到,與…接連;接得上,夠用;後繼,跟上,次於,居次位

例 暖かい日が続いた。

譯 一連好幾天都很暖和。

---

35 | とう【等】

接尾 等等;(助數詞用法,計算階級或順位的單位)等(級)

例 フランス、ドイツ等の EU 諸国が対象になる。

譯 以法、德等歐盟各國為對象。

---

36 | トン【ton】

名 (重量單位)噸,公噸,一千公斤

例 一万トンの船が入ってきた。

譯 一萬噸的船隻開進來了。

---

37 | なかみ【中身】

名 裝在容器裡的內容物,內容;刀身

例 中身がない。

譯 沒有內容。

---

38 | のうど【濃度】

名 濃度

例 放射能濃度が高い。

譯 輻射線濃度高。

---

39 | ばい【倍】

名・漢造・接尾 倍,加倍;(數助詞的用法)倍

例 賞金を倍にする。

譯 獎金加倍。

---

40 | はば【幅】

名 寬度,幅面;幅度,範圍;勢力;伸縮空間

例 幅を広げる。

譯 拓寬。

---

41 | ひょうめん【表面】

名 表面

例 表面だけ飾る。

譯 只裝飾表面。

42 | ひろがる【広がる】

（自五）開放，展開；（面積、規模、範圍）擴大，蔓延，傳播

例 事業が広がる。

譯 擴大事業。

43 | ひろげる【広げる】

（他下一）打開，展開；（面積、規模、範圍）擴張，發展

例 趣味の範囲を広げる。

譯 擴大嗜好的範圍。

44 | ひろさ【広さ】

（名）寬度，幅度，廣度

例 広さは 3 万坪ある。

譯 有三萬坪的寬度。

45 | ぶ【無】

（接頭・漢造）無，沒有，缺乏

例 店員が無愛想で不親切だ。

譯 店員不和氣又不親切。

46 | ふくめる【含める】

（他下一）包含，含括；囑咐，告知，指導

例 子供を含めて三百人だ。

譯 包括小孩在內共三百人。

47 | ふそく【不足】

（名・形動・自サ）不足，不夠，短缺；缺乏，不充分；不滿意，不平

例 不足を補う。

譯 彌補不足。

48 | ふやす【増やす】

（他五）繁殖；增加，添加

例 人手を増やす。

譯 增加人手。

49 | ぶん【分】

（名・漢造）部分；份；本分；地位

例 減った分を補う。

譯 補充減少部分。

50 | へいきん【平均】

（名・自サ・他サ）平均；（數）平均值；平衡，均衡

例 1月の平均気温は氷点下だ。

譯 一月的平均氣溫在冰點以下。

51 | へらす【減らす】

（他五）減，減少；削減，縮減；空（腹）

例 体重を減らす。

譯 減輕體重。

52 | へる【減る】

（自五）減，減少；磨損；（肚子）餓

例 収入が減る。

譯 收入減少。

53 | ほんの

（連體）不過，僅僅，一點點

例 ほんの少し残っている。

譯 只有留下一點點。

54 | ますます【益々】

（副）越發，益發，更加

例 ますます強くなる。

譯 更加強大了。

---

55 | ミリ【(法) millimetre 之略】

造語・名 毫，千分之一；毫米，公厘

例 1時間 100 ミリの豪雨を記録する。

譯 一小時達到下100毫米雨的記錄。

---

56 | むすう【無数】

名・形動 無數

例 無数の星が空に輝いていた。

譯 有無數的星星在天空閃爍。

---

57 | めい【名】

接尾 (計算人數)名，人

例 三名一組になる。

譯 三個人一組。

---

58 | やや

副 稍微，略；片刻，一會兒

例 やや短すぎる。

譯 有點太短。

---

59 | わずか【僅か】

副・形動 (數量、程度、價值、時間等)很少，僅僅；一點也(後加否定)

例 わずかに覚えている。

譯 略微記得。

20-4 回数、順番 /
次數、順序

01 | い【位】

接尾 位；身分，地位

例 学年で一位になる。

譯 年度中取得第一。

---

02 | いちれつ【一列】

名 一列，一排

例 一列に並ぶ。

譯 排成一列。

---

03 | おいこす【追い越す】

他五 超過，趕過去

例 前の人を追い越す。

譯 趕過前面的人。

---

04 | くりかえす【繰り返す】

他五 反覆，重覆

例 失敗を繰り返す。

譯 重蹈覆轍。

---

05 | じゅんばん【順番】

名 輪班(的次序)，輪流，依次交替

例 順番を待つ。

譯 依序等待。

---

06 | だい【第】

漢造・接頭 順序；考試及格，錄取

例 相手のことを第一に考える。

譯 以對方為第一優先考慮。

07 | ちゃく【着】

（名・接尾・漢造）到達，抵達；（計算衣服的單位）套；（記數順序或到達順序）著，名；穿衣；黏貼；沉著；著手

例 3着以内に入った。

譯 進入前三名。

08 | つぎつぎ・つぎつぎに・つぎつぎと【次々・次々に・次々と】

（副）一個接一個，接二連三地，絡繹不絕的，紛紛；按著順序，依次

例 次々と事件が起こる。

譯 案件接二連三發生。

09 | トップ【top】

（名）尖端；（接力賽）第一棒；領頭，率先；第一位，首位，首席

例 成績がトップまで伸びる。

譯 成績前進到第一名。

10 | ふたたび【再び】

（副）再一次，又，重新

例 再びやってきた。

譯 捲土重來。

11 | れつ【列】

（名・漢造）列，隊列，隊；排列；行，列，級，排

例 列に並ぶ。

譯 排成一排。

12 | れんぞく【連続】

（名・他サ・自サ）連續，接連

例 3年連続黒字になる。

譯 連續了三年的盈餘。

20-5 図形、模様、色彩 /
圖形、花紋、色彩

01 | かた【型】

（名）模子，形，模式；樣式

例 型をとる。

譯 模壓成型。

02 | カラー【color】

（名）色，彩色；（繪畫用）顏料；特色

例 カラーは白と黒がある。

譯 顏色有白的跟黑的。

03 | くろ【黒】

（名）黑，黑色；犯罪，罪犯

例 黒に染める。

譯 染成黑色。

04 | さんかく【三角】

（名）三角形

例 三角にする。

譯 畫成三角。

05 | しかく【四角】

（名）四角形，四方形，方形

例 四角の所の数字を求める。

譯 請算出方形處的數字。

06 | しま【縞】

（名）條紋，格紋，條紋布

例 縞模様を描く。

譯 織出條紋。

07 | しまがら【縞柄】

名 條紋花樣
例 この縞柄が気に入った。
譯 喜歡這種條紋花樣。

08 | しまもよう【縞模様】

名 條紋花樣
例 縞模様のシャツを持つ。
譯 有條紋襯衫。

09 | じみ【地味】

形動 素氣，樸素，不華美；保守
例 色は地味だがデザインがいい。
譯 顏色雖樸素但設計很凸出。

10 | しょく【色】

漢造 顏色；臉色，容貌；色情；景象
例 顔色を失う。
譯 花容失色。

11 | しろ【白】

名 白，皎白，白色；清白
例 雪で辺りは一面真っ白になった。
譯 雪把這裡變成了一片純白的天地。

12 | ストライプ【strip】

名 條紋；條紋布
例 制服は白と青のストライプです。
譯 制服上面印有白和藍條紋圖案。

13 | ずひょう【図表】

名 圖表
例 実験の結果を図表にする。
譯 將實驗的結果以圖表呈現。

14 | ちゃいろい【茶色い】

形 茶色
例 茶色い紙で折る。
譯 用茶色的紙張摺紙。

15 | はいいろ【灰色】

名 灰色
例 空が灰色だ。
譯 天空是灰色的。

16 | はながら【花柄】

名 花的圖樣
例 花柄のワンピースに合う。
譯 跟有花紋圖樣的連身洋裝很搭配。

17 | はなもよう【花模様】

名 花的圖樣
例 花模様のハンカチを取り出した。
譯 取出綴有花樣的手帕。

18 | ピンク【pink】

名 桃紅色，粉紅色；桃色
例 ピンク色のセーターを貸す。
譯 借出粉紅色的毛衣。

19 | まじる【混じる・交じる】

自五 夾雜，混雜；加入，交往，交際
例 色々な色が混じっている。
譯 加入各種顏色。

20 | まっくろ【真っ黒】

名・形動 漆黑，烏黑
例 日差しで真っ黒になった。
譯 被太陽晒得黑黑的。

21 | まっさお【真っ青】

名・形動 蔚藍，深藍；（臉色）蒼白
例 真っ青な顔をしている。
譯 變成鐵青的臉。

22 | まっしろ【真っ白】

名・形動 雪白，淨白，皓白
例 頭の中が真っ白になる。
譯 腦中一片空白。

23 | まっしろい【真っ白い】

形 雪白的，淨白的，皓白的
例 真っ白い雪が降ってきた。
譯 下起雪白的雪來了。

24 | まる【丸】

名・造語・接頭・接尾 圓形，球狀；句點；完全
例 丸を書く。
譯 畫圈圈。

25 | みずたまもよう【水玉模様】

名 小圓點圖案
例 水玉模様の洋服がかわいらしい。
譯 圓點圖案的衣服可愛極了。

26 | むじ【無地】

名 素色
例 ワイシャツは無地がいい。
譯 襯衫以素色的為佳。

27 | むらさき【紫】

名 紫，紫色；醬油；紫丁香
例 好みの色は紫です。
譯 喜歡紫色。

21-1 教育、学習 /
教育、學習

01 | おしえ【教え】

② 教導，指教，教誨；教義
例 先生の教えを守る。
譯 謹守老師的教誨。

02 | おそわる【教わる】

他五 受教，跟…學習
例 パソコンの使い方を教わる。
譯 學習電腦的操作方式。

03 | か【科】

名・漢造（大專院校）科系；（區分種類）科
例 英文科だから英語を勉強する。
譯 因為是英文系所以讀英語。

04 | かがく【化学】

② 化學
例 化学を知る。
譯 認識化學。

05 | かていか【家庭科】

②（學校學科之一）家事，家政
例 家庭科を学ぶ。
譯 學家政課。

06 | きほん【基本】

② 基本，基礎，根本
例 基本をゼロから学ぶ。
譯 學習基礎東西。

07 | きほんてき(な)【基本的(な)】

形動 基本的
例 基本的な単語から教える。
譯 教授基本單字。

08 | きょう【教】

漢造 教，教導；宗教
例 仏教が伝わる。
譯 佛教流傳。

09 | きょうかしょ【教科書】

② 教科書，教材
例 歴史の教科書を使う。
譯 使用歷史教科書。

10 | こうか【効果】

② 效果，成效，成績；（劇）效果
例 効果が上がる。
譯 效果提升。

11 | こうみん【公民】

名 公民
例 公民の授業で政治を学んだ。
譯 在公民課上學了政治。

12 | さんすう【算数】

名 算數，初等數學；計算數量
例 算数が苦手だ。
譯 不擅長算數。

13 | しかく【資格】

名 資格，身份；水準
例 資格を持つ。
譯 擁有資格。

14 | どくしょ【読書】

名·自サ 讀書
例 読書だけで人は変わる。
譯 光是讀書就能改變人生。

15 | ぶつり【物理】

名 （文）事物的道理；物理（學）
例 物理に強い。
譯 物理學科很強。

16 | ほけんたいいく【保健体育】

名 （國高中學科之一）保健體育
例 保健体育の授業を見学する。
譯 參觀健康體育課。

17 | マスター【master】

名·他サ 老闆；精通

例 日本語をマスターしたい。
譯 我想精通日語。

18 | りか【理科】

名 理科（自然科學的學科總稱）
例 理科系に進むつもりだ。
譯 準備考理科。

19 | りゅうがく【留学】

名·自サ 留學
例 アメリカに留学する。
譯 去美國留學。

21-2 学校 /
學校

01 | がくれき【学歴】

名 學歷
例 学歴が高い。
譯 學歷高。

02 | こう【校】

漢造 學校；校對；（軍銜）校；學校
例 校則を守る。
譯 遵守校規。

03 | ごうかく【合格】

名·自サ 及格；合格
例 試験に合格する。
譯 考試及格。

04 | しょうがくせい【小学生】

名 小學生

例 小学生になる。
譯 上小學。

05 | しん【新】

名・漢造 新；剛收穫的；新曆
例 新学期が始まった。
譯 新學期開始了。

06 | しんがく【進学】

名・自サ 升學；進修學問
例 大学に進学する。
譯 念大學。

07 | しんがくりつ【進学率】

名 升學率
例 あの高校は進学率が高い。
譯 那所高中升學率很高。

08 | せんもんがっこう【専門学校】

名 專科學校
例 専門学校に行く。
譯 進入專科學校就讀。

09 | たいがく【退学】

名・自サ 退學
例 退学して仕事を探す。
譯 退學後去找工作。

10 | だいがくいん【大学院】

名 (大學的)研究所
例 大学院に進む。
譯 進研究所唸書。

11 | たんきだいがく【短期大学】

名 (兩年或三年制的)短期大學
例 短期大学で勉強する。
譯 在短期大學裡就讀。

12 | ちゅうがく【中学】

名 中學，初中
例 中学生になった。
譯 上了國中。

21-3 学生生活 / 學生生活

01 | うつす【写す】

他五 抄襲，抄寫；照相；摹寫
例 ノートを写す。
譯 抄寫筆記。

02 | か【課】

名・漢造 (教材的)課；課業；(公司等)課，科
例 第三課を練習する。
譯 練習第三課。

03 | かきとり【書き取り】

名・自サ 抄寫，記錄；聽寫，默寫
例 書き取りのテストを行う。
譯 進行聽寫測驗。

04 | かだい【課題】

名 提出的題目；課題，任務
例 課題を解決する。
譯 解決課題。

05 | かわる【換わる】

(自五) 更換，更替
例 教室が換わる。
譯 換教室。

06 | クラスメート【classmate】

(名) 同班同學
例 クラスメートに会う。
譯 與同班同學見面。

07 | けっせき【欠席】

(名・自サ) 缺席
例 授業を欠席する。
譯 上課缺席。

08 | さい【祭】

(漢造) 祭祀，祭禮；節日，節日的狂歡
例 文化祭が行われる。
譯 舉辦文化祭。

09 | ざいがく【在学】

(名・自サ) 在校學習，上學
例 在学中のことを思い出す。
譯 想起求學時的種種。

10 | じかんめ【時間目】

(接尾) 第…小時
例 二時間目の授業を受ける。
譯 上第二節課。

11 | チャイム【chime】

(名) 組鐘；門鈴

例 チャイムが鳴った。
譯 鈴聲響了。

12 | てんすう【点数】

(名) (評分的)分數
例 読解の点数はまあまあだった。
譯 閱讀理解項目的分數還算可以。

13 | とどける【届ける】

(他下一) 送達；送交；報告
例 忘れ物を届ける。
譯 把遺失物送回來。

14 | ねんせい【年生】

(接尾) …年級生
例 ３年生に上がる。
譯 升為三年級。

15 | もん【問】

(接尾) (計算問題數量)題
例 五問のうち四問は正解だ。
譯 五題中對四題。

16 | らくだい【落第】

(名・自サ) 不及格，落榜，沒考中；留級
例 彼は落第した。
譯 他落榜了。

行事、一生の出来事

- 儀式活動、一輩子會遇到的事情 -

01 | いわう【祝う】 　　　N3 ● 22

(他五) 祝賀，慶祝；祝福；送賀禮；致賀詞

例 成人を祝う。

譯 慶祝長大成人。

02 | きせい【帰省】

(名・自サ) 歸省，回家（省親），探親

例 お正月に帰省する。

譯 元月新年回家探親。

03 | クリスマス【christmas】

(名) 聖誕節

例 メリークリスマス。

譯 聖誕節快樂！

04 | まつり【祭り】

(名) 祭祀；祭日，廟會祭典

例 お祭りを楽しむ。

譯 觀賞節日活動。

05 | まねく【招く】

(他五) （搖手、點頭）招呼；招待，宴請；招聘，聘請；招惹，招致

例 パーティーに招かれた。

譯 受邀參加派對。

23-1 道具 (1) /
工具 (1)

01 | おたまじゃくし【お玉杓子】

名 圓杓，湯杓；蝌蚪
例 お玉じゃくしを持つ。
譯 拿湯杓。

02 | かん【缶】

名 罐子
例 缶詰にする。
譯 做成罐頭。

03 | かんづめ【缶詰】

名 罐頭；關起來，隔離起來；擁擠的狀態
例 缶詰を開ける。
譯 打開罐頭。

04 | くし【櫛】

名 梳子
例 櫛を髪に挿す。
譯 頭髮插上梳子。

05 | こくばん【黒板】

名 黑板
例 黒板を拭く。
譯 擦黑板。

06 | ゴム【(荷)gom】

名 樹膠，橡皮，橡膠
例 輪ゴムで結んでください。
譯 請用橡皮筋綁起來。

07 | ささる【刺さる】

自五 刺在…在，扎進，刺入
例 布団に針が刺さっている。
譯 被子有針插著。

08 | しゃもじ【杓文字】

名 杓子，飯杓
例 しゃもじにご飯がついている。
譯 飯匙上沾著飯。

09 | しゅうり【修理】

名・他サ 修理，修繕
例 車を修理する。
譯 修繕車子。

10 | せいのう【性能】

名 性能，機能，效能
例 性能が悪い。
譯 性能不好。

11 | せいひん【製品】

名 製品，產品
例 製品のデザインを決める。

譯 決定把新產品的設計定案。

12 | せんざい【洗剤】

名 洗滌劑，洗衣粉（精）

例 洗剤で洗う。

譯 用洗滌劑清洗。

13 | タオル【towel】

名 毛巾；毛巾布

例 タオルを洗う。

譯 洗毛巾。

14 | ちゅうかなべ【中華なべ】

名 中華鍋（炒菜用的中式淺底鍋）

例 中華なべで野菜を炒める。

譯 用中式淺底鍋炒菜。

15 | でんち【電池】

名 （理）電池

例 電池がいる。

譯 需要電池。

16 | テント【tent】

名 帳篷

例 テントを張る。

譯 搭帳篷。

17 | なべ【鍋】

名 鍋子；火鍋

例 鍋で野菜を炒める。

譯 用鍋炒菜。

18 | のこぎり【鋸】

名 鋸子

例 のこぎりで板を引く。

譯 用鋸子鋸木板。

19 | はぐるま【歯車】

名 齒輪

例 機械の歯車に油を差した。

譯 往機器的齒輪裡注了油。

20 | はた【旗】

名 旗，旗幟；（佛）幡

例 旗をかかげる。

譯 掛上旗子。

23-1 道具 (2) /
工具 (2)

21 | ひも【紐】

名 （布、皮革等的）細繩，帶

例 靴ひもを結ぶ。

譯 繫鞋帶。

22 | ファスナー【fastener】

名 （提包、皮包與衣服上的）拉鍊

例 ファスナーがついている。

譯 有附拉鍊。

23 | ふくろ・〜ぶくろ【袋】

名 袋子；口袋；囊

例 袋に入れる。

譯 裝入袋子。

24 | ふた【蓋】

图 （瓶、箱、鍋等）的蓋子；（貝類的）蓋
例 蓋をする。
譯 蓋上。

25 | ぶつ【物】

图·漢造 大人物；物，東西
例 危険物の持ち込みはやめましょう。
譯 請勿帶入危險物品。

26 | フライがえし【fry返し】

图 （把平底鍋裡煎的東西翻面的用具）鍋鏟
例 使いやすいフライ返しを選ぶ。
譯 選擇好用的炒菜鏟。

27 | フライパン【frypan】

图 平底鍋
例 フライパンで焼く。
譯 用平底鍋烤。

28 | ペンキ【（荷）pek】

图 油漆
例 ペンキが乾いた。
譯 油漆乾了。

29 | ベンチ【bench】

图 長凳，長椅；（棒球）教練、選手席
例 ベンチに腰掛ける。
譯 坐到長椅上。

30 | ほうちょう【包丁】

图 菜刀；廚師；烹調手藝

例 包丁で切る。
譯 用菜刀切。

31 | マイク【mike】

图 麥克風
例 マイクを通じて話す。
譯 透過麥克風說話。

32 | まないた【まな板】

图 切菜板
例 まな板の上で野菜を切る。
譯 在砧板切菜。

33 | ゆのみ【湯飲み】

图 茶杯，茶碗
例 湯飲み茶碗を手に入れる。
譯 得到茶杯。

34 | ライター【lighter】

图 打火機
例 ライターで火をつける。
譯 用打火機點火。

35 | ラベル【label】

图 標籤，籤條
例 金額のラベルを張る。
譯 貼上金額標籤。

36 | リボン【ribbon】

图 緞帶，絲帶；髮帶；蝴蝶結
例 リボンを付ける。
譯 繫上緞帶。

37 | レインコート【raincoat】

名 雨衣

例 レインコートを忘れた。

譯 忘了帶雨衣。

---

38 | ロボット【robot】

名 機器人；自動裝置；傀儡

例 家事をしてくれるロボットが人気だ。

譯 會幫忙做家事的機器人很受歡迎。

---

39 | わん【椀・碗】

名 碗，木碗；(計算數量)碗

例 一碗のお茶を頂く。

譯 喝一碗茶。

23-2 家具、工具、文房具 /
傢俱、工作器具、文具

01 | アイロン【iron】

名 熨斗、烙鐵

例 アイロンをかける。

譯 用熨斗燙。

---

02 | アルバム【album】

名 相簿，記念冊

例 スマホの写真でアルバムを作る。

譯 把手機裡的照片編作相簿。

---

03 | インキ【ink】

名 墨水

例 万年筆のインキがなくなる。

譯 鋼筆的墨水用完。

04 | インク【ink】

名 墨水，油墨(也寫作「インキ」)

例 インクをつける。

譯 醮墨水。

---

05 | エアコン【air conditioning】

名 空調；溫度調節器

例 エアコンつきの部屋を探す。

譯 找附有冷氣的房子。

---

06 | カード【card】

名 卡片；撲克牌

例 カードを切る。

譯 洗牌。

---

07 | カーペット【carpet】

名 地毯

例 カーペットにコーヒーをこぼした。

譯 把咖啡灑到地毯上了。

---

08 | かぐ【家具】

名 家具

例 家具を置く。

譯 放家具。

---

09 | かでんせいひん【家電製品】

名 家用電器

例 家電製品を安全に使う。

譯 安全使用家電用品。

10 | かなづち【金槌】

名 釘錘，槌頭；旱鴨子

例 金槌で釘を打つ。

譯 用槌頭敲打釘子。

---

11 | き【機】

名・接尾・漢造 機器；時機；飛機；（助數詞用法）架

例 洗濯機が壊れた。

譯 洗衣機壞了。

---

12 | クーラー【cooler】

名 冷氣設備

例 クーラーをつける。

譯 開冷氣。

---

13 | さす【指す】

他五 指，指示；使，叫，令，命令做…

例 時計が2時を指している。

譯 時鐘指著兩點。

---

14 | じゅうたん【絨毯】

名 地毯

例 絨毯を織ってみた。

譯 試著編地毯。

---

15 | じょうぎ【定規】

名 （木工使用）尺，規尺；標準

例 定規で線を引く。

譯 用尺畫線。

---

16 | しょっきだな【食器棚】

名 餐具櫃，碗廚

例 食器棚に皿を置く。

譯 把盤子放入餐具櫃裡。

---

17 | すいはんき【炊飯器】

名 電子鍋

例 炊飯器でご飯を炊く。

譯 用電鍋煮飯。

---

18 | せき【席】

名・漢造 席，坐墊；席位，坐位

例 席を譲る。

譯 讓座。

---

19 | せともの【瀬戸物】

名 陶瓷品

例 瀬戸物の茶碗を大事にしている。

譯 非常珍惜陶瓷碗。

---

20 | せんたくき【洗濯機】

名 洗衣機

例 洗濯機で洗う。

譯 用洗衣機洗。

---

21 | せんぷうき【扇風機】

名 風扇，電扇

例 扇風機を止める。

譯 關上電扇。

---

22 | そうじき【掃除機】

名 除塵機，吸塵器

例 掃除機をかける。

譯 用吸塵器清掃。

23 | ソファー【sofa】

名 沙發（亦可唸作「ソファ」）
例 ソファーに座る。
譯 坐在沙發上。

24 | たんす

名 衣櫥，衣櫃，五斗櫃
例 たんすにしまった。
譯 收入衣櫃裡。

25 | チョーク【chalk】

名 粉筆
例 チョークで黒板に書く。
譯 用粉筆在黑板上寫字。

26 | てちょう【手帳】

名 筆記本，雜記本
例 手帳で予定を確認する。
譯 翻看隨身記事本確認行程。

27 | でんしレンジ【電子 range】

名 電子微波爐
例 電子レンジで温める。
譯 用微波爐加熱。

28 | トースター【toaster】

名 烤麵包機
例 トースターで焼く。
譯 以烤箱加熱。

29 | ドライヤー【dryer・drier】

名 乾燥機，吹風機
例 ドライヤーをかける。
譯 用吹風機吹。

30 | はさみ【鋏】

名 剪刀；剪票鉗
例 はさみで切る。
譯 用剪刀剪。

31 | ヒーター【heater】

名 電熱器，電爐；暖氣裝置
例 ヒーターをつける。
譯 裝暖氣。

32 | びんせん【便箋】

名 信紙，便箋
例 かわいい便箋をダウンロードする。
譯 下載可愛的信紙。

33 | ぶんぼうぐ【文房具】

名 文具，文房四寶
例 文房具屋さんでペンを買って来た。
譯 去文具店買了筆回來。

34 | まくら【枕】

名 枕頭
例 枕につく。
譯 就寢，睡覺。

35 | ミシン【sewingmachine 之略】

名 縫紉機
例 ミシンで着物を縫い上げる。
譯 用縫紉機縫好一件和服。

23-3 容器類 /
容器類

01｜さら【皿】

⒜ 盤子；盤形物；（助數詞）一碟等

例 料理を皿に盛る。

譯 把菜放到盤子裡。

02｜すいとう【水筒】

⒜ （旅行用）水筒，水壺

例 水筒に熱いコーヒを入れる。

譯 把熱咖啡倒入水壺。

03｜びん【瓶】

⒜ 瓶，瓶子

例 瓶を壊す。

譯 打破瓶子。

04｜メモリー・メモリ【memory】

⒜ 記憶，記憶力；懷念；紀念品；（電腦）記憶體

例 メモリーが不足している。

譯 記憶體空間不足。

05｜ロッカー【locker】

⒜ （公司、機關用可上鎖的）文件櫃；（公共場所用可上鎖的）置物櫃，置物箱，櫃子

例 ロッカーに入れる。

譯 放進置物櫃裡。

23-4 照明、光学機器、音響、情報機器 /
燈光照明、光學儀器、音響、信息器具

01｜ CD ドライブ【CD drive】

⒜ 光碟機

例 ＣＤドライブが開かない。

譯 光碟機沒辦法打開。

02｜ DVD デッキ【DVD tape deck】

⒜ DVD 播放機

例 DVD デッキが壊れた。

譯 DVD播映機壞了。

03｜ DVD ドライブ【DVD drive】

⒜ （電腦用的）DVD 機

例 DVD ドライブをパソコンにつなぐ。

譯 把DVD磁碟機接上電腦。

04｜うつる【写る】

⒢ 照相，映顯；顯像；（穿透某物）看到

例 私の隣に写っているのは兄です。

譯 照片中站在我隔壁的是哥哥。

05｜かいちゅうでんとう【懐中電灯】

⒜ 手電筒

例 懐中電灯が必要だ。

譯 需要手電筒。

06｜カセット【cassette】

⒜ 小暗盒；（盒式）錄音磁帶，錄音帶

例 カセットに入れる。

譯 錄進錄音帶。

07 | がめん【画面】

名 (繪畫的)畫面；照片，相片；(電影等)
畫面，鏡頭

例 画面を見る。

譯 看畫面。

08 | キーボード【keyboard】

名 (鋼琴、打字機等)鍵盤

例 キーボードを弾く。

譯 彈鍵盤(樂器)。

09 | けいこうとう【蛍光灯】

名 螢光燈，日光燈

例 蛍光灯の調子が悪い。

譯 日光燈的壞了。

10 | けいたい【携帯】

名・他サ 攜帶；手機(「携帯電話(けいた
いでんわ)」的簡稱)

例 携帯電話を持つ。

譯 攜帶手機。

11 | コピー【copy】

名 抄本，謄本，副本；(廣告等的)文稿

例 書類をコピーする。

譯 影印文件。

12 | つける【点ける】

他下一 點燃；打開(家電類)

例 クーラーをつける。

譯 開冷氣。

13 | テープ【tape】

名 窄帶，線帶，布帶；卷尺；錄音帶

例 テープに録音する。

譯 在錄音帶上錄音。

14 | ディスプレイ【display】

名 陳列，展覽，顯示；(電腦的)顯示器

例 ディスプレイをリサイクルに出す。

譯 把顯示器送去回收。

15 | ていでん【停電】

名・自サ 停電，停止供電

例 台風で停電した。

譯 因為颱風所以停電了。

16 | デジカメ【digital camera 之略】

名 數位相機(「デジタルカメラ」之略稱)

例 デジカメで撮った。

譯 用數位相機拍攝。

17 | デジタル【digital】

名 數位的，數字的，計量的

例 デジタル製品を使う。

譯 使用數位電子製品。

18 | でんきスタンド【電気 stand】

名 檯燈

例 電気スタンドを点ける。

譯 打開檯燈。

19 | でんきゅう【電球】

名 電燈泡

例 電球が切れた。

譯 電燈泡壞了。

20 | ハードディスク【hard disk】

名 （電腦）硬碟

例 ハードディスクが壊れた。

譯 硬碟壞了。

21 | ビデオ【video】

名 影像，錄影；錄影機；錄影帶

例 ビデオを再生する。

譯 播放錄影帶。

22 | ファックス【fax】

名・サ変 傳真

例 地図をファックスする。

譯 傳真地圖。

23 | プリンター【printer】

名 印表機；印相片機

例 プリンターのインクが切れた。

譯 印表機的油墨沒了。

24 | マウス【mouse】

名 滑鼠；老鼠

例 マウスを移動する。

譯 移動滑鼠。

25 | ライト【light】

名 燈，光

例 ライトを点ける。

譯 點燈。

26 | ろくおん【録音】

名・他サ 錄音

例 彼は録音のエンジニアだ。

譯 他是錄音工程師。

27 | ろくが【録画】

名・他サ 錄影

例 大河ドラマを録画した。

譯 錄下大河劇了。

24-1 仕事、職場 /
工作、職場

01 | オフィス【office】

名 辦公室，辦事處；公司；政府機關

例 課長はオフィスにいる。

譯 課長在辦公室。

02 | おめにかかる【お目に掛かる】

慣 (謙讓語)見面，拜會

例 社長にお目に掛かりたい。

譯 想拜會社長。

03 | かたづく【片付く】

自五 收拾，整理好；得到解決，處裡好；
出嫁

例 仕事が片付く。

譯 做完工作。

04 | きゅうけい【休憩】

名・自サ 休息

例 休憩する暇もない。

譯 連休息的時間也沒有。

05 | こうかん【交換】

名・他サ 交換；交易

例 名刺を交換する。

譯 交換名片。

06 | ざんぎょう【残業】

名・自サ 加班

例 残業して仕事を片付ける。

譯 加班把工作做完。

07 | じしん【自信】

名 自信，自信心

例 自信を持つ。

譯 有自信。

08 | しつぎょう【失業】

名・自サ 失業

例 会社が倒産して失業した。

譯 公司倒閉而失業了。

09 | じつりょく【実力】

名 實力，實際能力

例 実力がつく。

譯 具有實力。

10 | じゅう【重】

名・漢造 (文)重大；穩重；重要

例 重要な仕事を任せられている。

譯 接下相當重要的工作。

11 | しゅうしょく【就職】

(名・自サ) 就職，就業，找到工作

例 日本語ができれば就職に有利だ。

譯 會日文對於求職將非常有利。

12 | じゅうよう【重要】

(名・形動) 重要，要緊

例 重要な仕事をする。

譯 從事重要的工作。

13 | じょうし【上司】

(名) 上司，上級

例 上司に確認する。

譯 跟上司確認。

14 | すます【済ます】

(他五・接尾) 弄完，辦完；償還，還清；對付，將就，湊合；(接在其他動詞連用形下面) 表示完全成為……

例 用事を済ました。

譯 辦完事情。

15 | すませる【済ませる】

(他五・接尾) 弄完，辦完；償還，還清；將就，湊合

例 手続きを済ませた。

譯 辦完手續。

16 | せいこう【成功】

(名・自サ) 成功，成就，勝利；功成名就，成功立業

例 仕事が成功した。

譯 工作大告成功。

17 | せきにん【責任】

(名) 責任，職責

例 責任を持つ。

譯 負責任。

18 | たいしょく【退職】

(名・自サ) 退職

例 退職してゆっくり生活したい。

譯 退休後想休閒地過生活。

19 | だいひょう【代表】

(名・他サ) 代表

例 代表となる。

譯 作為代表。

20 | つうきん【通勤】

(名・自サ) 通勤，上下班

例 マイカーで通勤する。

譯 開自己的車上班。

21 | はたらき【働き】

(名) 勞動，工作；作用，功效；功勞，功績；功能，機能

例 妻が働きに出る。

譯 妻子外出工作。

22 | ふく【副】

(名・漢造) 副本，抄件；副；附帶

例 副社長が挨拶する。

譯 副社長致詞。

23 | へんこう【変更】

(名・他サ) 變更，更改，改變

例 計画を変更する。
けいかく　へんこう
譯 變更計畫。

---

24 | めいし【名刺】

名 名片
例 名刺を交換する。
めいし　こうかん
譯 交換名片。

---

25 | めいれい【命令】

名·他サ 命令，規定；（電腦）指令
例 命令を受ける。
めいれい　う
譯 接受命令。

---

26 | めんせつ【面接】

名·自サ（為考察人品、能力而舉行的）面
試，接見，會面
例 面接を受ける。
めんせつ　う
譯 接受面試。

---

27 | もどり【戻り】

名 恢復原狀；回家；歸途
例 部長、お戻りは何時ですか。
ぶちょう　もど　なんじ
譯 部長，幾點回來呢？

---

28 | やくだつ【役立つ】

自五 有用，有益
例 実際に会社で役立つ。
じっさい　かいしゃ　やくだ
譯 實際上對公司有益。

---

29 | やくだてる【役立てる】

他下一 （供）使用，使…有用
例 何とか役立てたい。
なん　やくだ
譯 我很想幫上忙。

---

30 | やくにたてる【役に立てる】

慣 （供）使用，使…有用
例 社会の役に立てる。
しゃかい　やく　た
譯 對社會有貢獻。

---

31 | やめる【辞める】

他下一 辭職；休學
例 仕事を辞める。
しごと　や
譯 辭掉工作。

---

32 | ゆうり【有利】

形動 有利
例 免許があると仕事に有利です。
めんきょ　しごと　ゆうり
譯 持有證照對工作較有益處。

---

33 | れい【例】

名·漢造 慣例；先例；例子
例 前例がないなら、作ればいい。
ぜんれい　つく
譯 如果從來沒有人做過，就由我們來當
開路先鋒。

---

34 | れいがい【例外】

名 例外
例 例外として扱う。
れいがい　あつか
譯 特別待遇。

---

35 | レベル【level】

名 水平，水準；水平線；水平儀
例 社員のレベルが向上する。
しゃいん　こうじょう
譯 員工的水準提高。

---

36 | わりあて【割り当て】

㉑ 分配，分擔
例 仕事の割り当てをする。
譯 分派工作。

24-2 職業、事業 (1) /
職業、事業(1)

01 | アナウンサー【announcer】

㉑ 廣播員，播報員
例 アナウンサーになる。
譯 成為播報員。

02 | いし【医師】

㉑ 醫師，大夫
例 心の温かい医師になりたい。
譯 我想成為一個有人情味的醫生。

03 | ウェーター・ウェイター 【waiter】

㉑ （餐廳等的）侍者，男服務員
例 ウェーターを呼ぶ。
譯 叫服務生。

04 | ウェートレス・ウェイトレス 【waitress】

㉑ （餐廳等的）女侍者，女服務生
例 ウェートレスを募集する。
譯 招募女服務生。

05 | うんてんし【運転士】

㉑ 司機；駕駛員，船員
例 運転士をしている。

譯 當司機。

06 | うんてんしゅ【運転手】

㉑ 司機
例 タクシーの運転手が道に詳しい。
譯 計程車司機對道路很熟悉。

07 | えきいん【駅員】

㉑ 車站工作人員，站務員
例 駅員に聞く。
譯 詢問站務員。

08 | エンジニア【engineer】

㉑ 工程師，技師
例 エンジニアとして働きたい。
譯 想以工程師的身份工作。

09 | おんがくか【音楽家】

㉑ 音樂家
例 音楽家になる。
譯 成為音樂家。

10 | かいごし【介護士】

㉑ 專門照顧身心障礙者日常生活的專門技術人員
例 介護士の資格を取る。
譯 取得看護的資格。

11 | かいしゃいん【会社員】

㉑ 公司職員
例 会社員になる。
譯 當公司職員。

12 | がか【画家】

名 畫家
例 画家になる。
譯 成為畫家。

13 | かしゅ【歌手】

名 歌手，歌唱家
例 歌手になりたい。
譯 我想當歌手。

14 | カメラマン【cameraman】

名 攝影師；(報社、雜誌等)攝影記者
例 アマチュアカメラマンが増える。
譯 增加許多業餘攝影師。

15 | かんごし【看護師】

名 護士，看護
例 看護師さんが優しい。
譯 護士人很和善貼心。

16 | きしゃ【記者】

名 執筆者，筆者；(新聞)記者，編輯
例 記者が質問する。
譯 記者發問。

17 | きゃくしつじょうむいん【客室乗務員】

名 (車、飛機、輪船上)服務員
例 客室乗務員になる。
譯 成為空服人員。

18 | ぎょう【業】

名・漢造 業，職業；事業；學業

例 金融業で働く。
譯 在金融業工作。

19 | きょういん【教員】

名 教師，教員
例 教員になる。
譯 當上教職員。

20 | きょうし【教師】

名 教師，老師
例 両親とも高校の教師だ。
譯 我父母都是高中老師。

21 | ぎんこういん【銀行員】

名 銀行行員
例 銀行員になる。
譯 成為銀行行員。

22 | けいえい【経営】

名・他サ 經營，管理
例 会社を経営する。
譯 經營公司。

23 | けいさつかん【警察官】

名 警察官，警官
例 警察官を騙す。
譯 欺騙警官。

24 | けんちくか【建築家】

名 建築師
例 有名な建築家が建てた。
譯 由名建築師建造。

25 | こういん【行員】

名 銀行職員

例 銃を銀行の行員に向けた。

譯 拿槍對準了銀行職員。

26 | さっか【作家】

名 作家，作者，文藝工作者；藝術家，藝術工作者

例 作家が小説を書いた。

譯 作家寫了小説。

27 | さっきょくか【作曲家】

名 作曲家

例 作曲家になる。

譯 成為作曲家。

28 | サラリーマン【salariedman】

名 薪水階級，職員

例 サラリーマンにはなりたくない。

譯 不想從事領薪工作。

29 | じえいぎょう【自営業】

名 獨立經營，獨資

例 自営業で商売する。

譯 獨資經商。

30 | しゃしょう【車掌】

名 車掌，列車員

例 車掌が特急券の確認をする。

譯 乘務員來查特快票。

24-2 職業、事業 (2) /
職業、事業 (2)

31 | じゅんさ【巡査】

名 巡警

例 巡査に捕まえられた。

譯 被警察逮捕。

32 | じょゆう【女優】

名 女演員

例 将来は女優になる。

譯 將來成為女演員。

33 | スポーツせんしゅ【sports 選手】

名 運動選手

例 スポーツ選手になりたい。

譯 想成為了運動選手。

34 | せいじか【政治家】

名 政治家（多半指議員）

例 どの政治家を応援しますか。

譯 你聲援哪位政治家呢？

35 | だいく【大工】

名 木匠，木工

例 大工を頼む。

譯 雇用木匠。

36 | ダンサー【dancer】

名 舞者；舞女；舞蹈家

例 夢はダンサーになることだ。

譯 夢想是成為一位舞者。

37 | ちょうりし【調理師】

名 烹調師，廚師
例 調理師の免許を持つ。
譯 具有廚師執照。

38 | つうやく【通訳】

名・他サ 口頭翻譯，口譯；翻譯者，譯員
例 彼は通訳をしている。
譯 他在擔任口譯。

39 | デザイナー【designer】

名 （服裝、建築等）設計師，圖案家
例 デザイナーになる。
譯 成為設計師。

40 | のうか【農家】

名 農民，農戶；農民的家
例 農家で育つ。
譯 生長在農家。

41 | パート【part time 之略】

名 （按時計酬）打零工
例 パートに出る。
譯 出外打零工。

42 | はいゆう【俳優】

名 （男）演員
例 夢は映画俳優になることだ。
譯 我的夢想是當一位電影演員。

43 | パイロット【pilot】

名 領航員；飛行駕駛員；實驗性的
例 パイロットから説明を受ける。

譯 接受飛行員的説明。

44 | ピアニスト【pianist】

名 鋼琴師，鋼琴家
例 ピアニストの方が演奏している。
譯 鋼琴家正在演奏。

45 | ひきうける【引き受ける】

他下一 承擔，負責；照應，照料；應付，
對付；繼承
例 事業を引き受ける。
譯 繼承事業。

46 | びようし【美容師】

名 美容師
例 人気の美容師を紹介する。
譯 介紹極受歡迎的美髮設計師。

47 | フライトアテンダント【flight attendant】

名 空服員
例 フライトアテンダントになりたい。
譯 我想當空服員。

48 | プロ【professional 之略】

名 職業選手，專家
例 プロになる。
譯 成為專家。

49 | べんごし【弁護士】

名 律師
例 将来は弁護士になりたい。
譯 將來想成為律師。

50 | ほいくし【保育士】

名 保育士

例 保育士の資格を取る。

譯 取得幼教老師資格。

51 | ミュージシャン【musician】

名 音樂家

例 ミュージシャンになった。

譯 成為音樂家了。

52 | ゆうびんきょくいん【郵便局員】

名 郵局局員

例 郵便局員として働く。

譯 從事郵差先生的工作。

53 | りょうし【漁師】

名 漁夫，漁民

例 漁師の仕事はきつい。

譯 漁夫的工作很累人。

24-3 家事 / 家務

01 | かたづけ【片付け】

名 整理，整頓，收拾

例 部屋の片付けをする。

譯 整理房間。

02 | かたづける【片付ける】

他下一 收拾，打掃；解決

例 母が台所を片付ける。

譯 母親在打掃廚房。

03 | かわかす【乾かす】

他五 曬乾；晾乾；烤乾

例 洗濯物を乾かす。

譯 曬衣服。

04 | さいほう【裁縫】

名・自サ 裁縫，縫紉

例 裁縫を習う。

譯 學習縫紉。

05 | せいり【整理】

名・他サ 整理，收拾，整頓；清理，處理；捨棄，淘汰，裁減

例 部屋を整理する。

譯 整理房間。

06 | たたむ【畳む】

他五 疊，折；關，闔上；關閉，結束；藏在心裡

例 布団を畳む。

譯 折棉被。

07 | つめる【詰める】

他下一・自下一 守候，值勤；不停的工作，緊張；塞進，裝入；緊挨著，緊靠著

例 ごみを袋に詰める。

譯 將垃圾裝進袋中。

08 | ぬう【縫う】

他五 縫，縫補；刺繡；穿過，穿行；(醫)縫合(傷口)

例 服を縫った。

譯 縫衣服。

09 | ふく【拭く】

(他五) 擦，抹

例 雑巾で拭く。
ぞうきん　ふ

譯 用抹布擦拭。

生産、産業

- 生産、産業 -

01 | かんせい【完成】 N3 ● 25

名·自他サ 完成

例 正月に完成の予定だ。

譯 預定正月完成。

02 | こうじ【工事】

名·自サ 工程，工事

例 内装工事がうるさい。

譯 室內裝修工程很吵。

03 | さん【産】

名·漢造 生産，分娩；(某地方)出生；財產

例 日本産の車は質がいい。

譯 日產汽車品質良好。

04 | サンプル【sample】

名·他サ 樣品，樣本

例 サンプルを見て作る。

譯 依照樣品來製作。

05 | しょう【商】

名·漢造 商，商業；商人；(數)商；商量

例 この店の商品はプロ向けだ。

譯 這家店的商品適合專業人士使用。

06 | しんぽ【進歩】

名·自サ 進步

例 技術が進歩する。

譯 技術進步。

07 | せいさん【生産】

名·他サ 生産，製造；創作(藝術品等)；生業，生計

例 米を生産する。

譯 生產米。

08 | たつ【建つ】

自五 蓋，建

例 新しい家が建つ。

譯 蓋新房。

09 | たてる【建てる】

他下一 建造，蓋

例 家を建てる。

譯 蓋房子。

10 | のうぎょう【農業】

名 農耕；農業

例 日本の農業は進んでいる。

譯 日本的農業有長足的進步。

11 | まざる【交ざる】

自五 混雜，交雜，夾雜

例 不良品が交ざっている。

譯 摻進了不良品。

12 | まざる【混ざる】

（自五）混雑，夾雜

例 米に砂が混ざっている。

譯 米裡面夾帶著沙。

パート 26 第二十六章

経済

- 經濟 -

26-1 取り引き / 交易

01 | かいすうけん【回数券】

⑧（車票等的）回數票

例 回数券を買う。

譯 買回數票。

02 | かえる【代える・換える・替える】

他下一 代替，代理；改變，變更，變換

例 円をドルに替える。

譯 圓換美金。

03 | けいやく【契約】

名·自他サ 契約，合同

例 契約を結ぶ。

譯 立合同。

04 | じどう【自動】

⑧ 自動（不單獨使用）

例 自動販売機で野菜を買う。

譯 在自動販賣機購買蔬菜。

05 | しょうひん【商品】

⑧ 商品，貨品

例 商品が揃う。

譯 商品齊備。

06 | セット【set】

名·他サ 一組，一套；舞台裝置，布景；（網球等）盤，局；組裝，裝配；梳整頭髮

例 ワンセットで売る。

譯 整組來賣。

07 | ヒット【hit】

名·自サ 大受歡迎，最暢銷；（棒球）安打

例 今度の商品はヒットした。

譯 這回的產品取得了大成功。

08 | ブランド【brand】

⑧（商品的）牌子；商標

例 ブランドのバックが揃う。

譯 名牌包包應有盡有。

09 | プリペイドカード【prepaid card】

⑧ 預先付款的卡片（電話卡、影印卡等）

例 使い捨てのプリペイドカードを買った。

譯 購買用完就丟的預付卡。

10 | むすぶ【結ぶ】

他五·自五 連結，繫結；締結關係，結合，結盟；（嘴）閉緊，（手）握緊

例 契約を結ぶ。

譯 簽合約。

11 | りょうがえ【両替】

(名・他サ) 兌換，換錢，兌幣

例 円とドルの両替をする。

譯 以日圓兌換美金。

12 | レシート【receipt】

(名) 收據；發票

例 レシートをもらう。

譯 拿收據。

13 | わりこむ【割り込む】

(自五) 擠進，插隊；闖進；插嘴

例 横から急に列に割り込んできた。

譯 突然從旁邊擠進隊伍來。

26-2 価格、収支、貸借 /
價格、收支、借貸

01 | かえる【返る】

(自五) 復原；返回；回應

例 貸したお金が返る。

譯 收回借出去的錢。

02 | かし【貸し】

(名) 借出，貸款；貸方；給別人的恩惠

例 貸しがある。

譯 有借出的錢。

03 | かしちん【貸し賃】

(名) 租金，賃費

例 貸し賃が高い。

譯 租金昂貴。

04 | かり【借り】

(名) 借，借入；借的東西；欠人情；怨恨，仇恨

例 借りを返す。

譯 還人情。

05 | きゅうりょう【給料】

(名) 工資，薪水

例 給料が上がる。

譯 提高工資。

06 | さがる【下がる】

(自五) 後退；下降

例 給料が下がる。

譯 降低薪水。

07 | ししゅつ【支出】

(名・他サ) 開支，支出

例 支出を抑える。

譯 減少支出。

08 | じょ【助】

(漢造) 幫助；協助

例 お金を援助する。

譯 出錢幫助。

09 | せいさん【清算】

(名・他サ) 結算，清算；清理財產；結束，了結

例 溜まった家賃を清算した。

譯 還清了積欠的房租。

10 | ただ

（名・副）免費，不要錢；普通，平凡；只有，只是（促音化為「たった」）

例 ただで参加できる。

譯 能夠免費參加。

---

11 | とく【得】

（名・形動）利益；便宜

例 まとめて買うと得だ。

譯 一次買更划算。

---

12 | ねあがり【値上がり】

（名・自サ）價格上漲，漲價

例 土地の値上がりが始まっている。

譯 地價開始高漲了。

---

13 | ねあげ【値上げ】

（名・他サ）提高價格，漲價

例 来月から入場料が値上げになる。

譯 下個月開始入場費將漲價。

---

14 | ぶっか【物価】

（名）物價

例 物価が上がった。

譯 物價上漲。

---

15 | ボーナス【bonus】

（名）特別紅利，花紅；獎金，額外津貼，紅利

例 ボーナスが出る。

譯 發獎金。

---

01 | いりょうひ【衣料費】

（名）服裝費

例 子供の衣料費は私が出す。

譯 我支付小孩的服裝費。

---

02 | いりょうひ【医療費】

（名）治療費，醫療費

例 医療費を払う。

譯 支付醫療費。

---

03 | うんちん【運賃】

（名）票價；運費

例 運賃を払う。

譯 付運費。

---

04 | おごる【奢る】

（自五・他五）奢侈，過於講究；請客，作東

例 友人に昼飯を奢る。

譯 請朋友吃中飯。

---

05 | おさめる【納める】

（他下一）交，繳納

例 授業料を納める。

譯 繳納學費。

---

06 | がくひ【学費】

（名）學費

例 アルバイトで学費をためる。

譯 打工存學費。

07 | がすりょうきん【ガス料金】

名 瓦斯費
例 ガス料金を払う。
譯 付瓦斯費。

08 | くすりだい【薬代】

名 藥費
例 薬代が高い。
譯 醫療費昂貴。

09 | こうさいひ【交際費】

名 應酬費用
例 交際費を増やす。
譯 增加應酬費用。

10 | こうつうひ【交通費】

名 交通費，車馬費
例 交通費を計算する。
譯 計算交通費。

11 | こうねつひ【光熱費】

名 電費和瓦斯費等
例 光熱費を払う。
譯 繳水電費。

12 | じゅうきょひ【住居費】

名 住宅費，居住費
例 住居費が高い。
譯 住宿費用很高。

13 | しゅうりだい【修理代】

名 修理費

例 修理代を支払う。
譯 支付修理費。

14 | じゅぎょうりょう【授業料】

名 學費
例 授業料が高い。
譯 授課費用很高。

15 | しようりょう【使用料】

名 使用費
例 会場の使用料を支払う。
譯 支付場地租用費。

16 | しょくじだい【食事代】

名 餐費，飯錢
例 母が食事代をくれた。
譯 媽媽給了我飯錢。

17 | しょくひ【食費】

名 伙食費，飯錢
例 食費を節約する。
譯 節省伙食費。

18 | すいどうだい【水道代】

名 自來水費
例 水道代をカードで払う。
譯 用信用卡支付水費。

19 | すいどうりょうきん【水道料金】

名 自來水費
例 コンビニで水道料金を払う。
譯 在超商支付自來水費。

20｜せいかつひ【生活費】

⒜ 生活費

例 息子に生活費を送る。

譯 寄生活費給兒子。

26-3 消費、費用 (2) ／
消費、費用 (2)

21｜ぜいきん【税金】

⒜ 税金，税款

例 税金を納める。

譯 繳納税金。

22｜そうりょう【送料】

⒜ 郵費，運費

例 送料を払う。

譯 付郵資。

23｜タクシーだい【taxi 代】

⒜ 計程車費

例 タクシー代が上がる。

譯 計程車的車資漲價。

24｜タクシーりょうきん【taxi 料金】

⒜ 計程車費

例 タクシー料金が値上げになる。

譯 計程車的費用要漲價。

25｜チケットだい【ticket 代】

⒜ 票錢

例 チケット代を払う。

譯 付買票的費用。

26｜ちりょうだい【治療代】

⒜ 治療費，診察費

例 歯の治療代が高い。

譯 治療牙齒的費用很昂貴。

27｜てすうりょう【手数料】

⒜ 手續費；回扣

例 手数料がかかる。

譯 要付手續費。

28｜でんきだい【電気代】

⒜ 電費

例 電気代が高い。

譯 電費很貴。

29｜でんきりょうきん【電気料金】

⒜ 電費

例 電気料金が値上がりする。

譯 電費上漲。

30｜でんしゃだい【電車代】

⒜ (坐)電車費用

例 電車代が安くなる。

譯 電車費更加便宜。

31｜でんしゃちん【電車賃】

⒜ (坐)電車費用

例 電車賃は 250 円だ。

譯 電車費是二百五十圓。

32｜でんわだい【電話代】

⒜ 電話費

例 夜11時以後は電話代が安くなる。
譯 夜間十一點以後的電話費率比較便宜。

33 | にゅうじょうりょう【入場料】

名 入場費，進場費
例 入場料が高い。
譯 門票很貴呀。

34 | バスだい【bus 代】

名 公車（乘坐）費
例 バス代を払う。
譯 付公車費。

35 | バスりょうきん【bus 料金】

名 公車（乘坐）費
例 大阪までのバス料金は安い。
譯 搭到大阪的公車費用很便宜。

36 | ひ【費】

漢造 消費，花費；費用
例 大学の学費は親が出してくれる。
譯 大學的學費是父母幫我支付的。

37 | へやだい【部屋代】

名 房租；旅館住宿費
例 部屋代を払う。
譯 支付房租。

38 | ほんだい【本代】

名 買書錢
例 本代がかなりかかる。
譯 買書的花費不少。

39 | やちん【家賃】

名 房租
例 家賃が高い。
譯 房租貴。

40 | ゆうそうりょう【郵送料】

名 郵費
例 郵送料が高い。
譯 郵資貴。

41 | ようふくだい【洋服代】

名 服裝費
例 子供たちの洋服代がかからない。
譯 小孩們的衣物費用所費不多。

42 | りょう【料】

接尾 費用，代價
例 入場料は二倍に値上がる。
譯 入場費漲了兩倍。

43 | レンタルりょう【rental 料】

名 租金
例 ウエディングドレスのレンタル料は
10万だ。
譯 結婚禮服的租借費是十萬。

N3 ● 26-4

26-4 財産、金銭 /
財產、金錢

01 | あずかる【預かる】

他五 收存，（代人）保管；擔任，管理，
負責處理；保留，暫不公開
例 お金を預かる。
譯 保管錢。

02 | あずける【預ける】

(他下一) 寄放，存放；委託，託付

例 銀行にお金を預ける。

譯 把錢存放進銀行裡。

03 | かね【金】

(名) 金屬；錢，金錢

例 金がかかる。

譯 花錢。

04 | こぜに【小銭】

(名) 零錢；零用錢；少量資金

例 1000 円札を小銭に替える。

譯 將千元鈔兌換成硬幣。

05 | しょうきん【賞金】

(名) 賞金；獎金

例 賞金を手に入れた。

譯 獲得賞金。

06 | せつやく【節約】

(名・他サ) 節約，節省

例 交際費を節約する。

譯 節省應酬費用。

07 | ためる【溜める】

(他下一) 積，存，蓄；積壓，停滯

例 お金を溜める。

譯 存錢。

08 | ちょきん【貯金】

(名・自他サ) 存款，儲蓄

例 毎月決まった額を貯金する。

譯 每個月定額存錢。

27-1 政治、行政、国際 /
政治、行政、國際

01 | けんちょう【県庁】

㊅ 縣政府
例 県庁を訪問する。
譯 訪問縣政府。

02 | こく【国】

㊈ 國;政府;國際,國有
例 国民の怒りが高まる。
譯 人們的怒氣日益高漲。

03 | こくさいてき【国際的】

㊄ 國際的
例 国際的な会議に参加する。
譯 參加國際會議。

04 | こくせき【国籍】

㊅ 國籍
例 国籍を変更する。
譯 變更國籍。

05 | しょう【省】

㊅・㊈ 省掉;(日本內閣的)省,部
例 新しい省をつくる。
譯 建立新省。

06 | せんきょ【選挙】

㊅・他サ 選舉,推選
例 議長を選挙する。
譯 選出議長。

07 | ちょう【町】

㊅・㊈ (市街區劃單位)街,巷;鎮,街
例 町長に選出された。
譯 當上了鎮長。

08 | ちょう【庁】

㊈ 官署;行政機關的外局
例 官庁に勤める。
譯 在政府機關工作。

09 | どうちょう【道庁】

㊅ 北海道的地方政府(「北海道庁」之略稱)
例 道庁は札幌市にある。
譯 北海道道廳(地方政府)位於札幌市。

10 | とちょう【都庁】

㊅ 東京都政府(「東京都庁」之略稱)
例 新宿都庁が目の前だ。
譯 新宿都政府就在眼前。

11 | パスポート【passport】

名 護照；身分證

例 パスポートを出す。

譯 取出護照。

12 | ふちょう【府庁】

名 府辦公室

例 府庁に招かれる。

譯 受府辦公室的招待。

13 | みんかん【民間】

名 民間；民營，私營

例 皇室から民間人になる。

譯 從皇室成為民間老百姓。

14 | みんしゅ【民主】

名 民主，民主主義

例 民主主義を壊す。

譯 破壞民主主義。

27-2 軍事 /
軍事

01 | せん【戦】

漢造 戰爭；決勝負，體育比賽；發抖

例 博物館で昔の戦車を見る。

譯 在博物館參觀以前的戰車。

02 | たおす【倒す】

他五 倒，放倒，推倒，翻倒；推翻，打倒；
毀壞，拆毀；打敗，擊敗，殺死，擊斃；
賴帳，不還債

例 敵を倒す。

譯 打倒敵人。

03 | だん【弾】

漢造 砲彈

例 弾丸のように速い。

譯 如彈丸一般地快。

04 | へいたい【兵隊】

名 士兵，軍人；軍隊

例 兵隊に行く。

譯 去當兵。

05 | へいわ【平和】

名・形動 和平，和睦

例 平和に暮らす。

譯 過和平的生活。

01 | おこる【起こる】 N3 ● 28

(自五) 發生，鬧；興起，興盛；（火）著旺

例 事件が起こる。

譯 發生事件。

---

02 | きまり【決まり】

(名) 規定 ，規則；習慣，常規，慣例；終結；收拾整頓

例 決まりを守る。

譯 遵守規則。

---

03 | きんえん【禁煙】

(名・自サ) 禁止吸菸；禁菸，戒菸

例 車内は禁煙だ。

譯 車內禁止抽煙。

---

04 | きんし【禁止】

(名・他サ) 禁止

例 「ながらスマホ」は禁止だ。

譯「走路時玩手機」是禁止的。

---

05 | ころす【殺す】

(他五) 殺死，致死；抑制，忍住，消除；埋沒；浪費，犧牲，典當；殺，（棒球）使出局

例 人を殺す。

譯 殺人。

---

06 | じけん【事件】

(名) 事件，案件

例 事件が起きる。

譯 發生案件。

---

07 | じょうけん【条件】

(名) 條件；條文，條款

例 条件を決める。

譯 決定條件。

---

08 | しょうめい【証明】

(名・他サ) 證明

例 資格を証明する。

譯 證明資格。

---

09 | つかまる【捕まる】

(自五) 抓住，被捉住，逮捕；抓緊，揪住

例 警察に捕まった。

譯 被警察抓到了。

---

10 | にせ【偽】

(名) 假，假冒；贗品

例 偽の１万円札が見つかった。

譯 找到萬圓偽鈔。

---

11 | はんにん【犯人】

(名) 犯人

例 犯人を探す。

譯 尋找犯人。

12 | プライバシー【privacy】

㊂ 私生活，個人私密

㋹ プライバシーを守る。

㋥ 保護隱私。

13 | ルール【rule】

㊂ 規章，章程；尺，界尺

㋹ 交通ルールを守る。

㋥ 遵守交通規則。

心理、感情

- 心理、感情 -

29-1 心 (1) /
心、內心(1)

01 | あきる【飽きる】

〔自上一〕夠，滿足；厭煩，煩膩

例 飽きることを知らない。

譯 貪得無厭。

02 | いつのまにか【何時の間にか】

〔副〕不知不覺地，不知什麼時候

例 いつの間にか春が来た。

譯 不知不覺春天來了。

03 | いんしょう【印象】

〔名〕印象

例 印象が薄い。

譯 印象不深。

04 | うむ【生む】

〔他五〕產生，產出

例 誤解を生む。

譯 產生誤解。

05 | うらやましい【羨ましい】

〔形〕羨慕，令人嫉妒，眼紅

例 あなたがうらやましい。

譯 （我）羨慕你。

06 | えいきょう【影響】

〔名・自サ〕影響

例 影響が大きい。

譯 影響很大。

07 | おもい【思い】

〔名〕(文)思想，思考；感覺，情感；想念，思念；願望，心願

例 思いにふける。

譯 沈浸在思考中。

08 | おもいで【思い出】

〔名〕回憶，追憶，追懷；紀念

例 思い出になる。

譯 成為回憶。

09 | おもいやる【思いやる】

〔他五〕體諒，表同情；想像，推測

例 不幸な人を思いやる。

譯 同情不幸的人。

10 | かまう【構う】

〔自他五〕介意，顧忌，理睬；照顧，招待；調戲，逗弄；放逐

例 叩かれても構わない。

譯 被攻擊也無所謂。

11 | かん【感】

(名・漢造) 感覺，感動；感
例 責任感が強い。
譯 有很強的責任感。

12 | かんじる・かんずる【感じる・感ずる】

(自他上一) 感覺，感到；感動，感觸，有所感
例 痛みを感じる。
譯 感到疼痛。

13 | かんしん【感心】

(名・形動・自サ) 欽佩；贊成；(貶)令人吃驚
例 皆さんの努力に感心した。
譯 大家的努力令人欽佩。

14 | かんどう【感動】

(名・自サ) 感動，感激
例 感動を受ける。
譯 深受感動。

15 | きんちょう【緊張】

(名・自サ) 緊張
例 緊張が解けた。
譯 緊張舒緩了。

16 | くやしい【悔しい】

(形) 令人懊悔的
例 悔しい思いをする。
譯 覺得遺憾不甘。

17 | こうふく【幸福】

(名・形動) 沒有憂慮，非常滿足的狀態
例 幸福な人生を送る。
譯 過著幸福的生活。

18 | しあわせ【幸せ】

(名・形動) 運氣，機運；幸福，幸運
例 幸せになる。
譯 變得幸福、走運。

19 | しゅうきょう【宗教】

(名) 宗教
例 宗教を信じる。
譯 信仰宗教。

20 | すごい【凄い】

(形) 非常(好)；厲害；好的令人吃驚；可怕，嚇人
例 すごい嵐になった。
譯 轉變成猛烈的暴風雨了。

29-1 心 (2) /
心、內心 (2)

21 | そぼく【素朴】

(名・形動) 樸素，純樸，質樸；(思想)純樸
例 素朴な考え方が生まれる。
譯 單純的想法孕育而生。

22 | そんけい【尊敬】

(名・他サ) 尊敬
例 両親を尊敬する。
譯 尊敬雙親。

23 | たいくつ【退屈】
(名・自サ・形動) 無聊，鬱悶，寂，厭倦
例 退屈な日々が続く。
譯 無聊的生活不斷持續著。

24 | のんびり
(副・自サ) 舒適，逍遙，悠然自得
例 のんびり暮らす。
譯 悠閒度日。

25 | ひみつ【秘密】
(名・形動) 秘密，機密
例 これは二人だけの秘密だよ。
譯 這是屬於我們兩個人的秘密喔。

26 | ふこう【不幸】
(名) 不幸，倒楣；死亡，喪事
例 不幸を招く。
譯 招致不幸。

27 | ふしぎ【不思議】
(名・形動) 奇怪，難以想像，不可思議
例 不思議なことを起こす。
譯 發生不可思議的事。

28 | ふじゆう【不自由】
(名・形動・自サ) 不自由，不如意，不充裕；(手腳)不聽使喚；不方便
例 金に不自由しない。
譯 不缺錢。

29 | へいき【平気】
(名・形動) 鎮定，冷靜；不在乎，不介意，

無動於衷
例 平気な顔をする。
譯 一副冷靜的表情。

30 | ほっと
(副・自サ) 嘆氣貌；放心貌
例 ほっと息をつく。
譯 鬆了一口氣。

31 | まさか
(副) (後接否定語氣)絕不…，總不會…，難道，萬一，一旦
例 まさかの時に備える。
譯 以備萬一。

32 | まんぞく【満足】
(名・自他サ・形動) 滿足，令人滿意的，心滿意足；滿足，符合要求；完全，圓滿
例 満足に暮らす。
譯 美滿地過日子。

33 | むだ【無駄】
(名・形動) 徒勞，無益；浪費，白費
例 無駄な努力はない。
譯 沒有白費力氣的。

34 | もったいない
(形) 可惜的，浪費的；過份的，惶恐的，不敢當
例 もったいないことをした。
譯 真是浪費。

35 | ゆたか【豊か】

形動 豐富，寬裕；豐盈；十足，足夠

例 豊かな生活を送る。

譯 過著富裕的生活。

36 | ゆめ【夢】

名 夢；夢想

例 甘い夢を見続けている。

譯 持續做著美夢。

37 | よい【良い】

形 好的，出色的；漂亮的；(同意)可以

例 良い友に恵まれる。

譯 遇到益友。

38 | らく【楽】

名・形動・漢造 快樂，安樂，快活；輕鬆，
簡單；富足，充裕

例 楽に暮らす。

譯 輕鬆地過日子。

29-2 意志 /
意志

01 | あたえる【与える】

他下一 給與，供給；授與；使蒙受；分配

例 機会を与える。

譯 給予機會。

02 | がまん【我慢】

名・他サ 忍耐，克制，將就，原諒；(佛)
饒恕

例 我慢ができない。

譯 不能忍受。

03 | がまんづよい【我慢強い】

形 忍耐性強，有忍耐力

例 本当にがまん強い。

譯 有耐性。

04 | きぼう【希望】

名・他サ 希望，期望，願望

例 どんな時も希望を持つ。

譯 懷抱希望。

05 | きょうちょう【強調】

名・他サ 強調；權力主張；(行情)看漲

例 特に強調する。

譯 特別強調。

06 | くせ【癖】

名 癖好，脾氣，習慣；(衣服的)摺線；
頭髮亂翹

例 癖がつく。

譯 養成習慣。

07 | さける【避ける】

他下一 躲避，避開，逃避；避免，忌諱

例 問題を避ける。

譯 迴避問題。

08 | さす【刺す】

他五 刺，穿，扎；螫，咬，釘；縫綴，衲；
捉住，黏捕

例 包丁で刺す。

譯 以菜刀刺入。

09 | さんか【参加】

(名・自サ) 参加，加入
例 参加を申し込む。
譯 報名參加。

10 | じっこう【実行】

(名・他サ) 實行，落實，施行
例 実行に移す。
譯 付諸實行。

11 | じっと

(副・自サ) 保持穩定，一動不動；凝神，聚精會神；一聲不響地忍住；無所做為，呆住
例 相手の顔をじっと見る。
譯 凝神注視對方的臉。

12 | じまん【自慢】

(名・他サ) 自滿，自誇，自大，驕傲
例 成績を自慢する。
譯 以成績為傲。

13 | しんじる・しんずる【信じる・信ずる】

(他上一) 信，相信；確信，深信；信賴，可靠；信仰
例 あなたを信じる。
譯 信任你。

14 | しんせい【申請】

(名・他サ) 申請，聲請
例 facebook で友達申請が来た。
譯 有人向我的臉書傳送了交友邀請。

15 | すすめる【薦める】

(他下一) 勸告，勸告，勸誘；勸，敬(煙、酒、茶、座等)
例 A大学を薦める。
譯 推薦A大學。

16 | すすめる【勧める】

(他下一) 勸告，勸誘；勸，進(煙茶酒等)
例 入会を勧める。
譯 勸說加入會員。

17 | だます【騙す】

(副) 騙，欺騙，誆騙，矇騙；哄
例 人を騙す。
譯 騙人。

18 | ちょうせん【挑戦】

(名・自サ) 挑戰
例 世界記録に挑戦する。
譯 挑戰世界紀錄。

19 | つづける【続ける】

(接尾) (接在動詞連用形後，複合語用法) 繼續…，不斷地…
例 テニスを練習し続ける。
譯 不斷地練習打網球。

20 | どうしても

(副) (後接否定)怎麼也，無論怎樣也；務必，一定，無論如何也要
例 どうしても行きたい。
譯 無論如何我都要去。

21 | なおす【直す】

接尾 （前接動詞連用形）重做…

例 もう一度人生をやり直す。

譯 人生再次從零出發。

22 | ふちゅうい(な)【不注意(な)】

形動 不注意，疏忽，大意

例 不注意な発言が多すぎる。

譯 失言之處過多。

23 | まかせる【任せる】

他下一 委託，託付；聽任，隨意；盡力，盡量

例 運を天に任せる。

譯 聽天由命。

24 | まもる【守る】

他五 保衛，守護；遵守，保守；保持(忠貞)；(文)凝視

例 秘密を守る。

譯 保密。

25 | もうしこむ【申し込む】

他五 提議，提出；申請；報名；訂購；預約

例 結婚を申し込む。

譯 求婚。

26 | もくてき【目的】

名 目的，目標

例 目的を達成する。

譯 達到目的。

27 | ゆうき【勇気】

形動 勇敢

例 勇気を出す。

譯 提起勇氣。

28 | ゆずる【譲る】

他五 讓給，轉讓；謙讓，讓步；出讓，賣給；改日，延期

例 道を譲る。

譯 讓路。

29-3 好き、嫌い /
喜歡、討厭

01 | あい【愛】

名・漢造 愛，愛情；友情，恩情；愛好，熱愛；喜愛；喜歡；愛惜

例 親の愛が伝わる。

譯 感受到父母的愛。

02 | あら【粗】

名 缺點，毛病

例 粗を探す。

譯 雞蛋裡挑骨頭。

03 | にんき【人気】

名 人緣，人望

例 あのタレントは人気がある。

譯 那位藝人很受歡迎。

04 | ねっちゅう【熱中】

名・自サ 熱中，專心；酷愛，著迷於

例 ゲームに熱中する。

譯 沈迷於電玩。

05 | ふまん【不満】

(名・形動) 不満足，不滿，不平

例 不満をいだく。

譯 心懷不滿。

06 | むちゅう【夢中】

(名・形動) 夢中，在睡夢裡；不顧一切，熱中，沉醉，著迷

例 夢中になる。

譯 入迷。

07 | めいわく【迷惑】

(名・自サ) 麻煩，煩擾；為難，困窘；討厭，妨礙，打擾

例 迷惑をかける。

譯 添麻煩。

08 | めんどう【面倒】

(名・形動) 麻煩，費事；繁瑣，棘手；照顧，照料

例 面倒を見る。

譯 照料。

09 | りゅうこう【流行】

(名・自サ) 流行，時髦，時興；蔓延

例 去年はグレーが流行した。

譯 去年是流行灰色。

10 | れんあい【恋愛】

(名・自サ) 戀愛

例 恋愛に陥った。

譯 墜入愛河。

29-4 喜び、笑い /
高興、笑

01 | こうふん【興奮】

(名・自サ) 興奮，激昂；情緒不穩定

例 興奮して眠れなかった。

譯 激動得睡不著覺。

02 | さけぶ【叫ぶ】

(自五) 喊叫，呼叫，大聲叫；呼喊，呼籲

例 急に叫ぶ。

譯 突然大叫。

03 | たかまる【高まる】

(自五) 高漲，提高，增長；興奮

例 気分が高まる。

譯 情緒高漲。

04 | たのしみ【楽しみ】

(名) 期待，快樂

例 楽しみにしている。

譯 很期待。

05 | ゆかい【愉快】

(名・形動) 愉快，暢快；令人愉快，討人喜歡；令人意想不到

例 愉快に楽しめる。

譯 愉快的享受。

06 | よろこび【喜び・慶び】

(名) 高興，歡喜，喜悅；喜事，喜慶事；道喜，賀喜

例 慶びの言葉を述べる。

譯 致賀詞。

07 | わらい【笑い】

名 笑；笑聲；嘲笑，譏笑，冷笑

例 お腹が痛くなるほど笑った。

譯 笑得肚子都痛了。

29-5 悲しみ、苦しみ /
悲傷、痛苦

01 | かなしみ【悲しみ】

名 悲哀，悲傷，憂愁，悲痛

例 悲しみを感じる。

譯 感到悲痛。

02 | くるしい【苦しい】

形 艱苦；困難；難過；勉強

例 生活が苦しい。

譯 生活很艱苦。

03 | ストレス【stress】

名 （語）重音；（理）壓力；（精神）緊張狀態

例 ストレスで胃が痛い。

譯 由於壓力而引起胃痛。

04 | たまる【溜まる】

自五 事情積壓；積存，囤積，停滯

例 ストレスが溜まっている。

譯 累積了不少壓力。

05 | まけ【負け】

名 輸，失敗；減價；（商店送給客戶的）贈品

例 私の負けだ。

譯 我輸了。

06 | わかれ【別れ】

名 別，離別，分離；分支，旁系

例 別れが悲しい。

譯 傷感離別。

29-6 驚き、恐れ、怒り /
驚懼、害怕、憤怒

01 | いかり【怒り】

名 憤怒，生氣

例 怒りが抑えられない。

譯 怒不可遏。

02 | さわぎ【騒ぎ】

名 吵鬧，吵嚷；混亂，鬧事；轟動一時(的事件)，激動，振奮

例 騒ぎが起こった。

譯 引起騷動。

03 | ショック【shock】

名 震動，刺激，打擊；（手術或注射後的）休克

例 ショックを受けた。

譯 受到打擊。

04 | ふあん【不安】

名・形動 不安，不放心，擔心；不穩定

例 不安をおぼえる。

譯 感到不安。

05 | ぼうりょく【暴力】

名 暴力，武力

例 夫に暴力を振るわれる。

譯 受到丈夫家暴。

06 | もんく【文句】

名 詞句，語句；不平或不滿的意見，異議

例 文句を言う。

譯 抱怨。

29-7 感謝、後悔 /
感謝、悔恨

01 | かんしゃ【感謝】

名・自他サ 感謝

例 心から感謝する。

譯 衷心感謝。

02 | こうかい【後悔】

名・他サ 後悔，懊悔

例 話を聞けばよかったと後悔している。

譯 後悔應該聽他說的才對。

03 | たすかる【助かる】

自五 得救，脫險；有幫助，輕鬆；節省（時間、費用、麻煩等）

例 ご協力いただけると助かります。

譯 能得到您的鼎力相助那就太好了。

04 | にくらしい【憎らしい】

形 可憎的，討厭的，令人憎恨的

例 あの男が憎らしい。

譯 那男人真是可恨啊。

05 | はんせい【反省】

名・他サ 反省，自省（思想與行為）；重新考慮

例 深く反省している。

譯 深深地反省。

06 | ひ【非】

名・接頭 非，不是

例 自分の非を詫びる。

譯 承認自己的錯誤。

07 | もうしわけない【申し訳ない】

寒暄 實在抱歉，非常對不起，十分對不起

例 申し訳ない気持ちで一杯だ。

譯 心中充滿歉意。

08 | ゆるす【許す】

他五 允許，批准；寬恕；免除；容許；承認；委託；信賴；疏忽，放鬆；釋放

例 君を許す。

譯 我原諒你。

09 | れい【礼】

名・漢造 禮儀，禮節，禮貌；鞠躬；道謝，致謝；敬禮；禮品

例 礼を欠く。

譯 欠缺禮貌。

10 | れいぎ【礼儀】

名 禮儀，禮節，禮法，禮貌

例 礼儀正しい青年だ。

譯 有禮的青年。

11 | わび【詫び】

名 賠不是，道歉，表示歉意

例 丁寧なお詫びの言葉を頂きました。

譯 得到畢恭畢敬的賠禮。

パート 30 第三十章 思考、言語
- 思考、語言 -

30-1 思考 /
思考

01 | あいかわらず【相変わらず】

(副) 照舊，仍舊，和往常一樣

例 相変わらずお元気ですね。

譯 您還是那麼精神百倍啊！

02 | アイディア【idea】

(名) 主意，想法，構想；(哲)觀念

例 アイディアを考える。

譯 想點子。

03 | あんがい【案外】

(副・形動) 意想不到，出乎意外

例 案外やさしかった。

譯 出乎意料的簡單。

04 | いがい【意外】

(名・形動) 意外，想不到，出乎意料

例 意外に簡単だ。

譯 意外的簡單。

05 | おもいえがく【思い描く】

(他五) 在心裡描繪，想像

例 将来の生活を思い描く。

譯 在心裡描繪未來的生活。

06 | おもいつく【思い付く】

(自他五)（忽然）想起，想起來

例 いいことを思いついた。

譯 我想到了一個好點子。

07 | かのう【可能】

(名・形動) 可能

例 可能な範囲でお願いします。

譯 在可能的範圍內請多幫忙。

08 | かわる【変わる】

(自五) 變化；與眾不同；改變時間地點，遷居，調任

例 考えが変わる。

譯 改變想法。

09 | かんがえ【考え】

(名) 思想，想法，意見；念頭，觀念，信念；考慮，思考；期待，願望；決心

例 考えが甘い。

譯 想法天真。

10 | かんそう【感想】

(名) 感想

例 感想を聞く。

譯 聽取感想。

11 | ごかい【誤解】

(名・他サ) 誤解，誤會

例 誤解を招く。
譯 導致誤會。

12 | そうぞう【想像】

名·他サ 想像
例 想像もつきません。
譯 真叫人無法想像。

13 | つい

副 (表時間與距離)相隔不遠，就在眼前；不知不覺，無意中；不由得，不禁
例 つい傘を間違えた。
譯 不小心拿錯了傘。

14 | ていあん【提案】

名·他サ 提案，建議
例 提案を受ける。
譯 接受建議。

15 | ねらい【狙い】

名 目標，目的；瞄準，對準
例 狙いを外す。
譯 錯過目標。

16 | のぞむ【望む】

他五 遠望，眺望；指望，希望；仰慕，景仰
例 成功を望む。
譯 期望成功。

17 | まし (な)

形動 (比)好些，勝過；像樣
例 ないよりましだ。
譯 有勝於無。

18 | まよう【迷う】

自五 迷，迷失；困惑；迷戀；(佛)執迷；(古)(毛線、線繩等)絮亂，錯亂
例 道に迷う。
譯 迷路。

19 | もしかしたら

連語·副 或許，萬一，可能，説不定
例 もしかしたら優勝するかも。
譯 也許會獲勝也説不定。

20 | もしかして

連語·副 或許，可能
例 もしかして伊藤さんですか。
譯 您該不會是伊藤先生吧？

21 | もしかすると

副 也許，或，可能
例 もしかすると、受かるかもしれない。
譯 説不定會考上。

22 | よそう【予想】

名·自サ 預料，預測，預計
例 予想が当たった。
譯 預料命中。

30-2 判斷 /
判斷

01 | あてる【当てる】

他下一 碰撞，接觸；命中；猜，預測；貼上，放上；測量；對著，朝向
例 年を当てる。
譯 猜中年齡。

02 | おもいきり【思い切り】

(名・副) 斷念，死心；果斷，下決心；狠狠地，盡情地，徹底的

例 思い切り遊びたい。

譯 想盡情地玩。

03 | おもわず【思わず】

(副) 禁不住，不由得，意想不到地，下意識地

例 思わず殴る。

譯 不由自主地揍了下去。

04 | かくす【隠す】

(他五) 藏起來，隱瞞，掩蓋

例 帽子で顔を隠す。

譯 用帽子蓋住頭。

05 | かくにん【確認】

(名・他サ) 證實，確認，判明

例 確認を取る。

譯 加以確認。

06 | かくれる【隠れる】

(自下一) 躲藏，隱藏；隱遁；不為人知，潛在的

例 親に隠れてたばこを吸っていた。

譯 以前瞞著父母偷偷抽菸。

07 | かもしれない

(連語) 也許，也未可知

例 あなたの言う通りかもしれない。

譯 或許如你說的。

08 | きっと

(副) 一定，必定；（神色等）嚴厲地，嚴肅地

例 明日はきっと晴れるでしょう。

譯 明日一定會放晴。

09 | ことわる【断る】

(他五) 謝絕；預先通知，事前請示

例 結婚を申し込んだが断られた。

譯 向他求婚，卻遭到了拒絕。

10 | さくじょ【削除】

(名・他サ) 刪掉，刪除，勾消，抹掉

例 名前を削除する。

譯 刪除姓名。

11 | さんせい【賛成】

(名・自サ) 贊成，同意

例 提案に賛成する。

譯 贊成這項提案。

12 | しゅだん【手段】

(名) 手段，方法，辦法

例 手段を選ばない。

譯 不擇手段。

13 | しょうりゃく【省略】

(名・副・他サ) 省略，從略

例 説明を省略する。

譯 省略説明。

14 | たしか【確か】

(副) （過去的事不太記得）大概，也許

例 <ruby>確<rt>たし</rt></ruby>か<ruby>言<rt>い</rt></ruby>ったことがある。
譯 好像曾經有說過。

15 | たしかめる【確かめる】

(他下一) 查明，確認，弄清
例 <ruby>気<rt>き</rt></ruby><ruby>持<rt>も</rt></ruby>ちを<ruby>確<rt>たし</rt></ruby>かめる。
譯 確認心意。

16 | たてる【立てる】

(他下一) 立起；訂立
例 <ruby>旅行<rt>りょこう</rt></ruby>の<ruby>計画<rt>けいかく</rt></ruby>を<ruby>立<rt>た</rt></ruby>てる。
譯 訂定旅遊計畫。

17 | たのみ【頼み】

(名) 懇求，請求，拜託；信賴，依靠
例 <ruby>頼<rt>たの</rt></ruby>みがある。
譯 有事想拜託你。

18 | チェック【check】

(名・他サ) 確認，檢查；核對，打勾；格子花紋；支票；號碼牌
例 メールをチェックする。
譯 檢查郵件。

19 | ちがい【違い】

(名) 不同，差別，區別；差錯，錯誤
例 <ruby>違<rt>ちが</rt></ruby>いが<ruby>出<rt>で</rt></ruby>る。
譯 出現差異。

20 | ちょうさ【調査】

(名・他サ) 調查
例 <ruby>調査<rt>ちょうさ</rt></ruby>が<ruby>行<rt>おこな</rt></ruby>われる。
譯 展開調查。

21 | つける【付ける・附ける・着ける】

(他下一・接尾) 掛上，裝上；穿上，配戴；評定，決定；寫上，記上；定(價)，出(價)；養成；分配，派；安裝；注意；抹上，塗上
例 <ruby>値段<rt>ねだん</rt></ruby>をつける。
譯 定價。

22 | てきとう【適当】

(名・形動・自サ) 適當；適度；隨便
例 <ruby>送別会<rt>そうべつかい</rt></ruby>に<ruby>適当<rt>てきとう</rt></ruby>な<ruby>店<rt>みせ</rt></ruby>を<ruby>探<rt>さが</rt></ruby>す。
譯 尋找適合舉辦歡送會的店家。

23 | できる

(自上一) 完成；能夠
例 1<ruby>週間<rt>しゅうかん</rt></ruby>でできる。
譯 一星期內完成。

24 | てってい【徹底】

(名・自サ) 徹底；傳遍，普遍，落實
例 <ruby>徹底<rt>てってい</rt></ruby>した<ruby>調査<rt>ちょうさ</rt></ruby>を<ruby>行<rt>おこな</rt></ruby>う。
譯 進行徹底的調查。

25 | とうぜん【当然】

(形動・副) 當然，理所當然
例 <ruby>夫<rt>おっと</rt></ruby>は<ruby>家族<rt>かぞく</rt></ruby>を<ruby>養<rt>やしな</rt></ruby>うのが<ruby>当然<rt>とうぜん</rt></ruby>だ。
譯 老公養家餬口是理所當然的事。

26 | ぬるい【温い】

(形) 微溫，不冷不熱，不夠熱
例 <ruby>考<rt>かんが</rt></ruby>え<ruby>方<rt>かた</rt></ruby>が<ruby>温<rt>ぬる</rt></ruby>い。
譯 思慮不夠周密。

27 | のこす【残す】

(他五) 留下，剩下；存留；遺留；（相撲頂住對方的進攻）開腳站穩

例 メモを残す。

譯 留下紙條。

28 | はんたい【反対】

(名・自サ) 相反；反對

例 意見に反対する。

譯 對意見給予反對。

29 | ふかのう（な）【不可能（な）】

(形動) 不可能的，做不到的

例 彼に勝つことは不可能だ。

譯 不可能贏過他的。

30-3 理解 /
理解

01 | かいけつ【解決】

(名・自他サ) 解決，處理

例 問題が解決する。

譯 問題得到解決。

02 | かいしゃく【解釈】

(名・他サ) 解釋，理解，說明

例 正しく解釈する。

譯 正確的解釋。

03 | かなり

(副・形動・名) 相當，頗

例 かなり疲れる。

譯 相當疲憊。

04 | さいこう【最高】

(名・形動) （高度、位置、程度）最高，至高無上；頂，極，最

例 最高に面白い映画だ。

譯 最有趣的電影。

05 | さいてい【最低】

(名・形動) 最低，最差，最壞

例 君は最低の男だ。

譯 你真是個差勁無比的男人。

06 | そのうえ【その上】

(接續) 又，而且，加之，兼之

例 質がいい、その上値段も安い。

譯 不只品質佳，而且價錢便宜。

07 | そのうち【その内】

(副・連語) 最近，過幾天，不久；其中

例 兄はその内帰ってくるから、暫く待ってください。

譯 我哥哥就快要回來了，請稍等一下。

08 | それぞれ

(副) 每個(人)，分別，各自

例 それぞれの問題が違う。

譯 每個人的問題不同。

09 | だいたい【大体】

(副) 大部分；大致；大概

例 この曲はだいたい弾けるようになった。

譯 大致會彈這首曲子了。

10 | だいぶ【大分】

(名・形動) 很，頗，相當，相當地，非常

例 だいぶ日が長くなった。

譯 白天變得比較長了。

11 | ちゅうもく【注目】

(名・他サ・自サ) 注目，注視

例 人に注目される。

譯 引人注目。

12 | ついに【遂に】

(副) 終於；竟然；直到最後

例 遂に現れた。

譯 終於出現了。

13 | とく【特】

(漢造) 特，特別，與眾不同

例 すばらしい特等席へどうぞ。

譯 請上坐最棒的頭等座。

14 | とくちょう【特徴】

(名) 特徵，特點

例 特徴のある顔をしている。

譯 長著一副別具特色的臉。

15 | なっとく【納得】

(名・他サ) 理解，領會；同意，信服

例 納得がいく。

譯 信服。

16 | ひじょう【非常】

(名・形動) 非常，很，特別；緊急，緊迫

例 社員の提案を非常に重視する。

譯 非常重視社員的提案。

17 | べつ【別】

(名・形動・漢造) 分別，區分；分別

例 別の方法を考える。

譯 想別的方法。

18 | べつべつ【別々】

(形動) 各自，分別

例 別々に研究する。

譯 分別研究。

19 | まとまる【纏まる】

(自五) 解決，商訂，完成，談妥；湊齊，湊
在一起；集中起來，概括起來，有條理

例 意見がまとまる。

譯 意見一致。

20 | まとめる【纏める】

(他下一) 解決，結束；總結，概括；匯集，
收集；整理，收拾

例 意見をまとめる。

譯 整理意見。

21 | やはり・やっぱり

(副) 果然；還是，仍然

例 やっぱり思ったとおりだ。

譯 果然跟我想的一樣。

22 | りかい【理解】

(名・他サ) 理解，領會，明白；體諒，諒解

例 彼女の考えは理解しがたい。

譯 我無法理解她的想法。

23｜わかれる【分かれる】

（自下一）分裂；分離，分開；區分，劃分；區別

例 意見が分かれる。

譯 意見產生分歧。

24｜わける【分ける】

（他下一）分，分開；區分，劃分；分配，分給；分開，排開，擠開

例 等分に分ける。

譯 均分。

30-4 知識 ／
知識

01｜あたりまえ【当たり前】

（名）當然，應然；平常，普通

例 借金を返すのは当たり前だ。

譯 借錢就要還。

02｜うる【得る】

（他下二）得到；領悟

例 得るところが多い。

譯 獲益良多。

03｜える【得る】

（他下一）得，得到；領悟，理解；能夠

例 知識を得る。

譯 獲得知識。

04｜かん【観】

（名・漢造）觀感，印象，樣子；觀看；觀點

例 人生観が変わる。

譯 改變人生觀。

05｜くふう【工夫】

（名・自サ）設法

例 やりやすいように工夫する。

譯 設法讓工作更有效率。

06｜くわしい【詳しい】

（形）詳細；精通，熟悉

例 事情に詳しい。

譯 深知詳情。

07｜けっか【結果】

（名・自他サ）結果，結局

例 結果から見る。

譯 從結果上來看。

08｜せいかく【正確】

（名・形動）正確，準確

例 正確に記録する。

譯 正確記錄下來。

09｜ぜったい【絶対】

（名・副）絕對，無與倫比；堅絕，斷然，一定

例 絶対に面白いよ。

譯 一定很有趣喔。

10｜ちしき【知識】

（名）知識

例 知識を得る。

譯 獲得知識。

11｜てき【的】

（接尾・形動）（前接名詞）關於，對於；表示狀態或性質

例 一般的な例を挙げる。
譯 舉一般性的例子。

例 手紙の内容を知っている。
譯 知道信的内容。

12 | できごと【出来事】

名 (偶發的)事件，變故
例 不思議な出来事に遭う。
譯 遇到不可思議的事情。

13 | とおり【通り】

接尾 種類；套，組
例 やり方は三通りある。
譯 作法有三種方法。

14 | とく【解く】

他五 解開；拆開(衣服)；消除，解除(禁令、條約等)；解答
例 謎を解く。
譯 解開謎題。

15 | とくい【得意】

名·形動 (店家的)主顧；得意，滿意；自滿，得意洋洋；拿手
例 得意先を回る。
譯 拜訪老主顧。

16 | とける【解ける】

自下一 解開，鬆開(綁著的東西)；消，解消(怒氣等)；解除(職責、契約等)；解開(疑問等)
例 問題が解けた。
譯 問題解決了。

17 | ないよう【内容】

名 内容

18 | にせる【似せる】

他下一 模仿，仿效；偽造
例 本物に似せる。
譯 與真物非常相似。

19 | はっけん【発見】

名·他サ 發現
例 新しい星を発見した。
譯 發現新的行星。

20 | はつめい【発明】

名·他サ 發明
例 機械を発明した。
譯 發明機器。

21 | ふかめる【深める】

他下一 加深，加強
例 知識を深める。
譯 增進知識。

22 | ほうほう【方法】

名 方法，辦法
例 方法を考え出す。
譯 想出辦法。

23 | まちがい【間違い】

名 錯誤，過錯；不確實
例 間違いを直す。
譯 改正錯誤。

24 | まちがう【間違う】

(他五・自五) 做錯，搞錯；錯誤

例 計算を間違う。

譯 算錯了。

25 | まちがえる【間違える】

(他下一) 錯；弄錯

例 人の傘と間違える。

譯 跟別人的傘弄錯了。

26 | まったく【全く】

(副) 完全，全然，實在，簡直；(後接否定)
絕對，完全

例 まったく違う。

譯 全然不同。

27 | ミス【miss】

(名・自サ) 失敗，錯誤，差錯

例 仕事でミスを犯す。

譯 工作上犯了錯。

28 | りょく【力】

(漢造) 力量

例 実力がある。

譯 有實力。

30-5 言語 /
語言

01 | ぎょう【行】

(名・漢造) (字的)行；(佛)修行；行書

例 行をかえる。

譯 另起一行。

02 | く【句】

(名) 字，字句；俳句

例 俳句の季語を春に換える。

譯 俳句的季語換成春。

03 | ごがく【語学】

(名) 外語的學習，外語，外語課

例 語学が得意だ。

譯 在語言方面頗具長才。

04 | こくご【国語】

(名) 一國的語言；本國語言；(學校的)
國語(課)，語文(課)

例 国語の教師になる。

譯 成為國文老師。

05 | しめい【氏名】

(名) 姓與名，姓名

例 解答用紙の右上に氏名を書く。

譯 在答案用紙的右上角寫上姓名。

06 | ずいひつ【随筆】

(名) 隨筆，小品文，散文，雜文

例 随筆を書く。

譯 寫散文。

07 | どう【同】

(名) 同樣，同等；(和上面的)相同

例 国同士の関係が深まる。

譯 加深國與國之間的關係。

08 | ひょうご【標語】

(名) 標語

例 交通安全の標語を考える。
譯 正在思索交通安全的標語。

09 | ふ【不】

接頭・漢造 不;壞;醜;笨

例 不注意でけがをした。
譯 因為不小心而受傷。

10 | ふごう【符号】

名 符號，記號;(數)符號

例 数学の符号を使う。
譯 使用數學符號。

11 | ぶんたい【文体】

名 (某時代特有的)文體;(某作家特有的)
風格

例 漱石の文体をまねる。
譯 模仿夏目漱石的文章風格。

12 | へん【偏】

名・漢造 漢字的(左)偏旁;偏，偏頗

例 辞典で衣偏を見る。
譯 看辭典的衣部(部首)。

13 | めい【名】

名・接頭 知名…

例 この映画は名作だ。
譯 這電影是一部傑出的名作。

14 | やくす【訳す】

他五 翻譯;解釋

例 英語を日本語に訳す。
譯 英譯日。

15 | よみ【読み】

名 唸，讀;訓讀;判斷，盤算

例 正しい読み方は別にある。
譯 有別的正確念法。

16 | ローマじ【Roma 字】

名 羅馬字

例 ローマ字で入力する。
譯 用羅馬字輸入。

N3 ● 30-6(1)

30-6 表現 (1) /
表達 (1)

01 | あいず【合図】

名・自サ 信號，暗號

例 合図を送る。
譯 遞出信號。

02 | アドバイス【advice】

名・他サ 勸告，提意見;建議

例 アドバイスをする。
譯 提出建議。

03 | あらわす【表す】

他五 表現出，表達;象徵，代表

例 言葉で表せない。
譯 無法言喻。

04 | あらわれる【表れる】

自下一 出現，出來;表現，顯出

例 不満が顔に表れている。
譯 臉上露出不服氣的神情。

05 | あらわれる【現れる】

(自下一) 出現，呈現，顯露

例 彼の能力が現れる。

譯 他顯露出才華。

06 | あれっ・あれ

(感) 哎呀

例 あれ、どうしたの。

譯 哎呀，怎麼了呢？

07 | いえ

(感) 不，不是

例 いえ、違います。

譯 不，不是那樣。

08 | いってきます【行ってきます】

(寒暄) 我出門了

例 挨拶に行ってきます。

譯 去打聲招呼。

09 | いや

(感) 不；沒什麼

例 いや、それは違う。

譯 不，不是那樣的。

10 | うわさ【噂】

(名・自サ) 議論，閒談；傳說，風聲

例 噂を立てる。

譯 散布謠言。

11 | おい

(感) (主要是男性對同輩或晚輩使用)打招呼的喂，唉；(表示輕微的驚訝)呀！啊！

例 おい、大丈夫か。

譯 喂！你還好吧。

12 | おかえり【お帰り】

(寒暄) (你)回來了

例 もう、お帰りですか。

譯 您要回去了啊？

13 | おかえりなさい【お帰りなさい】

(寒暄) 回來了

例 「ただいま」「お帰りなさい」。

譯 「我回來了」「你回來啦。」

14 | おかけください

(敬) 請坐

例 どうぞ、おかけください。

譯 請坐下。

15 | おかまいなく【お構いなく】

(敬) 不管，不在乎，不介意

例 どうぞ、お構いなく。

譯 請不必客氣。

16 | おげんきですか【お元気ですか】

(寒暄) 你好嗎？

例 ご両親はお元気ですか。

譯 請問令尊與令堂安好嗎？

17 | おさきに【お先に】

(敬) 先離開了，先告辭了

例 お先に、失礼します。

譯 我先告辭了。

18 | おしゃべり【お喋り】

名・自サ・形動 閒談，聊天；愛説話的人，健談的人

例 おしゃべりに夢中になる。

譯 熱中於閒聊。

19 | おじゃまします【お邪魔します】

敬 打擾了

例 「いらっしゃいませ」「お邪魔します」。

譯 「歡迎光臨」「打擾了」。

20 | おせわになりました【お世話になりました】

敬 受您照顧了

例 いろいろと、お世話になりました。

譯 感謝您多方的關照。

21 | おまちください【お待ちください】

敬 請等一下

例 少々、お待ちください。

譯 請等一下。

22 | おまちどおさま【お待ちどおさま】

敬 久等了

例 お待ちどおさま、こちらへどうぞ。

譯 久等了，這邊請。

23 | おめでとう

寒暄 恭喜

例 大学合格、おめでとう。

譯 恭喜你考上大學。

24 | おやすみ【お休み】

寒暄 休息；晚安

例 「お休み」「お休みなさい」。

譯 「晚安！」「晚安！」。

25 | おやすみなさい【お休みなさい】

寒暄 晚安

例 もう寝るよ。お休みなさい。

譯 我要睡了，晚安。

26 | おん【御】

接頭 表示敬意

例 御礼申し上げます。

譯 致以深深的謝意。

27 | けいご【敬語】

名 敬語

例 敬語を使う。

譯 使用敬語。

28 | ごえんりょなく【ご遠慮なく】

敬 請不用客氣

例 どうぞ、ご遠慮なく。

譯 請不用客氣。

29 | ごめんください

名・形動・副 （道歉、叩門時）對不起，有人在嗎？

例 ごめんください、おじゃまします。

譯 對不起，打擾了。

30│じつは【実は】

(副) 説真的，老實説，事實是，説實在的

(例) 実は私がやったのです。

(譯) 老實説是我做的。

30-6 表現 (2) /
表達 (2)

31│しつれいします【失礼します】

(感) (道歉)對不起;(先行離開)先走一步;(進門)不好意思打擾了;(職場用語-掛電話時)不好意思先掛了;(入座)謝謝

(例) お先に失礼します。

(譯) 我先失陪了。

32│じょうだん【冗談】

(名) 戲言，笑話，詼諧，玩笑

(例) 冗談を言うな。

(譯) 不要亂開玩笑。

33│すなわち【即ち】

(接續) 即，換言之;即是，正是;則，彼時;乃，於是

(例) 1ポンド、すなわち100ペンスで買った。

(譯) 以一磅也就是100英鎊購買。

34│すまない

(連語) 對不起，抱歉;(做寒暄語)對不起

(例) すまないと言ってくれた。

(譯) 向我道了歉。

35│すみません【済みません】

(連語) 抱歉，不好意思

(例) お待たせしてすみません。

(譯) 讓您久等，真是抱歉。

36│ぜひ【是非】

(名·副) 務必;好與壞

(例) 是非お電話ください。

(譯) 請一定打電話給我。

37│そこで

(接續) 因此，所以;(轉換話題時)那麼，下面，於是

(例) そこで、私は意見を言った。

(譯) 於是，我説出了我的看法。

38│それで

(接) 因此;後來

(例) それで、いつ終わるの。

(譯) 那麼，什麼時候結束呢？

39│それとも

(接續) 或著，還是

(例) コーヒーにしますか、それとも紅茶にしますか。

(譯) 您要咖啡還是紅茶？

40│ただいま

(名·副) 現在;馬上;剛才;(招呼語)我回來了

(例) ただいま帰りました。

(譯) 我回來了。

41│つたえる【伝える】

(他下一) 傳達，轉告;傳導

例 部下に伝える。

譯 轉告給下屬。

---

42 | つまり

(名・副) 阻塞，困窘；到頭，盡頭；總之，說到底；也就是說，即…

例 つまり、こういうことです。

譯 也就是說，是這個意思。

---

43 | で

(接續) 那麼；（表示原因）所以

例 台風で学校が休みだ。

譯 因為颱風所以學校放假。

---

44 | でんごん【伝言】

(名・自他サ) 傳話，口信；帶口信

例 伝言がある。

譯 有留言。

---

45 | どんなに

(副) 怎樣，多麼，如何；無論如何…也

例 どんなにがんばっても、うまくいかない。

譯 不管你再怎麼努力，事情還是不能順利發展。

---

46 | なぜなら（ば）【何故なら（ば）】

(接續) 因為，原因是

例 もういいや、なぜなら彼はひどい。

譯 我投降了，因為他太惡劣了。

---

47 | なにか【何か】

(連語・副) 什麼；總覺得

例 何か飲みたい。

譯 想喝點什麼。

---

48 | バイバイ【bye-bye】

(寒暄) 再見，拜拜

例 バイバイ、またね。

譯 掰掰，再見。

---

49 | ひょうろん【評論】

(名・他サ) 評論，批評

例 雑誌に映画の評論を書く。

譯 為雜誌撰寫影評。

---

50 | べつに【別に】

(副) （後接否定）不特別

例 別に忙しくない。

譯 不特別忙。

---

51 | ほうこく【報告】

(名・他サ) 報告，匯報，告知

例 事件を報告する。

譯 報告案件。

---

52 | まねる【真似る】

(他下一) 模效，仿效

例 上司の口ぶりを真似る。

譯 仿效上司的說話口吻。

---

53 | まるで

(副) （後接否定）簡直，全部，完全；好像，宛如，恰如

例 まるで夢のようだ。

譯 宛如作夢一般。

54 | メッセージ【message】

名 電報，消息，口信；致詞，祝詞；(美國總統)咨文

例 祝賀のメッセージを送る。

譯 寄送賀詞。

55 | よいしょ

感 (搬重物等吆喝聲)嘿咻

例 「よいしょ」と立ち上がる。

譯 一聲「嘿咻」就站了起來。

56 | ろん【論】

名・漢造・接尾 論，議論

例 その論の立て方はおかしい。

譯 那一立論方法很奇怪。

57 | ろんじる・ろんずる【論じる・論ずる】

他上一 論，論述，闡述

例 事の是非を論じる。

譯 論述事情的是與非。

30-7 文書、出版物 /
文章文書、出版物

01 | エッセー・エッセイ【essay】

名 小品文，隨筆；(隨筆式的)短論文

例 エッセーを読む。

譯 閱讀小品文。

02 | かん【刊】

漢造 刊，出版

例 朝刊と夕刊を取る。

譯 訂早報跟晚報。

03 | かん【巻】

名・漢造 卷，書冊；(書畫的)手卷；卷曲

例 上、中、下、全三巻ある。

譯 有上中下共三冊。

04 | ごう【号】

名・漢造 (雜誌刊物等)期號；(學者等)別名

例 雑誌の一月号を買う。

譯 買一月號的雜誌。

05 | し【紙】

漢造 報紙的簡稱；紙；文件，刊物

例 表紙を作る。

譯 製作封面。

06 | しゅう【集】

名・漢造 (詩歌等的)集；聚集

例 作品を全集にまとめる。

譯 把作品編輯成全集。

07 | じょう【状】

名・漢造 (文)書面，信件；情形，狀況

例 推薦状のおかげで就職が決まった。

譯 承蒙推薦信找到工作了。

08 | しょうせつ【小説】

名 小説

例 恋愛小説を読むのが好きです。

譯 我喜歡看言情小說。

09 | しょもつ【書物】

名 (文)書，書籍，圖書

例 書物を読む。
訳 閱讀書籍。

10 | しょるい【書類】

名 文書，公文，文件
例 書類を送る。
訳 寄送文件。

11 | だい【題】

名・自サ・漢造 題目，標題；問題；題辭
例 作品に題をつける。
訳 給作品題上名。

12 | タイトル【title】

名 (文章的)題目，(著述的)標題；稱號，職稱

例 タイトルを決める。
訳 決定名稱。

13 | だいめい【題名】

名 (圖書、詩文、戲劇、電影等的)標題，題名
例 題名をつける。
訳 題名。

14 | ちょう【帳】

漢造 帳幕；帳本
例 銀行の預金通帳と印鑑を盗まれた。
訳 銀行存摺及印章被偷了。

15 | データ【data】

名 論據，論證的事實；材料，資料；數據
例 データを集める。
訳 收集情報。

16 | テーマ【theme】

名 (作品的)中心思想，主題；(論文、演說的)題目，課題
例 研究のテーマを考える。
訳 思考研究題目。

17 | としょ【図書】

名 圖書
例 読みたい図書が見つかった。
訳 找到想看的書。

18 | パンフレット【pamphlet】

名 小冊子
例 詳しいパンフレットをダウンロードできる。
訳 可以下載詳細的小冊子。

19 | びら

名 (宣傳、廣告用的)傳單
例 ビラをまく。
訳 發傳單。

20 | へん【編】

名・漢造 編，編輯；(詩的)卷
例 前編と後編に分ける。
訳 分為前篇跟後篇。

21 | めくる【捲る】

他五 翻，翻開；揭開，掀開
例 雑誌をめくる。
訳 翻閱雜誌。

山田社日檢權威題庫小組

超高命中率
絕對合格
<u>日檢</u>

日檢 單字模考

N3
新制對應！

山田社
日檢書

前言

一年兩次的新日檢戰場，您準備好了嗎？
無論是初上戰場的菜鳥還是沙場老兵，
只要有本書做為武器，從此無往不利！

針對新日檢，N3～N5 的單字試題大集合！

最精準的考前猜題，無論考試怎麼出都不怕！

練就絕佳的寫題手感，合格證書手到擒來！

★ 師資致勝：

　　為掌握最新出題趨勢，本書係由多位長年於日本追蹤日檢題型的金牌教師，聯手策劃而成。並以完全符合新制日檢單字的考試方式設計，讓你彷彿置身考場。再加上一目了然的版面配置與內容編排，精心規劃出一套日檢合格的完美公式！「全真模擬試題」和「精闢解題」隨考隨解，就是要給您保證合格的實戰檢測！

★ 經驗致勝：

　　金牌教師群擁有多年策劃日檢書籍的經驗，並徹底分析了歷年的新舊日檢考題，完美地剖析新日檢的出題心理。發現摸透出題法則，才是日檢的搶分關鍵。例如：同音不同義的單字、容易混淆的漢字等。只要摸透出題者的心理，就能加快答題速度，並同時提高準確度。如此一來，合格證書也就輕鬆到手了！

★ 效率致勝：

　　本書將擬真試題部分獨立開來，並且完全仿造新日檢題目文本設計，寫題彷彿置身考場。翻譯與解析部分以「左頁題目、右頁解析」的方式呈現，讓您訂正時不必再東翻西找！最貼心的編排設計，達到最有效的解題節奏，就是大幅提升學習效率的關鍵！

★ **實力致勝：**

答錯的題目還是不懂，又沒有老師可以問，怎麼辦？儘管放心！本書的每道試題都附有詳盡的分析解說，脈絡清晰，帶您一步一步突破關卡，並確實掌握考點、難點及易錯點，有了本書，就像是聘請了一位專業教師！無論是平時學習還是考前衝刺，怎麼讀都上手！

★ **高分致勝：**

確實做完本書，然後認真分析、拾漏補缺、記錄難點，並重複複習。如此一來必定會對題型和解題技巧都爛熟於心。有了良好的準備，信心和運氣也就跟著來了。因此只要把本書的題型做透，任考題千變萬變，都高分不變！

目錄

極めろ！
日本語能力試験

新制日檢！絕對合格 N3,N4,N5 單字全真模考三回＋詳解

JAPANESE TESTING

LEVEL N5

第1回

言語知識（文字・語彙）

もんだい1 ＿＿の ことばは ひらがなで どう かきますか。1・2・3・4から いちばん いい ものを ひとつ えらんで ください。

（れい）　大きな　さかなが　およいで　います。

　　1　おおきな　　　2　おきな　　　3　だいきな　　　4　たいきな

（かいとうようし）　（れい）　● ② ③ ④

1　あれが　わたしの　会社です。

　　1　がいしゃ　　2　かいしや　　3　ごうしゃ　　　4　かいしゃ

2　あなたの　きょうだいは　何人ですか。

　　1　なににん　　2　なんにん　　3　なんめい　　　4　いくら

3　ことしの　なつは　海に　いきたいです。

　　1　やま　　　　2　うみ　　　　3　かわ　　　　　4　もり

4　すこし　いえの　外で　まって　いて　ください。

　　1　そと　　　　2　なか　　　　3　うち　　　　　4　まえ

5　わたしの　すきな　じゅぎょうは　音楽です。

　　1　がっき　　　2　さんすう　　3　おんがく　　　4　おんらく

6 わたしの　いえは　えきから　近いです。

1 とおい　　　2 ながい　　　3 みじかい　　　4 ちかい

7 そらに　きれいな　月が　でて　います。

1 つき　　　　2 くも　　　　3 ほし　　　　4 ひ

8 あねは　ちかくの　町に　すんで　います。

1 むら　　　　2 もり　　　　3 まち　　　　4 はたけ

9 午後は　さんぽに　いきます。

1 ごぜん　　　2 ごご　　　　3 ゆうがた　　　4 あした

10 わたしの　兄も　にほんごを　べんきょうして　います。

1 あね　　　　2 ちち　　　　3 おとうと　　　4 あに

もんだい2 ＿＿の ことばは どう かきますか。1・2・3・4から
いちばん いい ものを ひとつ えらんで ください。

(れい) わたしは あおい はなが すきです。

　　　1 草　　　　　　2 花　　　　　　3 化　　　　　　4 芸

(かいとうようし) | (れい) | ① ● ③ ④ |

---

11 きょうも ぷうるで およぎました。
　1 プール　　　2 ブルー　　　3 プオル　　　4 ブール

12 かさを わすれたので、こまりました。
　1 国りました　2 困りました　3 因りました　4 回りました

13 けさは とても さむいですね。
　1 景いです　　2 暑いです　　3 者いです　　4 寒いです

14 おかねは たいせつに つかいましょう。
　1 お全　　　　2 お金　　　　3 お会　　　　4 お円

15 この かどを みぎに まがると としょかんです。
　1 北　　　　　2 左　　　　　3 右　　　　　4 式

16 しろい はなが さいて います。
　1 白い　　　　2 日い　　　　3 百い　　　　4 色い

17 きょうは がっこうを やすみます。
　1 体みます　　2 休みます　　3 木みます　　4 休みます

18 とりが ないて います。
　1 島いて　　　2 鳴いて　　　3 鳥いて　　　4 嶋いて

もんだい3　（　　　）に　なにを　いれますか。1・2・3・4から
いちばん　いい　ものを　ひとつ　えらんで　ください。

（れい）　へやの　なかに　くろい　ねこが　（　　　　）。

　　　1　あります　　　　2　なきます　　3　います　　　4　かいます

（かいとうようし）　（れい）　① ② ● ④

19　くつの　みせは　この　（　　　）の　2かいです。
　　1　マンション　2　アパート　　3　ベッド　　　　4　デパート

20　つかれたので、ここで　ちょっと　（　　　）。
　　1　いそぎましょう　　　　　　　2　やすみましょう
　　3　ならべましょう　　　　　　　4　あいましょう

21　ごごから　あめに　なりましたので、ともだちに　かさを　（　　　）。
　　1　ぬれました　2　かりません　3　さしました　4　かりました

22　そらが　くもって、へやの　なかが　（　　　）　なりました。
　　1　くらく　　　　2　あかるく　　3　きたなく　　　4　せまく

23　なつやすみに　ほんを　五（　　　）　よみました。
　　1　ほん　　　　　2　まい　　　　3　さつ　　　　　4　こ

24　これは　きょねん　うみで　（　　　）　しゃしんです。
　　1　つけた　　　　2　とった　　　3　けした　　　4　かいた

25　あついので　まどを　（　　　）　ください。
　　1　あけて　　　2　けして　　　3　しめて　　　4　つけて

26 うるさいですね。みなさん、すこし （　　　） して ください。

1 げんきに　　2 くらく　　　3 しずかに　　4 あかるく

27 はこの なかに おかしが （　　） はいって います。

1 よっつ
2 ななつ
3 やっつ
4 みっつ

28 かばんは まるい いすの （　　） に あります。

1 した
2 よこ
3 まえ
4 うえ

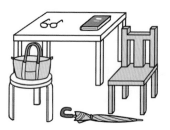

もんだい4 ＿＿の ぶんと だいたい おなじ いみの ぶんが
あります。1・2・3・4から いちばん いい ものを
ひとつ えらんで ください。

(れい) その えいがは つまらなかったです。

　1　その えいがは おもしろく なかったです。

　2　その えいがは たのしかったです。

　3　その えいがは おもしろかったです。

　4　その えいがは しずかでした。

　　(かいとうようし)　(れい)　　● ② ③ ④

29　まいあさ こうえんを さんぽします。

　1　けさ こうえんを さんぽしました。

　2　あさは いつも こうえんを さんぽします。

　3　あさは ときどき こうえんを さんぽします。

　4　あさと よるは こうえんを さんぽします。

30　しろい ドアが いりぐちです。そこから はいって ください。

　1　いりぐちには しろい ドアが あります。

　2　しろい ドアから はいると そこが いりぐちです。

　3　しろい ドアから はいって ください。

　4　いりぐちの しろい ドアから でて ください。

31 この　ふくは　たかくなかったです。

  1　この　ふくは　つまらなかったです。

  2　この　ふくは　ひくかったです。

  3　この　ふくは　とても　たかかったです。

  4　この　ふくは　やすかったです。

32　おととい　まちで　せんせいに　あいました。

  1　きのう　まちで　せんせいに　あいました。

  2　ふつかまえに　まちで　せんせいに　あいました。

  3　きょねん　まちで　せんせいに　あいました。

  4　おととし　まちで　せんせいに　あいました。

33　トイレの　ばしょを　おしえて　ください。

  1　せっけんの　ばしょを　おしえて　ください。

  2　だいどころの　ばしょを　おしえて　ください。

  3　おてあらいの　ばしょを　おしえて　ください。

  4　しょくどうの　ばしょを　おしえて　ください。

MEMO

第2回

言語知識（文字・語彙）

もんだい1 ＿＿の ことばは ひらがなで どう かきますか。1・2・3・4
から いちばん いい ものを ひとつ えらんで ください。

（れい） 大きな さかなが およいで います。

1 おおきな 　 2 おきな 　 3 だいきな 　 4 たいきな

（かいとうようし） | （れい） | ● ② ③ ④ |

---

1 きょうしつは とても 静かです。

1 たしか 　 2 おだやか 　 3 しずか 　 4 あたたか

2 えんぴつを 何本 かいましたか。

1 なにほん 　 2 なんぼん 　 3 なんほん 　 4 いくら

3 やおやで くだものを 買って かえります。

1 うって 　 2 かって 　 3 きって 　 4 まって

4 わたしには 弟が ひとり います。

1 おとうと 　 2 おとおと 　 3 いもうと 　 4 あね

5 わたしは 動物が すきです。

1 しょくぶつ 2 すうがく 　 3 おんがく 　 4 どうぶつ

6 きょうは よく 晴れて います。

  1 くれて   2 かれて   3 はれて   4 たれて

7 よる おそくまで 仕事を しました。

  1 しごと   2 かじ   3 しゅくだい   4 しじ

8 2週間 まって ください。

  1 にねんかん   2 にかげつかん

  3 ふつかかん   4 にしゅうかん

9 夕方 おもしろい テレビを 見ました。

  1 ゆうかた   2 ゆうがた   3 ごご   4 ゆうひ

10 父は いま りょこうちゅうです。

  1 はは   2 あに   3 ちち   4 おば

もんだい2　＿＿の　ことばは　どう　かきますか。1・2・3・4から　い
ちばん　いい　ものを　ひとつ　えらんで　ください。

(れい)　わたしは　あおい　はなが　すきです。

　　1　草　　　　　2　花　　　　　3　化　　　　　4　芸

(かいとうようし)　| (れい) | ① ● ③ ④ |

11　ぽけっとから　ハンカチを　だしました。
　1　ボケット　　2　ポッケット　　3　ポケット　　4　ホケット

12　ゆきが　ふりました。
　1　雹　　　　　2　雪　　　　　3　雨　　　　　4　雷

13　にしの　そらが　あかく　なって　います。
　1　東　　　　　2　北　　　　　3　四　　　　　4　西

14　あには　あさ　8時には　かいしゃに　行きます。
　1　会社　　　　2　合社　　　　3　回社　　　　4　会車

15　すこし　まって　ください。
　1　大し　　　　2　多し　　　　3　少し　　　　4　小し

16　あねは　とても　かわいい　人です。
　1　姉　　　　　2　兄　　　　　3　弟　　　　　4　妹

17　ひゃくえんで　なにを　かいますか。
　1　白円　　　　2　千円　　　　3　百冊　　　　4　百円

18　わたしは　ほんを　よむのが　すきです。
　1　木　　　　　2　本　　　　　3　末　　　　　4　未

もんだい3　（　　）に　なにを　いれますか。1・2・3・4から
　　　　　いちばん　いい　ものを　ひとつ　えらんで　ください。

(れい)　へやの　なかに　くろい　ねこが　（　　　）。

　　　1　あります　　2　なきます　　　3　います　　　4　かいます

　(かいとうようし)　(れい)　｜　① ② ● ④　｜

19　5かいには　この　（　　　）で　行って　ください。

　1　アパート　　2　デパート　　3　カート　　　4　エレベーター

20　きょうは　とても　かぜが　（　　）　です。

　1　ながい　　　2　つよい　　　3　みじかい　　4　たかい

21　この　えは　だれが　（　　　）。

　1　とりましたか　　　　　　　2　つくりましたか

　3　かきましたか　　　　　　　4　さしましたか

22　ぎゅうにくは　すきですが、ぶたにくは　（　　　）。

　1　きらいです　2　すきです　　3　たべます　　4　おいしいです

23　せんせいが　テストの　かみを　3（　　　）ずつ　わたしました。

　1　ねん　　　　2　ぼん　　　　3　まい　　　　4　こ

24　くらいので　でんきを　（　　　）　ください。

　1　ふいて　　　2　つけて　　　3　けして　　　4　おりて

25　（　　　）に　みずを　入れます。

　1　コップ　　　2　ほん　　　3　えんぴつ　　4　サラダ

26 あそこに　（　　　）　いるのは、なんと　いう　はなですか。

1　ないて　　　　2　とって　　　　　3　さいて　　　　　4　なって

27 いもうとは　かぜを　（　　　）　ねて　います。

1　ひいて　　　　2　ふいて　　　　　3　きいて　　　　　4　かかって

28 ことし、みかんの　木に　はじめて　みかんが　（　　　）

なりました。

1　よっつ

2　いつつ

3　むっつ

4　ななつ

もんだい4 ＿＿の ぶんと だいたい おなじ いみの ぶんが あ
　　　　ります。1・2・3・4から いちばん いい ものを
　　　　ひとつ えらんで ください。

(れい)　その えいがは つまらなかったです。

　1　その えいがは おもしろく なかったです。

　2　その えいがは たのしかったです。

　3　その えいがは おもしろかったです。

　4　その えいがは しずかでした。

　　　(かいとうようし)　(れい)　 ② ③ ④

29　まいにち だいがくの しょくどうで ひるごはんを たべます。

　1　いつも あさごはんは だいがくの しょくどうで たべます。

　2　いつも ひるごはんは だいがくの しょくどうで たべます。

　3　いつも ゆうごはんは だいがくの しょくどうで たべます。

　4　いつも だいがくの しょくどうで しょくじを します。

30　あなたの いもうとは いくつですか。

　1　あなたの いもうとは どこに いますか。

　2　あなたの いもうとは なんねんせいですか。

　3　あなたの いもうとは なんさいですか。

　4　あなたの いもうとは かわいいですか。

31 あねは からだが つよく ないです。

1 あねは からだが じょうぶです。

2 あねは からだが ほそいです。

3 あねは からだが かるいです。

4 あねは からだが よわいです。

32 1ねん まえの はる にほんに きました。

1 ことしの はる にほんに きました。

2 きょねんの はる にほんに きました。

3 2ねん まえの はる にほんに きました。

4 おととしの はる にほんに きました。

33 この ほんを かりたいです。

1 この ほんを かって ください。

2 この ほんを かりて ください。

3 この ほんを かして ください。

4 この ほんを かりて います。

MEMO

第3回

だい　かい

言語知識（文字・語彙）

もんだい1　＿＿の　ことばは　ひらがなで　どう　かきますか。1・2・3・4
から　いちばん　いい　ものを　ひとつ　えらんで　ください。

（れい）　<u>大きな</u>　さかなが　およいで　います。

　　1　おおきな　　2　おきな　　　3　だいきな　　　4　たいきな

（かいとうようし）　｜（れい）　｜　● ② ③ ④　｜

1　<u>長い</u>　じかん　ねました。
　　1　みじかい　　2　ながい　　　3　ひろい　　　4　くろい

2　あなたは　くだものでは　<u>何が</u>　すきですか。
　　1　どれが　　　2　なにが　　　3　これが　　　4　なんが

3　わたしは　<u>自転車で</u>　だいがくに　いきます。
　　1　じどうしゃ　2　じてんしゃ　3　じてんしや　4　じでんしゃ

4　うちの　ちかくに　きれいな　<u>川</u>が　あります。
　　1　かわ　　　　2　かは　　　　3　やま　　　　4　うみ

5　はこに　おかしが　<u>五つ</u>　はいって　います。
　　1　ごつ　　　　2　ごこ　　　　3　いつつ　　　4　ごっつ

Check □1 □2 □3

6 出口は　あちらです。
　　1　でるくち　　2　いりぐち　　3　でくち　　　4　でぐち

7 大人に　なったら、いろいろな　くにに　いきたいです。
　　1　おとな　　　2　おおひと　　3　たいじん　　4　せいじん

8 こたえは　全部　わかりました。
　　1　ぜんぶ　　　2　ぜんたい　　3　ぜいいん　　4　ぜんいん

9 暑い　まいにちですが、おげんきですか。
　　1　さむい　　　2　あつい　　　3　つめたい　　4　こわい

10 今月は　ほんを　３さつ　かいました。
　　1　きょう　　　2　ことし　　　3　こんげつ　　4　らいげつ

もんだい2 ＿＿の ことばは どう かきますか。1・2・3・4から
いちばん いい ものを ひとつ えらんで ください。

(れい) わたしは あおい はなが すきです。

　　1 草　　　　　2 花　　　　　3 化　　　　　4 芸

(かいとうようし)　(れい)　① ● ③ ④

11 わたしは ちいさな あぱーとの 2かいに すんで います。
　1 アパート　　2 アパト　　　3 アパトー　　4 アパアト

12 ひとりで かいものに いきました。
　1 二人　　　　2 一人　　　　3 一入　　　　4 日人

13 まいにち おふろに はいります。
　1 毎目　　　　2 母見　　　　3 母日　　　　4 毎日

14 その くすりは ゆうはんの あとに のみます。
　1 葉　　　　　2 薬　　　　　3 楽　　　　　4 草

15 ふゆに なると やまが ゆきで しろく なります。
　1 百く　　　　2 黒く　　　　3 白く　　　　4 自く

16 てを あげて こたえました。
　1 手　　　　　2 牛　　　　　3 毛　　　　　4 未

17 ちちも ははも げんきです。
　1 元木　　　　2 元本　　　　3 見気　　　　4 元気

18 ごごから 友だちと えいがに 行きます。
　1 五後　　　　2 午後　　　　3 後午　　　　4 五語

もんだい3　（　　　）に　なにを　いれますか。1・2・3・4から
　　　　　いちばん　いい　ものを　ひとつ　えらんで　ください。

（れい）　へやの　なかに　くろい　ねこが　（　　　）。

　　　1　あります　　　2　なきます　　3　います　　　　4　かいます

（かいとうようし）　｜（れい）｜　① ② ● ④

19　この　みせの　（　　　）は、とても　おいしいです。

　1　はさみ　　　2　えんぴつ　　3　おもちゃ　　　4　パン

20　にくを　500（　　　）　かって、みんなで　たべました。

　1　クラブ　　　　2　グラム　　　　3　グラス　　　　4　リットル

21　ふうとうに　きってを　はって、（　　　）に　いれました。

　1　ドア　　　　2　げんかん　　3　ポスト　　　　4　はがき

22　あには　おんがくを　（　　　）　べんきょうします。

　1　ききながら　2　うちながら　3　あそびながら4　ふきながら

23　おひるに　なったので、（　　　）を　たべました。

　1　さら　　　　　2　ゆうはん　　3　おべんとう　4　テーブル

24　また　（　　　）の　にちようびに　あいましょう。

　1　らいねん　　2　きょねん　　3　きのう　　　　4　らいしゅう

25　この　（　　　）は　とても　あついです。

　1　おちゃ　　2　みず　　　　3　ネクタイ　　4　えいが

26 かべに ばらの えが （　　　） います。

1 かけて　　　2 さがって　　　3 かかって　　　4 かざって

27 もんの （　　　）で 子どもたちが あそんで います。

1 まえ

2 うえ

3 した

4 どこ

28 としょかんで ほんを （　　　） かりました。

1 さんまい

2 さんぼん

3 みっつ

4 さんさつ

もんだい4 ＿＿の ぶんと だいたい おなじ いみの ぶんが あ
　　　　ります。 1・2・3・4から いちばん いい ものを
　　　　ひとつ えらんで ください。

（れい） その えいがは つまらなかったです。

　1　その えいがは おもしろく なかったです。

　2　その えいがは たのしかったです。

　3　その えいがは おもしろかったです。

　4　その えいがは しずかでした。

（かいとうようし）　（れい）　● ② ③ ④

29　わたしの だいがくは すぐ そこです。

　1　わたしの だいがくは すこし とおいです。

　2　わたしの だいがくは すぐ ちかくです。

　3　わたしの だいがくは かなり とおいです。

　4　わたしの だいがくは この さきです。

30　わたしは まいばん 11じに やすみます。

　1　わたしは あさは ときどき 11じに ねます。

　2　わたしは よるは ときどき 11じに ねます。

　3　わたしは よるは いつも 11じに ねます。

　4　わたしは あさは いつも 11じに ねます。

31 スケートは　まだ　じょうずでは　ありません。

1 スケートは　やっと　じょうずに　なりました。

2 スケートは　まだ　すきに　なれません。

3 スケートは　また　へたに　なりました。

4 スケートは　まだ　へたです。

32 おととし　とうきょうで　あいましたね。

1 ことし　とうきょうで　あいましたね。

2 2ねんまえ　とうきょうで　あいましたね。

3 3ねんまえ　とうきょうで　あいましたね。

4 1ねんまえ　とうきょうで　あいましたね。

33 まだ　あかるい　ときに　いえを　でました。

1 くらく　なる　まえに　いえを　でました。

2 おくれないで　いえを　でました。

3 まだ　あかるいので　いえを　でました。

4 くらく　なったので　いえを　でました。

MEMO

翻譯與解題

◎問題1　以下詞語的平假名為何？請從選項1‧2‧3‧4中選出一個最適合填入＿＿＿的答案。

□ **1** あれが　わたしの　<ruby>会社<rt>かいしゃ</rt></ruby>です。

1　がいしゃ　　　　　　　　2　かいしゃ

3　ごうしゃ　　　　　　　　4　かいしゃ

譯〉那是我的公司。
　　　1　進口車　　　2　×　　　3　×　　　4　公司

□ **2** あなたの　きょうだいは　<ruby>何人<rt>なんにん</rt></ruby>ですか。

1　なににん　　　　　　　　2　なんにん

3　なんめい　　　　　　　　4　いくら

譯〉你有幾個兄弟姊妹？
　　　1　×　　　　　2　幾個人　　　3　幾位　　　4　多少錢

□ **3**　ことしの　なつは　<ruby>海<rt>うみ</rt></ruby>に　いきたいです。

1　やま　　　　　　　　　　2　うみ

3　かわ　　　　　　　　　　4　もり

譯〉今年夏天我想去海邊。
　　　1　山　　　　　2　海　　　3　河　　　4　森林

□ **4**　すこし　いえの　<ruby>外<rt>そと</rt></ruby>で　まって　いて　ください。

1　そと　　　　　　　　　　2　なか

3　うち　　　　　　　　　　4　まえ

譯〉請在門外稍等片刻。
　　　1　外面　　　2　裡面　　　3　內部　　　4　前面

□ **5**　わたしの　すきな　じゅぎょうは　<ruby>音楽<rt>おんがく</rt></ruby>です。

1　がっき　　　　　　　　　2　さんすう

3　おんがく　　　　　　　　4　おんらく

譯〉我喜歡的科目是音樂課。
　　　1　樂器　　　2　算數　　　3　音樂　　　4　×

会＝カイ／あ - う。例句：友達と会う。（和朋友見面）

社＝シャ

※ 接在別的詞語後面則會產生音變，請多加注意。例句：

会社（かいしゃ）→旅行会社（りょこうがいしゃ）

解題 2 答案 (2)

何＝カ／なに・なん。例句：何を買いますか。（你要買什麼？）、何語を
話しますか。（你用的是什麼語言？）、何の本ですか。（這是什麼書？）、
今日は何曜日ですか。（今天是星期幾？）

※ 如"何歳（幾歲）、何時（什麼時候）、何回（幾次）"等等需要數數時，
「何」念作「なん」。

人＝ジン・ニン／ひと。例如：

あの人（那個人）、アメリカ人（美國人）、５人（五位）

※ 特殊念法：一人（一位）、二人（兩位）

記下人數的念法吧！

一人（ひとり）、二人（ふたり）、三人（さんにん）、四人（よにん）、
五人（ごにん）、六人（ろくにん）、七人（しちにん／ななにん）、八人（は
ちにん）、九人（きゅうにん／くにん）、十人（じゅうにん）

解題 3 答案 (2)

海＝カイ／うみ

選項１山。選項３川。選項４森。

解題 4 答案 (1)

外＝ガイ・ゲ／そと・はず - す・ほか。例如：

外国（外國）

選項２中。選項３内。選項４前。

※ いえの外（房子外）⇔いえの中（房子裡）

解題 5 答案 (3)

音＝イン・オン／おと・ね。例如：

風の音（風聲）、音が大きいです。（聲音很大）

楽＝ガク・ラク／たの - しい。例句：

学校は楽しいですか。（上學有趣嗎？）

□ **6** わたしの　いえは　えきから　近いです。

1　とおい　　　　　　　　　2　ながい

3　みじかい　　　　　　　　4　ちかい

譯〉我家距離車站很近。
　　1　遠　　　　　　　　　2　長
　　3　短　　　　　　　　　4　近

□ **7** そらに　きれいな　月が　でて　います。

1　つき　　　　　　　　　　2　くも

3　ほし　　　　　　　　　　4　ひ

譯〉天空中有一輪皎潔的明月。
　　1　月亮　　　　　　　　2　雲
　　3　星星　　　　　　　　4　日

□ **8** あねは　ちかくの　町に　すんで　います。

1　むら　　　　　　　　　　2　もり

3　まち　　　　　　　　　　4　はたけ

譯〉姐姐住在附近的城鎮。
　　1　村子　　　　　　　　2　森林
　　3　城鎮　　　　　　　　4　田

□ **9** 午後は　さんぽに　いきます。

1　ごぜん　　　　　　　　　2　ごご

3　ゆうがた　　　　　　　　4　あした

譯〉我下午要去散步。
　　1　上午　　　　　　　　2　下午
　　3　黃昏　　　　　　　　4　明天

□ **10** わたしの　兄も　にほんごを　べんきょうして　います。

1　あね　　　　　　　　　　2　ちち

3　おとうと　　　　　　　　4　あに

譯〉我哥哥也在學習日語。
　　1　姐姐　　　　2　父親　　　3　弟弟　　　4　哥哥

(解題)6　　　　　　　　　　　　　　　　　　　　　　　　(答案)(4)

　　近＝キン／ちか‐い
　　選項1遠い（遠）。選項2長い（長）。選項3短い（短）。

(解題)7　　　　　　　　　　　　　　　　　　　　　　　　(答案)(1)

　　月＝ゲツ・ガツ／つき。例如：
　　月曜日（星期一）、今月（這個月）、一か月（一個月）
　　四月一日（四月一日）、ひと月（一個月）

(解題)8　　　　　　　　　　　　　　　　　　　　　　　　(答案)(3)

　　町＝チョウ／まち
　　選項1村（村莊）。選項2森（森林）。選項4畑（旱田）。

(解題)9　　　　　　　　　　　　　　　　　　　　　　　　(答案)(2)

　　午＝ゴ
　　後＝ゴ／うし‐ろ・あと。例句：先生の後ろに並びます。（排在老師後面）
　　選項1午前（上午）。選項3夕方（傍晚）。選項4明日（明天）。

(解題)10　　　　　　　　　　　　　　　　　　　　　　　(答案)(4)

　　兄＝キョウ・ケイ／あに。例句：兄弟はいますか。（你有兄弟姊妹嗎？）
　　選項1姉（姐姐）。選項2父（爸爸）。選項3弟（弟弟）。
　　※ 記下特殊念法吧！
　　父‐お父さん（爸爸）、母‐お母さん（媽媽）
　　兄‐お兄さん（哥哥）、姉‐お姉さん（姊姊）
　　※ 弟（弟弟）⇔妹（妹妹）

翻譯與解題

◎問題2 以下詞語應為何？請從選項1・2・3・4中選出一個最適合填入＿＿
的答案。

□ **11** きょうも　ぷうるで　およぎました。

　　1　プール　　　　　　　　　2　プルー

　　3　プオル　　　　　　　　　4　ブール

　譯〉我今天也去游泳池游泳了。
　　　1　游泳池　　　　　　　　2　×
　　　3　×　　　　　　　　　　4　×

□ **12** かさを　わすれたので、こまりました。

　　1　国りました　　　　　　　2　困りました
　　　　　　　　　　　　　　　　　　こま

　　3　因りました　　　　　　　4　回りました
　　　　　　　　　　　　　　　　　　まわ

　譯〉我忘記帶雨傘，真傷腦筋。
　　　1　×　　　　　　　　　　2　傷腦筋
　　　3　×　　　　　　　　　　4　旋轉

□ **13** けさは　とても　さむいですね。

　　1　景いです　　　　　　　　2　暑いです
　　　　　　　　　　　　　　　　　　あつ

　　3　者いです　　　　　　　　4　寒いです
　　　　　　　　　　　　　　　　　　さむ

　譯〉今天早上非常冷耶。
　　　1　×　　　　　　　　　　2　熱
　　　3　×　　　　　　　　　　4　冷

□ **14** おかねは　たいせつに　つかいましょう。

　　1　お全　　　　　　　　　　2　お金
　　　　　　　　　　　　　　　　　　かね

　　3　お会　　　　　　　　　　4　お円

　譯〉讓我們節約用錢吧！
　　　1　×　　　　　　　　　　2　錢
　　　3　×　　　　　　　　　　4　×

(解題)**11**　　　　　　　　　　　　　　　　　　　(答案)**(1)**

游泳池應寫為"プール"。

(解題)**12**　　　　　　　　　　　　　　　　　　　(答案)**(2)**

困＝コン／こま‐る

選項1国（コク／くに）。選項3因（イン／よ‐る）。

選項4回（カイ／まわ‐る）

(解題)**13**　　　　　　　　　　　　　　　　　　　(答案)**(4)**

寒＝カン／さむ‐い

※　寒い（寒冷）⇔暑い（炎熱）

(解題)**14**　　　　　　　　　　　　　　　　　　　(答案)**(2)**

金＝キン・コン／かね・かな。例句：

金曜日（星期五）、お金があります。（有錢）

選項1全（ゼン／まった‐く、すべ‐て）。

選項3会（カイ／あ‐う）。

選項4円（エン／まる‐い）。

□ **15** この　かどを　<u>みぎ</u>に　まがると　としょかんです。

1　北^{きた}　　　　　　　　　　　2　左^{ひだり}

3　右^{みぎ}　　　　　　　　　　　4　式^{しき}

譯〉在這個轉角右轉，就到圖書館了。
　　1　北　　　　　　　　　2　左
　　3　右　　　　　　　　　4　式

□ **16** <u>しろい</u>　はなが　さいて　います。

1　白^{しろ}い　　　　　　　　　　2　日い

3　百い　　　　　　　　　　4　色い

譯〉白色的花正綻放著。
　　1　白色　　　　　　　　2　×
　　3　×　　　　　　　　　4　×

□ **17** きょうは　がっこうを　<u>やすみます</u>。

1　体みます　　　　　　　　2　休みます

3　木みます　　　　　　　　4　休^{やす}みます

譯〉我今天要向學校請假。
　　1　×　　　　　　　　　2　×
　　3　×　　　　　　　　　4　請假

□ **18** とりが　<u>ないて</u>　います。

1　島いて　　　　　　　　　2　鳴^ないて

3　鳥いて　　　　　　　　　4　鳴いて

譯〉鳥正在鳴叫。
　　1　×　　　　　　　　　2　叫
　　3　×　　　　　　　　　4　×

解題**15**　答案 **(3)**

右＝ウ、ユウ／みぎ

選項1北（ホク／きた）。選項2左（サ／ひだり）。選項4式（シキ）。

※ 也把“東（トウ／ひがし）、西（セイ・サイ／にし）、南（ナン／みなみ）”一起記下吧！

解題**16**　答案 **(1)**

白＝ハク、ビャク／しら、しろ、しろ - い

選項3百（ヒャク／もも）。選項4色（ショク・シキ／いろ）。

解題**17**　答案 **(4)**

休＝キュウ／やす - む。例句：

会社を休みます。（公司休假）

夏休み（暑假）

解題**18**　答案 **(2)**

鳴＝メイ／な - く

※ 鳥或動物用「鳴く／鳴叫」、人用「泣く／哭泣」。

翻譯與解題

◎問題3 （　　　　）中的詞語應為何？請從選項1・2・3・4中選出一個最適合填入（　　　）的答案。

□ **19** くつの みせは この （　　　） の ２かいです。

1　マンション　　　　　　　　2　アパート

3　ベッド　　　　　　　　　　4　デパート

譯〉鞋店在這棟（　　　）的二樓。
　　1　大樓　　　2　公寓　　　3　床　　　4　百貨公司

□ **20** つかれたので、ここで ちょっと （　　　）。

1　いそぎましょう　　　　　　2　やすみましょう

3　ならべましょう　　　　　　4　あいましょう

譯〉我累了，所以在這裡稍微（　　　）。
　　1　快點吧　　　　2　休息一下吧
　　3　排列吧　　　　4　見面吧

□ **21** ごごから あめに なりましたので、ともだちに かさを （　　　）。

1　ぬれました　　　　　　　　2　かりません

3　さしました　　　　　　　　4　かりました

譯〉下午開始下起雨了，所以我跟朋友（　）雨傘。
　　1　淋到了　　　2　沒借　　　3　撐了　　　4　借了

□ **22** そらが くもって、へやの なかが （　　　） なりました。

1　くらく　　　　　　　　　　2　あかるく

3　きたなく　　　　　　　　　4　せまく

譯〉天空陰沉了下來，房裡也變得（　　　）了。
　　1　昏暗　　　2　明亮　　　3　骯髒　　　4　狹窄

□ **23** なつやすみに ほんを 五（　　　） よみました。

1　ほん　　　　　　　　　　　2　まい

3　さつ　　　　　　　　　　　4　こ

譯〉暑假我看了五（　　　）書。
　　1　本　　　2　張　　　3　冊　　　4　個

解題 19 答案 (4)

從「くつの店／鞋店」、「2階／二樓」可知，「デパート」是正確答案。
選項1マンション（華廈）和選項2アパート（公寓），皆指人住的地方。

解題 20 答案 (2)

「ので」表示原因、理由。接在「疲れたので／因為累了」之後的應是「休みましょう／我們休息吧」。
選項1用在趕時間時。
選項3用在排列桌椅等物品時。
選項4用在約定見面時。

解題 21 答案 (4)

因為下雨了，所以（我）向朋友借了傘。（本題的「我」被省略了。）
選項1如果是「雨になりましたので、（わたしは）ぬれました／因為下雨了，所以（我）淋濕了」則正確。但因為題目中有「ともだちに／向朋友」所以不正確。
選項2「かりません／不借」與文意不符。
選項3如果是「雨になりましたので、（わたしは）かさをさしました／因為下雨了，所以（我）撐傘」則正確。

解題 22 答案 (1)

接在「空が曇って／天空陰沉了下來」之後的應為「暗くなりました／變得昏暗了」。
選項2天空放晴→（變得）明亮。選項3汚く（變髒）。選項4狭く（變窄）。

解題 23 答案 (3)

書的數量用「～冊」來算。
※ 記下這些物品的量詞吧！
書、雑誌：～冊（本）
明信片、ＣＤ：～枚（張）
鉛筆、刀子：～本（支）
柑橘、香皂：～こ、～つ（顆／個）
車、電腦：～台（台）

《第一回 全真模考》問題三

□ **24** これは　きょねん　うみで　（　　）　しゃしんです。

1　つけた　　　　　　　　　2　とった

3　けした　　　　　　　　　4　かいた

譯〉這是去年在海邊（　　）的照片。
　　1　貼　　　　　　　　　2　拍
　　3　刪　　　　　　　　　4　寫

□ **25** あついので　まどを　　（　　）　ください。

1　あけて　　　　　　　　　2　けして

3　しめて　　　　　　　　　4　つけて

譯〉太熱了，請把窗戶（　　）。
　　1　打開　　　　　　　　2　熄滅
　　3　關上　　　　　　　　4　點上

□ **26** うるさいですね。みなさん、すこし　（　　）　して　ください。

1　げんきに　　　　　　　　2　くらく

3　しずかに　　　　　　　　4　あかるく

譯〉好吵哦，各位同學，請（　　）一點。
　　1　有精神　　　　　　　2　昏暗
　　3　安靜　　　　　　　　4　開朗

□ **27** はこの　なかに　おかしが　（　　）　はいって　います。

1　よっつ　　　　　　　　　2　ななつ

3　やっつ　　　　　　　　　4　みっつ

譯〉箱子裡有（　　）餅乾。
　　1　四個　　　　　　　　2　七個
　　3　八個　　　　　　　　4　三個

□ **28** かばんは　まるい　いすの　（　　）に　あります。

1　した　　　　　　　　　　2　よこ

3　まえ　　　　　　　　　　4　うえ

譯〉包包在圓椅（　　）。
　　1　下面　　　2　旁邊　　　3　前面　　　4　上面

解題**24**　　　　　　　　　　　　　　　　　　　　　答案**(2)**

答案是「写真を撮ります／拍照」。

選項1「（電気を）つけます／打開（電燈）」。

選項3「（電気を）消します／關掉（電燈）」。

選項4「（名前を）書きます／寫上（名字）」。

解題**25**　　　　　　　　　　　　　　　　　　　　　答案**(1)**

表示原因和理由。接在「暑いので／因為很熱」之後的應是「窓を開けてください／請把窗戶打開」。

解題**26**　　　　　　　　　　　　　　　　　　　　　答案**(3)**

うるさい⇔安靜

※「うるさい／吵鬧」是指聲音很大，有負面的意思。雖然「にぎやかな／熱鬧」也是「静かな／安靜」的反意詞，但這帶有正面的意思。例句：

隣の部屋がうるさくて困ります。（隔壁房間的人太吵了，造成我的困擾）。

休みの日は町がにぎやかになります。（假日的鎮上非常熱鬧）

選項1元気に（有精神）。選項2暗く（黑暗）。選項4明るく（明亮）。

解題**27**　　　　　　　　　　　　　　　　　　　　　答案**(1)**

※ 把計算「〜つ／個」的念法記下吧！

ひとつ（一個）、ふたつ（兩個）、みっつ（三個）、よっつ（四個）、いつつ（五個）、むっつ（六個）、ななつ（七個）、やっつ（八個）、ここのつ（九個）、とお（十個）

解題**28**　　　　　　　　　　　　　　　　　　　　　答案**(4)**

題目是在圓形的椅子上。

選項1下（下方）。選項2横（旁邊）。選項3前（前面）。

翻譯與解題

◎問題 4 選項中有和＿＿＿意思相近的句子。請從選項 1・2・3・4 中選出一個最適合的答案。

□ **29** まいあさ　こうえんを　さんぽします。

  1　けさ　こうえんを　さんぽしました。

  2　あさは　いつも　こうえんを　さんぽします。

  3　あさは　ときどき　こうえんを　さんぽします。

  4　あさと　よるは　こうえんを　さんぽします。

 譯〉每天早上我都會去公園散步。
  1　今天早上我去公園散步了。
  2　早上我總是去公園散步。
  3　早上我偶而會去公園散步。
  4　早上跟晚上我都會去公園散步。

□ **30** しろい　ドアが　いりぐちです。そこから　はいって　ください。

  1　いりぐちには　しろい　ドアが　あります。

  2　しろい　ドアから　はいると　そこが　いりぐちです。

  3　しろい　ドアから　はいって　ください。

  4　いりぐちの　しろい　ドアから　でて　ください。

 譯〉白色的門是入口。請從那裡進入。
  1　入口有扇白色的門。
  2　進了白色的門之後，就到入口了。
  3　請從白色的門進入。
  4　請從入口的白色門出去。

□ **31** この　ふくは　たかくなかったです。

  1　この　ふくは　つまらなかったです。

  2　この　ふくは　ひくかったです。

  3　この　ふくは　とても　たかかったです。

  4　この　ふくは　やすかったです。

 譯〉這件衣服（買的時候）並不貴。
  1　這件衣服（買的時候）很無聊。
  2　這件衣服（買的時候）很低。
  3　這件衣服（買的時候）非常貴。
  4　這件衣服（買的時候）很便宜。

解題 29

毎朝（每天早上）＝毎日の朝（每天的早上）＝朝はいつも（早上總是）

選項 1 今朝（今天早上）＝今日の朝（今天的早上）

選項 2 朝は時々（早上常常）≠毎朝（每天早上）

選項 4 朝と夜は（早上和晚上）≠毎朝（每天早上）

解題 30

答案 (3)

題目中「そこから／從那裡」的「そこ／那裡」是指「白いドア／白色的門」。選項 2 的意思是「白いドアから入ってください。そこ（入ったところ）に入り口があります／請由白色的門進入。那裡（要進入的地方）就是入口」和題目文意不符。

解題 31

答案 (4)

談論到價格（多少）時，「高い／昂貴」的相反詞是「安い／便宜」。若是指身材很高的「高い／高」，相反詞則是「低い／矮」。例如：

高い山（高山）、低い山（矮山）

※ 記下形容詞的活用形吧！

高いです（高）‐ 高くないです（不高）。

高かったです（以前很高）‐ 高くなかったです（以前不高）。

□ **32** おととい　まちで　せんせいに　あいました。

　　1　きのう　まちで　せんせいに　あいました。

　　2　ふつかまえに　まちで　せんせいに　あいました。

　　3　きょねん　まちで　せんせいに　あいました。

　　4　おととし　まちで　せんせいに　あいました。

譯〉前天我在街上遇到老師了。
　　1　昨天我在街上遇到老師了。
　　2　兩天前我在街上遇到老師了。
　　3　去年我在街上遇到老師了。
　　4　前年我在街上遇到老師了。

□ **33** トイレの　ばしょを　おしえて　ください。

　　1　せっけんの　ばしょを　おしえて　ください。

　　2　だいどころの　ばしょを　おしえて　ください。

　　3　おてあらいの　ばしょを　おしえて　ください。

　　4　しょくどうの　ばしょを　おしえて　ください。

譯〉請告訴我廁所的位置。
　　1　請告訴我香皂的位置。
　　2　請告訴我廚房的位置。
　　3　請告訴我洗手間的位置。
　　4　請告訴我食堂的位置。

(解題)**32**   (答案)**(2)**

「おととい／前天」是「二日前／兩天前」的意思。

把表示時間的方式記下來吧！

おととい（前天）－きのう（昨天）－今日（今天）－明日（明天）－
あさって（後天）

おととし（前年）－去年（去年）－今年（今年）－来年（明年）－
さ来年（後年）

※「～日前／～天前」的念法是「いちにち前／一天前」（請注意並不是「つ
いたち前」）。

其他「天前」的説法如下：「ふつか前／兩天前」、「みっか前／三天前」、
「とおか前／十天前」。

(解題)**33**   (答案)**(3)**

「トイレ／廁所」和「お手洗い／洗手間」意思相同。

翻譯與解題

◎問題1　以下詞語的平假名為何？請從選項1・2・3・4中選出一個最適合填
　　　　入＿＿＿的答案。

□**1** きょうしつは　とても　<ruby>静<rt>しず</rt></ruby>かです。

　　1　たしか　　　　　　　　　2　おだやか

　　3　しずか　　　　　　　　　4　あたたか

　譯〉教室裡非常安靜。
　　　　1　的確　　　　　　　　2　安穩
　　　　3　安靜　　　　　　　　4　溫暖

□**2** えんぴつを　<ruby>何本<rt>なんぼん</rt></ruby>　かいましたか。

　　1　なにほん　　　　　　　　2　なんぼん

　　3　なんほん　　　　　　　　4　いくら

　譯〉你買了幾支鉛筆？
　　　　1　✕　　　　　　　　　 2　幾支
　　　　3　幾支　　　　　　　　4　多少錢

□**3** やおやで　くだものを　<ruby>買<rt>か</rt></ruby>って　かえります。

　　1　うって　　　　　　　　　2　かって

　　3　きって　　　　　　　　　4　まって

　譯〉我在蔬果店買了水果回家。
　　　　1　賣　　　　　　　　　2　買
　　　　3　切　　　　　　　　　4　等

□**4** わたしには　<ruby>弟<rt>おとうと</rt></ruby>が　ひとり　います。

　　1　おとうと　　　　　　　　2　おとおと

　　3　いもうと　　　　　　　　4　あね

　譯〉我有一個弟弟。
　　　　1　弟弟　　　　　　　　2　✕
　　　　3　妹妹　　　　　　　　4　姐姐

静＝セイ・ジョウ／しず‐か。例如：

静かな海（平靜的海）、静かにしてください。（請安靜）

選項4「温かい／溫暖⇔冷たい／冷淡」或「暖かい／暖和⇔寒い／寒冷」

（解題）**2**
（答案）(2)

何＝カ／なに・なん。例句：

何を食べますか。（要吃什麼？）、何料理が好きですか（你喜歡什麼料理？）

何時ですか。（幾點？）、ＮＴＴは何の会社ですか。（ＮＴＴ是什麼公司？）

※像是"何歳（幾歲）、何時（什麼時候）、何回（幾次）"等，詢問數目時「何」念作「なん」。

本＝ホン。例句：

本を読みます（讀書）、日本／日本（日本）、本当ですか（真的嗎）

※特殊念法：山本さん（山本先生）

※把「本／支、條、只、卷、棵、根、瓶」這個量詞的念法記下來吧！

一本（いっぽん）、二本（にほん）、三本（さんぼん）、四本（よんほん）、

五本（ごほん）、六本（ろっぽん）、七本（ななほん）、八本（はっぽん）、

九本（きゅうほん）、十本（じゅっぽん）

（解題）**3**
（答案）(2)

買＝バイ／か‐う。例如：

買い物（買東西）

選項1賣。選項3切。選項4等。

（解題）**4**
（答案）(1)

弟＝ダイ・テイ・デ／おとうと。例句：

兄弟がいます。（有兄弟姊妹）

※兄⇔弟、姉⇔妹

□ **5** わたしは　**動物**が　すきです。

1　しょくぶつ　　　　　　　　2　すうがく

3　おんがく　　　　　　　　　4　どうぶつ

譯〉我很喜歡動物。
　　1　植物　　　　　　　　　　2　數學
　　3　音樂　　　　　　　　　　4　動物

□ **6** きょうは　よく　**晴れて**　います。

1　くれて　　　　　　　　　　2　かれて

3　はれて　　　　　　　　　　4　たれて

譯〉今天天氣晴朗。
　　1　昏暗　　　　　　　　　　2　凋謝
　　3　晴朗　　　　　　　　　　4　低垂

□ **7** よる　おそくまで　**仕事**を　しました。

1　しごと　　　　　　　　　　2　かじ

3　しゅくだい　　　　　　　　4　しじ

譯〉我工作到深夜。
　　1　工作　　　　　　　　　　2　家事
　　3　作業　　　　　　　　　　4　指示

□ **8** 2**週間**　まって　ください。

1　にねんかん　　　　　　　　2　にかげつかん

3　ふつかかん　　　　　　　　4　にしゅうかん

譯〉請等候兩個星期。
　　1　兩年　　　　　　　　　　2　兩個月
　　3　兩天　　　　　　　　　　4　兩個星期

(解題) **5**

動＝ドウ／うご‐く。例如：
自動車（汽車）
時計が動く（時鐘在走）
物＝ブツ・モツ／もの。例如：
荷物（行李）
建物（建築物）
食べ物（食物）
選項 1 植物。選項 2 數學。選項 3 音樂。

(解題) **6**

晴＝セイ／は‐れる。例句：
明日の天気は晴れです。（明天是好天氣）＜名詞＞

(解題) **7**

仕＝シ・ジ／つか‐える
事＝ジ／こと
※ 因為「事」前面接「仕」，所以念法從「こと」轉變為「ごと」。例如：
紙（かみ／紙）→手紙（てがみ／信紙）
選項 2 家事。選項 3 作業。選項 4 私事。

(解題) **8**

週＝シュウ
間＝カン・ケン・ゲン／あいだ・ま。例如：
時間（時間）
本屋と銀行の間（書店和銀行之間）
選項 1 兩年內。選項 2 兩個月內。選項 3 兩天內。

□ **9** 夕方 おもしろい テレビを 見ました。

1　ゆうかた　　　　　　　　2　ゆうがた

3　ごご　　　　　　　　　　4　ゆうひ

譯〉傍晚時看了很有趣的節目。

　　1　×　　　　　　　　　　2　傍晚

　　3　下午　　　　　　　　　4　夕陽

□ **10** 父は いま りょこうちゅうです。

1　はは　　　　　　　　　　2　あに

3　ちち　　　　　　　　　　4　おば

譯〉爸爸現在正在旅行。

　　1　媽媽　　　　　　　　　2　哥哥

　　3　爸爸　　　　　　　　　4　姑姑

解題9

夕＝セキ／ゆう

方＝ホウ／かた。例句：

あの方はどなたですか。（那一位是誰？）

東の方（東方）

※ 把表示時間的詞語記下來吧！

朝（あさ／早上）、昼（ひる／白天、中午）、夕方（ゆうがた／傍晚）

夜（よる／晚上）、午前（ごぜん／上午）、午後（ごご／下午）

解題10

父＝フ／ちち。例句：

祖父（爺爺）

※ 特殊念法：お父さん（爸爸）

※ 把表示家人的説法記下來吧！

父‐お父さん（爸爸）、母‐お母さん（媽媽）

兄‐お兄さん（哥哥）、姉‐お姉さん（姊姊）

翻譯與解題

◎問題2　以下詞語應為何？請從選項1・2・3・4中選出一個最適合填入＿＿＿的答案。

□ **11** ぽけっとから　ハンカチを　だしました。

　　1　ボケット　　　　　　　　2　ポッケット

　　3　ポケット　　　　　　　　4　ホケット

　　[譯] 從口袋裡拿出手帕。
　　　　1　×　　　　　　　　　2　×
　　　　3　口袋　　　　　　　　4　×

□ **12** ゆきが　ふりました。

　　1　霰　　　　　　　　　　　2　雪_{ゆき}

　　3　雨_{あめ}　　　　　　　　　4　雷_{かみなり}

　　[譯] 下雪了。
　　　　1　×　　　　　　　　　2　雪
　　　　3　雨　　　　　　　　　4　雷

□ **13** にしの　そらが　あかく　なって　います。

　　1　東_{ひがし}　　　　　　　　　2　北_{きた}

　　3　四_{よん}　　　　　　　　　4　西_{にし}

　　[譯] 西邊的天空逐漸紅了。
　　　　1　東　　　　　　　　　2　北
　　　　3　四　　　　　　　　　4　西

□ **14** あには　あさ　8時_じには　かいしゃに　行_いきます。

　　1　会社_{かいしゃ}　　　　　　　2　合社

　　3　回社　　　　　　　　　4　会車

　　[譯] 哥哥早上八點要去公司。
　　　　1　公司　　　　　　　　2　×
　　　　3　×　　　　　　　　　4　×

(解題)**11**　　　　　　　　　　　　　　　　　　　　　　　(答案)**(3)**

　　口袋的寫法應為"ポケット"。

(解題)**12**　　　　　　　　　　　　　　　　　　　　　　　(答案)**(2)**

　　雪＝セツ／ゆき

　　選項3雨（ウ／あめ・あま）。選項4雷。

(解題)**13**　　　　　　　　　　　　　　　　　　　　　　　(答案)**(4)**

　　西＝セイ・サイ／にし

　　選項1東（トウ／ひがし）。選項2北（ホク／きた）。

　　選項3四（シ／よ・よん・よっ‐つ）。

　　※把"南（ナン／みなみ）"也一起記下吧！

(解題)**14**　　　　　　　　　　　　　　　　　　　　　　　(答案)**(1)**

　　会＝カイ／あ‐う。例句：

　　友達と会う。（和朋友見面）

　　社＝シャ

☐ **15** <u>すこし</u>　まって　ください。

1　大し　　　　　　　　　　　2　多し
3　少し　　　　　　　　　　　4　小し
　　　すこ

譯〉請稍等片刻。
　　1　×　　　　　　　　　　　2　×
　　3　少　　　　　　　　　　　4　×

☐ **16** あねは　とても　かわいい　人です。
　　　　　　　　　　　　　　　　　ひと

1　姉　　　　　　　　　　　　2　兄
　　あね　　　　　　　　　　　　　　あに
3　弟　　　　　　　　　　　　4　妹
　　おとうと　　　　　　　　　　　いもうと

譯〉姐姐是個非常可愛的人。
　　1　姐姐　　　　　　　　　　2　哥哥
　　3　弟弟　　　　　　　　　　4　妹妹

☐ **17** <u>ひゃくえんで</u>　なにを　かいますか。

1　白円　　　　　　　　　　　2　千円
　　　　　　　　　　　　　　　　せんえん
3　百冊　　　　　　　　　　　4　百円
　　きゃくさつ　　　　　　　　　　ひゃくえん

譯〉你要用 100 圓買什麼？
　　1　×　　　　　　　　　　　2　一千圓
　　3　一百冊　　　　　　　　　4　一百圓

☐ **18** わたしは　<u>ほんを</u>　よむのが　すきです。

1　木　　　　　　　　　　　　2　本
　　き　　　　　　　　　　　　　　ほん
3　末　　　　　　　　　　　　4　未
　　すえ　　　　　　　　　　　　　み

譯〉我喜歡閱讀書籍。
　　1　木　　　　　　　　　　　2　本
　　3　末　　　　　　　　　　　4　×

(解題)**15**　　　　　　　　　　　　　　　　　　　　　　　　(答案)**(3)**

少＝ショウ／すく‐ない・すこ‐し。例句：

今年は雨が少ないです。（今年的雨量很少）

漢字が少し読めます。（稍微懂一點漢字）

※ 少ない（少）＜形容詞＞⇔多い（多）

少し（少許）＜副詞＞≒ちょっと（一點）

(解題)**16**　　　　　　　　　　　　　　　　　　　　　　　　(答案)**(1)**

選項４妹（マイ／いもうと）

姉（姊姊）＝シ／あね

選項２兄（キョウ・ケイ／あに）。選項３弟（ダイ・テイ・デ／おとうと）

選項４妹（マイ／いもうと）。

※ 特殊念法：

お姉さん（姊姊）、お兄さん（哥哥）

(解題)**17**　　　　　　　　　　　　　　　　　　　　　　　　(答案)**(4)**

百＝ヒャク

特殊念法：八百屋（やおや／蔬果店）

円（日圓）＝エン

※ 把數字的位數記下吧！

十（じゅう／十）、百（ひゃく／百）、千（せん／千）、万まん／萬）

※ 記下「～百」的念法吧！

二百（にひゃく）、三百（さんびゃく）、四百（よんひゃく）、五百（ご
ひゃく）、六百（ろっぴゃく）、七百（ななひゃく）、八百（はっぴゃく）、
九百（きゅうひゃく）

(解題)**18**　　　　　　　　　　　　　　　　　　　　　　　　(答案)**(2)**

本＝ホン。例句：

本を読みます（讀書）、日本／日本（日本）、本当ですか（真的嗎）

※ 特殊念法：山本さん（山本先生）

※ 把書的數量詞「本／支、條、只、卷、棵、根、瓶」的念法記下來吧！

一本（いっぽん）、二本（にほん）、三本（さんぼん）、四本（よんほん）、
五本（ごほん）、六本（ろっぽん）、七本（ななほん）、八本（はっぽん）、
九本（きゅうほん）、十本（じゅっぽん）

◎問題 3 （　　　）中的詞語應為何？請從選項 1・2・3・4 中選出一個最適合填入（　　　）的答案。

□ **19** 5かいには　この　（　　　）で　行って　ください。

1　アパート　　　　　　　　　2　デパート

3　カート　　　　　　　　　　4　エレベーター

譯〉請搭乘這部（　　　）到五樓。

　　1　公寓　　　　　　　　　2　百貨公司

　　3　推車　　　　　　　　　4　電梯

□ **20** きょうは　とても　かぜが　（　　　）　です。

1　ながい　　　　　　　　　　2　つよい

3　みじかい　　　　　　　　　4　たかい

譯〉今天的風非常（　　　）。

　　1　長　　　　　　　　　　2　強勁

　　3　短　　　　　　　　　　4　高

□ **21** この　えは　だれが　（　　　）。

1　とりましたか　　　　　　　2　つくりましたか

3　かきましたか　　　　　　　4　さしましたか

譯〉這幅畫是誰（　　　）？

　　1　拍的　　　　　　　　　2　做的

　　3　畫的　　　　　　　　　4　指的

□ **22** ぎゅうにくは　すきですが、ぶたにくは　（　　　）。

1　きらいです　　　　　　　　2　すきです

3　たべます　　　　　　　　　4　おいしいです

譯〉我喜歡牛奶，但（　　　）豬肉。

　　1　討厭　　　　　　　　　2　喜歡

　　3　會吃　　　　　　　　　4　好吃

解題 **19**　　　　　　　　　　　　　　　　　　　　答案 (4)

原本的句子為「このエレベーターで５階に行ってください／請搭乘這部電梯到五樓」。「～で（行きます）／搭～」表示交通方式。例句：

自転車で図書館へ行きます。（騎自行車去圖書館）

家から学校まで毎日電車で行きます。（每天都從家裡搭電車去學校）

解題 **20**　　　　　　　　　　　　　　　　　　　　答案 (2)

颱風或下雨的程度用「強い／強」、「弱い／弱」表示。例句：

午後から強い雨になるでしょう。（中午過後就會下起強降雨吧！）

選項１長い（長）。選項３短い（短）。選項４高い（高）。

解題 **21**　　　　　　　　　　　　　　　　　　　　答案 (3)

原本的句子為「わたしはこの絵を描きました／我畫了這幅畫」。→「この絵はわたしが描きました／這幅畫是我畫的」。（強調「この絵／這幅畫」）

所以問題應為→「この絵はだれが描きましたか／這幅畫是誰畫的？」

選項１「（写真を）撮ります／拍攝（照片）」。

選項２「（料理を）作ります／作（料理）」。

選項４「（かさを）さします／撐（傘）」。

解題 **22**　　　　　　　　　　　　　　　　　　　　答案 (1)

本題用了「～は…が、～は…」的句子表示對比。「が」是逆接助詞，（　　）要填入和「すきです／喜歡」相反的詞語。例句：

お茶はありますが、コーヒーはありません。（雖然有茶，但沒有咖啡。）

英語はできますが、フランス語できません。（雖然會英文，但不會法文。）

昨日は寒かったですが、今日は暖かいです。（雖然昨天很冷，但今天很溫暖。）

□ **23** せんせいが　テストの　かみを　3（　　）ずつ　わたしました。

1　ねん

2　ぼん

3　まい

4　こ

譯〉老師發給每位學生 3（　　　）考卷。
　　 1　年

　　 2　本

　　 3　張

　　 4　個

□ **24** くらいので　でんきを　（　　）　ください。

1　ふいて

2　つけて

3　けして

4　おりて

譯〉太暗了，請把燈（　　　）。
　　 1　擦

　　 2　打開

　　 3　關掉

　　 4　下來

□ **25**（　　）に　みずを　入れます。

1　コップ

2　ほん

3　えんぴつ

4　サラダ

譯〉把水倒在（　　　）裡。
　　 1　杯子

　　 2　書

　　 3　鉛筆

　　 4　沙拉

解題 **23**　　　　　　　　　　　　　　　　　　　　　　答案 **(3)**

紙張的數量用「～枚／張」來計算。

※ 把以下物品的量詞記下來吧！

郵票、襯衫：～枚（張、件）

雜誌、筆記本：～冊（本）

樹、傘：～本（棵、把）

蛋、杯子：～こ、～つ（個）

腳踏車、電視：～台（台）

※「ずつ／每」接在數字＋助數詞後面，表示「同じ量をそれぞれに／各取相同的數量」「同じ量を繰り返して／重複相同的數量」。例句：

漢字を 5 回ずつ書いて覚えます。（每個漢字各寫五次然後背下來。）

お菓子は一人 2 つずつ取ってください。（每個人拿兩個點心。）

毎日 10 ページずつ読みます。（每天讀十頁。）

解題 **24**　　　　　　　　　　　　　　　　　　　　　　答案 **(2)**

「ので／因為」表示原因、理由。接在「暗いので／因為很暗」之後的應是「電気をつけてください／請把電燈打開」

選項 1「(風が) 吹いて／(風) 吹」。

選項 3「(電気を) 消して／關掉 (電燈)」。

選項 4「(電車を) 降りて／下 (電車)」。

解題 **25**　　　　　　　　　　　　　　　　　　　　　　答案 **(1)**

「に」表示動作的對象、目標。

「水を入れるもの（水を入れる対象）／倒入水的物品（倒入水的對象）」

是選項 1 杯子。例句：

ノートに名前を書きます。（在筆記本寫上名字）

わたしは友達に電話をかけました。（我給朋友打了電話）

□ **26** あそこに　（　　　）　いるのは、なんと　いう　はなですか。

1　ないて　　　　　　　　　2　とって

3　さいて　　　　　　　　　4　なって

譯〉（　　　　）在那裡的是什麼花？

　　1　叫　　　　　　　　　2　拿
　　3　開　　　　　　　　　4　成為

□ **27** いもうとは　かぜを　（　　　）　ねて　います。

1　ひいて　　　　　　　　　2　ふいて

3　きいて　　　　　　　　　4　かかって

譯〉我妹妹感冒了，正在睡覺。

　　1　感染　　　　　　　　　2　擦拭
　　3　聽到　　　　　　　　　4　花費

□ **28** ことし、みかんの　木に　はじめて　みかんが　（　　　）　なりました。

1　よっつ　　　　　　　　　2　いつつ

3　むっつ　　　　　　　　　4　ななつ

譯〉今年的橘子樹上第一次結了（　　　）橘子。

　　1　四個　　　　　　　　　2　五個
　　3　六個　　　　　　　　　4　七個

(解題)**26**　　　　　　　　　　　　　　　　　　　　(答案)**(3)**

接在「花／花」後面的動詞是「咲く／開」。

題目是由「あそこに咲いているのは、○○という花です／那裡綻放的是
○○這種花。」這個句子改寫成詢問「○○」的疑問句。

※「～という（名詞）」是表示人、物、地點的名字的說法。例句：

「淡路島という島…／淡路島這座島…」

「キムさんという人…／金先生這個人…」

※ 請注意存在的地方用「に」，動作的地方用「で」。

あそこに花が咲いています。　（那邊的花正綻放著）＜存在＞

壁に写真が貼ってあります。　（照片貼在牆壁上）

あそこで鳥が鳴いています。　（那裡的鳥兒正在啼鳴）＜動作＞

公園で子供が遊んでいます。　（孩子在公園裡玩耍）

(解題)**27**　　　　　　　　　　　　　　　　　　　　(答案)**(1)**

接在「風邪を／感冒」後面的是「ひきます／感染」。

選項2「（風が）吹きます／（風）吹」。

選項4「（風邪に）かかります／感染（感冒）」。

※ 病気にかかります（生病）／病気になります（生病）

(解題)**28**　　　　　　　　　　　　　　　　　　　　(答案)**(4)**

把量詞「～つ／個」的計算方法記下來吧！

ひとつ（一個）、ふたつ（兩個）、みっつ（三個）、よっつ（四個）、
いつつ（五個）、むっつ（六個）、ななつ（七個）、やっつ（八個）、
ここのつ（九個）、とお（十個）

翻譯與解題

◎問題 4　選項中有和＿＿＿意思相近的句子。請從選項１・２・３・４中選出一個
　　　　最適合的答案。

□ **29** まいにち　だいがくの　しょくどうで　ひるごはんを　たべます。

　　1　いつも　あさごはんは　だいがくの　しょくどうで　たべます。

　　2　いつも　ひるごはんは　だいがくの　しょくどうで　たべます。

　　3　いつも　ゆうごはんは　だいがくの　しょくどうで　たべます。

　　4　いつも　だいがくの　しょくどうで　しょくじを　します。

　　譯▷ 每天都在大學的餐廳吃午餐。
　　　　1　總是在大學的餐廳吃早餐。
　　　　2　總是在大學的餐廳吃午餐。
　　　　3　總是在大學的餐廳吃晚餐。
　　　　4　總是在大學的餐廳吃飯。

□ **30** あなたの　いもうとは　いくつですか。

　　1　あなたの　いもうとは　どこに　いますか。

　　2　あなたの　いもうとは　なんねんせいですか。

　　3　あなたの　いもうとは　なんさいですか。

　　4　あなたの　いもうとは　かわいいですか。

　　譯▷ 你妹妹幾歲？
　　　　1　你妹妹在哪裡？
　　　　2　你妹妹幾年級？
　　　　3　你妹妹幾歲？
　　　　4　你妹妹很可愛嗎？

□ **31** あねは　からだが　つよく　ないです。

　　1　あねは　からだが　じょうぶです。

　　2　あねは　からだが　ほそいです。

　　3　あねは　からだが　かるいです。

　　4　あねは　からだが　よわいです。

　　譯▷ 姐姐的身體不好。
　　　　1　姐姐身體很健康。
　　　　2　姐姐的身體很瘦。
　　　　3　姐姐的身體很輕
　　　　4　姐姐的身體很虛弱。

(解題) **29**　　　　　　　　　　　　　　　　　　　　　　　　(答案) **(2)**

題目是「昼ごはん／午餐」。
選項１「朝ごはん／早餐」不正確。選項３「夕ごはん／晩餐」不正確。
選項４雖然「食事／飯」沒有錯，但更接近題目意思的是選項２。

(解題) **30**　　　　　　　　　　　　　　　　　　　　　　　　(答案) **(3)**

「Ａさんはいくつですか」是詢問Ａ先生年紀的說法。和「何歳ですか」意
思相同。

(解題) **31**　　　　　　　　　　　　　　　　　　　　　　　　(答案) **(4)**

強い（強）⇔弱い（弱）
「強くないです／不強」是「強いです／強」的否定形，和「弱いです／弱」
意思大致相同。
選項１「丈夫な／結實」和「強い／強勁」的意思大致相同。如果是「丈
夫ではありません／不結實」則正確。選項２細い（細）⇔太い（粗）。選
項３軽い（輕）⇔重い（重）
※ 把形容詞的活用形記下來吧！
強いです（強）- 強くないです（不強）- 強かったです（以前很強）- 強
くなかったです（以前不強）

 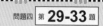

□ **32** 1ねん　まえの　はる　にほんに　きました。

1　ことしの　はる　にほんに　きました。

2　きょねんの　はる　にほんに　きました。

3　2ねん　まえの　はる　にほんに　きました。

4　おととしの　はる　にほんに　きました。

譯〉一年前的春天，我來到了日本。
1　今年春天我來到了日本。
2　去年春天我來到了日本。
3　兩年前的春天我來到了日本。
4　前年的春天我來到了日本。

□ **33** この　ほんを　かりたいです。

1　この　ほんを　かって　ください。

2　この　ほんを　かりて　ください。

3　この　ほんを　かして　ください。

4　この　ほんを　かりて　います。

譯〉我想借這本書。
1　請幫我買這本書。
2　請幫我借這本書。
3　請借我這本書。
4　我借下這本書了。

「１年前／一年前」和「去年／去年」意思相同。

※ 記下表示時間的説法吧！

おととい（前天）－きのう（昨天）－今日（今天）－明日（明天）－
あさって（後天）

おととし（前年）－去年（去年）－今年（今年）－来年（明年）－
さ来年（後年）

題目的「借りたいです」是「借ります」的ます形「借り」再加上「～たい
です」，是表示希望和期望的句型。「わたしはこの本を借りたいです／我
想借這本書」的主語（わたしは）被省略了。要向對方表達「（わたしは）
借りたいです／（我）想借」這種期望時，可以説「（あなたは）（わたしに）
貸してください／請（你）借給（我）」。「～てください」是拜託、請求
他人時的説法。

（わたしは）借りたいです／（我）想借→（あなたは）貸してください／
請（你）借給我

借ります（借入）⇔貸します（借出）

選項1「（あなたは）この本を買ってください／請（你）買這本書」←「（わ
たしは）この本を売りたいです／（我）想賣出這本書」

選項2「（あなたは）この本を借りてください／請（你）借走這本書」←
「（わたしは）この本を貸したいです／（我）想借出這本書」

選項4「この本を借りています／我借這本書」。「～ています」表示狀態。

例如：わたしは車を持っています。（我有車）

《第二回　全真模考》問題四

翻譯與解題

◎問題1　以下詞語的平假名為何？請從選項1・2・3・4中選出一個最適合填
　　　　入＿＿＿的答案。

□ **1** 　<ruby>長<rt>なが</rt></ruby>い　じかん　ねました。

　　1　みじかい　　　　　　　　　2　ながい

　　3　ひろい　　　　　　　　　　4　くろい

　譯〉我睡了很久。
　　　1　短　　　　　　　　　　　2　長
　　　3　寬廣　　　　　　　　　　4　黑

□ **2** 　あなたは　くだものでは　<ruby>何<rt>なに</rt></ruby>が　すきですか。

　　1　どれが　　　　　　　　　　2　なにが

　　3　これが　　　　　　　　　　4　なんが

　譯〉你喜歡什麼水果？
　　　1　哪一個　　　　　　　　　2　什麼
　　　3　這個　　　　　　　　　　4　✕

□ **3** 　わたしは　<ruby>自転車<rt>じ てんしゃ</rt></ruby>で　だいがくに　いきます。

　　1　じどうしゃ　　　　　　　　2　じてんしゃ

　　3　じてんしや　　　　　　　　4　じでんしゃ

　我騎自行車去大學校園。
　　　1　汽車　　　　　　　　　　2　自行車
　　　3　✕　　　　　　　　　　　4　✕

□ **4** 　うちの　ちかくに　きれいな　<ruby>川<rt>かわ</rt></ruby>が　あります。

　　1　かわ　　　　　　　　　　　2　かは

　　3　やま　　　　　　　　　　　4　うみ

　譯〉我家附近有一條美麗的河。
　　　1　河　　　　　　　　　　　2　✕
　　　3　山　　　　　　　　　　　4　海

(解題)1 　　　　　　　　　　　　　　　　　　　　　　　(答案)(2)

長＝チョウ／なが‐い。例句：

兄は足が長い。（哥哥的腳很長）

わたしの父は社長です。（我的爸爸是總經理）

選項1短い（短）⇔長い（長）。選項3広い（寬）。選項4黒い（黑）。

(解題)2 　　　　　　　　　　　　　　　　　　　　　　　(答案)(2)

何＝カ／なに・なん。例句：

何を飲みますか。（喝什麼？）、何語を話しますか。（說什麼語言？）

何時ですか。（幾點？）、これは何と読みますか（這個怎麼唸？）

※ 如果「何」後面接的是「た行・だ行・な行」，（例：何といいますか。／你說什麼？、何ですか。／這是什麼？、何の店ですか／是什麼店？），或是在問到像是"何歳（幾歲）、何時（幾點）、何回（幾次）"等等數目的情況下，則念「なん」。其他的情況念「なに」。

(解題)3 　　　　　　　　　　　　　　　　　　　　　　　(答案)(2)

自＝ジ・シ／みずか‐ら。例如：

自動車（汽車）、自分（自己）

転＝テン／ころ‐ぶ・ころ‐がる。例如：

運転（駕駛）

車＝シャ／くるま。例如：

電車（電車）、駐車場（停車場）

(解題)4 　　　　　　　　　　　　　　　　　　　　　　　(答案)(1)

川＝セン／かわ

選項3山。選項4海。

□ **5** はこに　おかしが　<u>五つ</u>　はいって　います。

1　ごつ　　　　　　　　　　　2　ごこつ

3　いつつ　　　　　　　　　　4　ごっつ

譯〉箱子裡有五塊餅乾。
　　1　×　　　　　　　　　　2　五個
　　3　五塊　　　　　　　　　4　×

□ **6** <u>出口</u>は　あちらです。

1　でるくち　　　　　　　　　2　いりぐち

3　でくち　　　　　　　　　　4　でぐち

譯〉出口在那邊。
　　1　×　　　　　　　　　　2　入口
　　3　×　　　　　　　　　　4　出口

□ **7** <u>大人</u>に　なったら、いろいろな　くにに　いきたいです。

1　おとな　　　　　　　　　　2　おおひと

3　たいじん　　　　　　　　　4　せいじん

譯〉長大之後，我想去很多國家遊歷。
　　1　大人　　　　　　　　　2　×
　　3　×　　　　　　　　　　4　成人

解題**5**

答案 (3)

五＝ゴ／いつ - つ。例句：

五時（五點）・五日（五日）

※ 把量詞「～つ／個」的計算方法記下來吧！

ひとつ（一個）、ふたつ（兩個）、みっつ（三個）、よっつ（四個）、

いつつ（五個）、むっつ（六個）、ななつ（七個）、やっつ（八個）、

ここのつ（九個）、とお（十個）

解題**6**

答案 (4)

出＝シュツ・スイ／で - る・だ - す。例句：

うちを出ます。（離開家門）

手紙を出します。（寄出信）

口＝コウ・ク／くち。例句：

口を大きく開けます。（盡量張開你的嘴巴）

※ 因為「口」之前有「出」，所以讀音從「くち」變成了「ぐち」。

解題**7**

答案 (1)

特殊念法「大人 (おとな) ／大人」

大＝タイ・ダイ／おお - きい。例如：

大切（たいせつ／重要）、大使館（たいしかん／大使館）

大学（だいがく／大學）、大丈夫（だいじょうぶ／沒問題）、

大好き（だいすき／最喜歡）

大きい（おおきい／大）、大勢（おおぜい／很多人）

人＝ジン・ニン／ひと。例句：

外国人（がいこくじん／外國人）、５人（ごにん／五位）、

あの人（あのひと／那個人）

※ 特殊念法：一人（ひとり／一人）、二人（ふたり／兩人）

※ 記下人數的念法吧！

一人（ひとり）、二人（ふたり）、三人（さんにん）、四人（よにん）、

五人（ごにん）、六人（ろくにん）、七人（しちにん／ななにん）、

八人（はちにん）、九人（きゅうにん／くにん）、十人（じゅうにん）

□ **8**　こたえは　**全部**　わかりました。

　　1　ぜんぶ　　　　　　　　　　2　ぜんたい

　　3　ぜいいん　　　　　　　　　4　ぜんいん

　　譯〉答案我全都知道了。
　　　　1　全部　　　　　　　　　2　全體
　　　　3　×　　　　　　　　　　4　全員

□ **9**　**暑い**　まいにちですが、おげんきですか。

　　1　さむい　　　　　　　　　　2　あつい

　　3　つめたい　　　　　　　　　4　こわい

　　譯〉又到了炎熱的季節，您最近好嗎？
　　　　1　冷　　　　　　　　　　2　熱
　　　　3　冰　　　　　　　　　　4　可怕

□ **10**　**今月**は　ほんを　３さつ　かいました。

　　1　きょう　　　　　　　　　　2　ことし

　　3　こんげつ　　　　　　　　　4　らいげつ

　　譯〉這個月買了三本書。
　　　　1　今天　　　　　　　　　2　今年
　　　　3　這個月　　　　　　　　4　下個月

全＝ゼン／まった - く・すべ - て
部＝ブ
※ 特殊念法：部屋（へや／房間）

暑＝ショ／あつ - い
選項1寒い（寒冷）⇔暑い（炎熱）。選項3冷たい（冷淡）。

今＝コン・キン／いま。例句：
今週（這星期）
今何時ですか。（現在幾點了？）
※ 特殊念法：今日（きょう／今天）、今朝（けさ／今天早上）、
今年（ことし／今年）
月＝ゲツ・ガツ／つき。例如：
月曜日（げつようび／星期一）、先月（せんげつ／上個月）、
一か月（いっかげつ／一個月）
三月三日（さんがつみっか／三月三日）
ひと月（ひとつき／一個月）

翻譯與解題

◎問題2　以下詞語應為何？請從選項1・2・3・4中選出一個最適合填入＿＿＿的答案。

□ **11** わたしは　ちいさな　<u>あぱーと</u>の　2かいに　すんで　います。

　　1　アパート　　　　　　　　2　アパト

　　3　アパトー　　　　　　　　4　アパアト

　　譯〉我住在狹小的公寓的二樓。
　　　　1　公寓　　　　　　　　2　×
　　　　3　×　　　　　　　　　4　×

□ **12** <u>ひとりで</u>　かいものに　いきました。

　　1　二人 <ruby>二人<rt>ふたり</rt></ruby>　　　　　　　　2　一人 <ruby>一人<rt>ひとり</rt></ruby>

　　3　一入　　　　　　　　　　4　日人

　　譯〉兩個人一起去購物了。
　　　　1　兩個人　　　　　　　2　一個人
　　　　3　×　　　　　　　　　4　×

□ **13** <u>まいにち</u>　おふろに　はいります。

　　1　毎目　　　　　　　　　　2　母見

　　3　母日　　　　　　　　　　4　<ruby>毎日<rt>まいにち</rt></ruby>

　　譯〉每天都會泡澡。
　　　　1　×　　　　　　　　　2　×
　　　　3　×　　　　　　　　　4　每天

□ **14** その　<u>くすり</u>は　ゆうはんの　あとに　のみます。

　　1　<ruby>葉<rt>は</rt></ruby>　　　　　　　　　　2　<ruby>薬<rt>くすり</rt></ruby>

　　3　<ruby>楽<rt>らく</rt></ruby>　　　　　　　　　　4　<ruby>草<rt>くさ</rt></ruby>

　　譯〉那種藥應於晚飯後服用。
　　　　1　葉子　　　　　　　　2　藥
　　　　3　輕鬆　　　　　　　　4　草

(解題)**11**　　　　　　　　　　　　　　　　　　　　(答案)**(1)**

公寓的寫法應為 "アパート"。

(解題)**12**　　　　　　　　　　　　　　　　　　　　(答案)**(2)**

一＝イチ・イツ／ひと・ひと-つ
※ 特殊念法：一日（一號）　一人（一個人）
人＝ジン・ニン／ひと
特殊念法「大人」（おとな／成人）
大＝タイ・ダイ／おお-きい。

(解題)**13**　　　　　　　　　　　　　　　　　　　　(答案)**(4)**

毎＝マイ。例如：
毎週（まいしゅう／每週）、毎年（まいとし／每年）
日＝ジツ・ニチ／か・ひ。例如：
日曜日（にちようび／星期日）、何日（なんにち／多少天）、
日本（にほん／日本）
先日（せんじつ／前一陣子）
その日（そのひ／那天）、火曜日（かようび／星期二）
三日（みっか／三號）、十日（とおか／十號）
※ 特殊念法：明日（あした／明天）、昨日（きのう／昨天）、
今日（きょう／今天）

(解題)**14**　　　　　　　　　　　　　　　　　　　　(答案)**(2)**

薬＝ヤク／くすり
選項1葉（ヨウ／は）。選項3楽（ガク・ラク／たの-しい）。
選項4草（ソウ／くさ）。

□ **15** ふゆに　なると　やまが　ゆきで　<u>しろく</u>　なります。

　　1　百く　　　　　　　　　　2　黒く

　　3　白く　　　　　　　　　　4　自く

　譯〉一到冬天，山就會被雪覆蓋成一片雪白。

　　　1　×　　　　　　　　　　2　黑

　　　3　白　　　　　　　　　　4　×

□ **16** <u>て</u>を　あげて　こたえました。

　　1　手　　　　　　　　　　2　牛

　　3　毛　　　　　　　　　　4　未

　譯〉我舉手回答了問題。

　　　1　手　　　　　　　　　　2　牛

　　　3　毛　　　　　　　　　　4　×

□ **17** ちちも　ははも　<u>げんき</u>です。

　　1　元木　　　　　　　　　　2　元本

　　3　見気　　　　　　　　　　4　元気

　譯〉爸爸和媽媽都很健康。

　　　1　×　　　　　　　　　　2　×

　　　3　×　　　　　　　　　　4　健康

□ **18** ごごから　<u>友</u>だちと　えいがに　行きます。

　　1　五後　　　　　　　　　　2　午後

　　3　後午　　　　　　　　　　4　五語

　譯〉下午要跟朋友一起去看電影。

　　　1　×　　　　　　　　　　2　下午

　　　3　×　　　　　　　　　　4　×

解題**15**　　　　　　　　　　　　　　　　　　答案 **(3)**

白＝ハク／しろ・しろ‐い
選項１百（ヒャク／もも）。選項２黒（コク／くろ・くろ‐い）。
選項３自（ジ／みずか‐ら）。

解題**16**　　　　　　　　　　　　　　　　　　答案 **(1)**

手＝シュ／て。例如：
右手（みぎて／右手）
※ 特殊念法：上手（じょうず／擅長）、下手（へた／拙劣）
選項２牛（牛）。選項３毛（毛）。

解題**17**　　　　　　　　　　　　　　　　　　答案 **(4)**

元＝ゲン・ガン／もと
気＝キ・ケ

解題**18**　　　　　　　　　　　　　　　　　　答案 **(2)**

午＝ゴ。例句：
午前（ごぜん／上午）
後＝コウ・ゴ／あと・うし‐ろ・おく‐れる・のち。例句：
また後で来ます。（我等會兒再來）
木の後ろにネコがいます。（樹後面有一隻貓）

◎問題3 （　　　）中的詞語應為何？請從選項1・2・3・4中選出一個最適
合填入（　　　）的答案。

□ **19** この　みせの　（　　　）は、とても　おいしいです。

1　はさみ　　　　　　　　　　2　えんぴつ

3　おもちゃ　　　　　　　　　4　パン

譯〉這家店的（　　　）非常好吃。
　　1　剪刀　　　　　　　　　2　鉛筆
　　3　玩具　　　　　　　　　4　麵包

□ **20** にくを　500（　　　）　かって、みんなで　たべました。

1　クラブ　　　　　　　　　　2　グラム

3　グラス　　　　　　　　　　4　リットル

譯〉買了500（　　　）的肉，和大家一起享用了。
　　1　夜店　　　　　　　　　2　公克
　　3　杯子　　　　　　　　　4　公升

□ **21**　ふうとうに　きってを　はって、（　　　）に　いれました。

1　ドア　　　　　　　　　　　2　げんかん

3　ポスト　　　　　　　　　　4　はがき

譯〉在信封貼上郵票，投進（　　　）裡了。
　　1　門　　　　　　　　　　2　門口
　　3　郵筒　　　　　　　　　4　明信片

□ **22** あには　おんがくを　（　　　）　べんきょうします。

1　ききながら　　　　　　　　2　うちながら

3　あそびながら　　　　　　　4　ふきながら

譯〉我哥（　　　）音樂邊唸書。
　　1　邊聽　　　　　　　　　2　邊打
　　3　邊玩　　　　　　　　　4　邊吹

(解題)**19**　　　　　　　　　　　　　　　　　　　　　　　(答案) **(4)**

因為題目是「とてもおいしいです／非常好吃」，所以（　　）應填食物。

(解題)**20**　　　　　　　　　　　　　　　　　　　　　　　(答案) **(2)**

重量的單位。500 g（公克）

※1000g ＝ 1 kg（公斤／公斤）

※ 長度的單位：m（米、公尺）、km（公里）

(解題)**21**　　　　　　　　　　　　　　　　　　　　　　　(答案) **(3)**

因為題目提到「封筒に切手を貼って／在信封上貼郵票」，由此可知這是
指信紙。因此答案為可以投入信紙的郵筒。

(解題)**22**　　　　　　　　　　　　　　　　　　　　　　　(答案) **(1)**

接在「音楽を／音樂」之後的是「聞きます／聽」。

※ 因為「遊びます／玩」是自動詞，因此不會寫成「～を遊びます／玩～」
的句型（不接目的語）。應寫作「歌を歌って遊びます／玩歌唱遊戲」或「お
もちゃで遊びます／玩玩具」。

※「（動詞ます形）ながら／一邊～一邊～」表示一個人同時進行兩個動作。

□ **23** おひるに　なったので、（　　　　）を　たべました。

1　さら　　　　　　　　　　　　2　ゆうはん

3　おべんとう　　　　　　　　　4　テーブル

譯〉因為午休時間到了，所以我吃了（　　　　）。
    1　盤子　　　　　　　　　2　晚餐
    3　便當　　　　　　　　　4　桌子

□ **24** また　（　　　　）の　にちようびに　あいましょう。

1　らいねん　　　　　　　　　　2　きょねん

3　きのう　　　　　　　　　　　4　らいしゅう

譯〉（　　　　）的星期日再見面吧。
    1　明年　　　　　　　　　2　去年
    3　昨天　　　　　　　　　4　下週

□ **25** この　（　　　　）は　とても　あついです。

1　おちゃ　　　　　　　　　　　2　みず

3　ネクタイ　　　　　　　　　　4　えいが

譯〉這杯（　　　　）很燙。
    1　茶　　　　　　　　　　2　涼水
    3　領帶　　　　　　　　　4　電影

解題**23**

題目提到「～を食べました／吃～」，由此可知（　　）是食物。因為題目中有「お昼に／中午」，所以選項2「夕飯（＝晩ご飯）／晚餐（＝晚飯）」不合文意。選項3「お弁当／便當」是正確答案。選項1「皿／盤」是計算菜品的量詞，例如"ひと皿（一盤）、ふた皿（兩盤）"…。「皿を食べる／吃盤子」的句子不合邏輯。

解題**24**

因為題目寫到「また…ましょう／再…吧！」，由此可知談論的是關於未來的話題。選項2去年和選項3昨日都是過去的事，因此不正確。因為題目提到「（　　）の日曜日に／（　　）的星期日」，所以選項1来年（明年）的說法很不自然。

※「（動詞ます形）ましょう」是邀請對方的說法。"また"也可以作為被他人邀請時的回答。例句：

早く帰りましょう。（早點回去吧！）

Ａ：明日、公園へ行きませんか。（Ａ：明天要去公園嗎？）

Ｂ：いいですね、行きましょう。（Ｂ：不錯耶，就去公園吧！）

解題**25**

接在「あつい／熱」之後的應是選項1お茶（茶）。

因為和「あつい／熱」這個形容詞同音異義的詞語有「熱い／熱」「暑い／熱」「厚い／厚」這三個，所以在答題時請小心。茶等飲品用「熱い／熱」來形容。

選項3ネクタイ（領帶）和4映画（電影）不會用「あつい／熱」這個形容詞來形容。選項2水雖然有「冷たい水／冷水」的說法，但水溫高時不會說「熱い水」，而應該說「熱いお湯／熱水」。

※「熱い／熱」「暑い／熱」「厚い／厚」的例子：熱いコーヒー（熱咖啡）、暑い夏（炎夏）、厚い本（厚重的書）

□ **26** かべに　ばらの　えが　（　　　）　います。

1　かけて 　　　　　　　　2　さがって

3　かかって 　　　　　　　4　かざって

譯〉牆壁上（　　　　）玫瑰花的畫。
　　1　掛著 　　　　　　　　2　下降
　　3　掛著 　　　　　　　　4　裝飾著

□ **27** もんの　（　　　）で　子どもたちが　あそんで　います。

1　まえ 　　　　　　　　　2　うえ

3　した 　　　　　　　　　4　どこ

譯〉孩子們在門（　　　）玩耍。
　　1　前 　　　　　　　　　2　上
　　3　下 　　　　　　　　　4　哪裡

□ **28** としょかんで　ほんを　（　　　）　かりました。

1　さんまい 　　　　　　　2　さんぼん

3　みっつ 　　　　　　　　4　さんさつ

譯〉在圖書館借了（　　　）書。
　　1　三張 　　　　　　　　2　三本
　　3　三個 　　　　　　　　4　三冊

(解題)26 (答案)(3)

「（自動詞て形）います」表示動作的結果持續的狀態，是説明眼前能看見的狀況的説法。「かかります／掛」是自動詞，與之對應的他動詞是「かけます／掛」。例句：

電気が消えています。（電燈熄滅了）

窓が開いています。（窗戶打開了）

この時計は止まっています。（這個時鐘停了）

※「ばら／玫瑰」是一種花的名稱。

選項1「かけます／掛」是他動詞。如果是「壁にばらの絵がかけてあります／牆上掛著一幅玫瑰的畫」則正確。

選項2「壁に絵がさがっています」的説法不正確。

選項4「飾ります／裝飾」是他動詞。如果是「壁に薔薇の絵が飾ってあります／牆上裝飾著一幅玫瑰的畫」則正確。

(解題)27 (答案)(1)

門の前（門前）

選項2上。選項3下。

選項4「どこ／哪裡」用於詢問地點的時候。例句：

トイレはどこですか。（廁所在哪裡？）

(解題)28 (答案)(4)

書本的數量用「～冊／本」來計算。

※ 記下這些物品的量詞吧！

書、雑誌：～冊（本）

明信片、ＣＤ：～枚（張）

鉛筆、刀子：～本（支）

柑橘、香皂：～こ、～つ（個）

◎問題４　選項中有和＿＿＿意思相近的句子。請從選項１・２・３・４中選出一個最適合的答案。

□ **29** わたしの　だいがくは　すぐ　そこです。

　　1　わたしの　だいがくは　すこし　とおいです。

　　2　わたしの　だいがくは　すぐ　ちかくです。

　　3　わたしの　だいがくは　かなり　とおいです。

　　4　わたしの　だいがくは　この　さきです。

　譯〉我的大學就在這附近。
　　　1　我的大學有點遠。
　　　2　我的大學很近。
　　　3　我的大學非常遠。
　　　4　我的大學就在前面。

□ **30** わたしは　まいばん　11 じに　やすみます。

　　1　わたしは　あさは　ときどき　11 じに　ねます。

　　2　わたしは　よるは　ときどき　11 じに　ねます。

　　3　わたしは　よるは　いつも　11 じに　ねます。

　　4　わたしは　あさは　いつも　11 じに　ねます。

　譯〉我每天晚上都是 11 點睡覺。
　　　1　我偶而會早上 11 點睡覺。
　　　2　我偶而會晚上 11 點睡覺。
　　　3　我總是晚上 11 點睡覺。
　　　4　我總是早上 11 點睡覺。

解題**29**　　　　　　　　　　　　　　　　　　　　答案 **(2)**

副詞「すぐ／馬上」表示時間或距離短的樣子。「そこ」是指對方所在的地方，或是指與自己和對方都有點距離的地方。「すぐそこ／就在那裡」是用於想表達「近い／近」時的說法。「すぐ近く／就在那裡」也是相同的意思。

※「ここ／這裡」→自己所在的地方。

「そこ／那裡」→對方所在的地方，或是與自己和對方都有點距離的地方。

「あそこ／那裡」→距離雙方都有距離的地方。

※「すぐ／馬上、很近」。例句：

すぐ来てください。（請馬上過來）＜時間＞

もうすぐ５時です。（就快要五點了）＜時間＞

銀行は駅からすぐです。（銀行就在車站附近）＜場所＞

選項１「少し遠いです／有一點遠」是想表達「近くない／不近」時的說法。

選項３「かなり／相當」≒「ずいぶん／非常」，這也是用於表達「遠い／遠」的說法。

選項４「この先です」並非指距離，而是指位於哪裡，表達「行き方／路線」的說法，也就是「この道の先にあります／就位於這條路的前方」的意思。這與「大学は公園の隣です／大學在公園附近」或「大学は駅の近くです／大學在車站附近」的意思相同。

解題**30**　　　　　　　　　　　　　　　　　　　　答案 **(3)**

「晩／晚上」和「夜／夜晚」意思相同。

毎晩（每天晚上）＝毎日の晩（每天的晚上）＝夜はいつも（晚上總是）

※用「休みます／休息」表達「寝ます／睡覺」的意思。→「お休みなさい／晚安」。

□ 31　スケートは　まだ　じょうずでは　ありません。

1　スケートは　やっと　じょうずに　なりました。

2　スケートは　まだ　すきに　なれません。

3　スケートは　また　へたに　なりました。

4　スケートは　まだ　へたです。

譯〉我的溜冰技術還不太高明。

1　我總算很會溜冰了。

2　我還沒辦法喜歡上溜冰。

3　我的溜冰技術又變差了。

4　我的溜冰技術還很差。

□ 32　おととし　とうきょうで　あいましたね。

1　ことし　とうきょうで　あいましたね。

2　2ねんまえ　とうきょうで　あいましたね。

3　3ねんまえ　とうきょうで　あいましたね。

4　1ねんまえ　とうきょうで　あいましたね。

譯〉前年我們在東京見過面吧。

1　今年我們在東京見過面吧。

2　兩年前我們在東京見過面吧。

3　三年前我們在東京見過面吧。

4　一年前我們在東京見過面吧。

上手（擅長）⇔下手（笨拙）

「上手ではありません／不擅長」是「上手です／擅長」的否定形。和「下手です／拙劣」意思相同。

「まだ…ません／…還沒」表示還沒結束的情形。表達"雖然預測接下來會變得擅長，但是現在並不擅長"的情形。

選項1因為是「じょうずになりました／變得擅長了」，所以不正確。

選項2「好きになれません／沒有喜歡上」→因為「好き／喜歡」和「上手／擅長」沒有關係，所以不正確。

選項3「下手になりました／變得拙劣」→「（形容動詞）になります／變得」表示人或物的變化。題目用「上手ではありません／不擅長」表達現在的情況，因此不正確。

※（形容詞）くなります（變得）

（形容動詞）になります（變得）

（名詞）になります（變得）

→表示人或物的變化。例句：

12月です。寒くなりました。（12月了。天氣變冷了。）＜形容詞＞

この町は便利になりました。（這座城鎮的生活變得便利許多。）＜形容動詞＞

父は病気になりました。（爸爸生病了。）＜名詞＞

「おととし／前年」是「2年前／兩年前」的意思。

※ 把表示時間的說法記下來吧！

おととし（前年）- 去年（去年）- 今年（今年）- 来年（明年）- さ来年（後年）

おととい（前天）- きのう（昨天）- 今日（今天）- 明日（明天）- あさって（後天）

☐ **33** まだ　あかるい　ときに　いえを　でました。

　　1　くらく　なる　まえに　いえを　でました。

　　2　おくれないで　いえを　でました。

　　3　まだ　あかるいので　いえを　でました。

　　4　くらく　なったので　いえを　でました。

譯〉趁天還亮著的時候就出門了。

　　　1　趁天色暗下來之前就出門了。

　　　2　趁還沒遲到的時候就出門了。

　　　3　因為天還亮著，所以出門了。

　　　4　因為天色變暗了，所以出門了。

題目的「まだ明るいとき／在天還亮著時」是指「この後暗くなるが、今は
明るい／之後天就會暗下來了，但是現在還亮著」的狀況。和選項 1「暗く
なる前／在天暗下來之前」指的是同一件事。

「まだ明るいとき／趁天還亮著時」的「まだ／還」用於表達（之後會產生
變化，但現在）仍維持同樣的狀況，並沒有變化。例句：

4月なのにまだ寒いですね。（明明已經四月了卻還是這麼冷啊）

兄はまだ寝ています。（哥哥還在睡覺）

まだ教室にいる人はすぐに帰りなさい。（還待在教室裡的人請趕快回家）

選項 1「暗くなる前に」是「（形容詞）くなります」接上「（動詞辞書形）
前に」的句型。

「（形容詞）くなります」表示變化。

「（動詞辞書形）前に」表示兩件事情中哪件事要先進行（先後順序）。

選項 2「遅れないで／趁還沒有遲到的時候」是「予定の時間に／趕在預定
時間之內」的意思，和「明るいときに／趁天還亮著的時候」意思不同。

選項 3、4 因為提到「…ので／因為」，但選項內容和出家門並沒有因果關
係，所以不正確。

極めろ！
日本語能力試験

新制日檢！絕對合格 N3,N4,N5 單字全真模考三回 + 詳解

JAPANESE TESTING

LEVEL

N4

第1回

言語知識（文字・語彙）

もんだい1 ＿＿の ことばは ひらがなで どう かきますか。1・2・3・4から いちばん いい ものを ひとつ えらんで ください。

（例） <u>春</u>に なると さくらが さきます。

　　1 はる　　　　2 なつ　　　　3 あき　　　　4 ふゆ

　　（かいとうようし）　| （例） | ● ② ③ ④ |

---

1 あの <u>森</u>まで あるいて いきます。

　　1 はやし　　　2 もり　　　　3 いえ　　　　4 き

2 かみを <u>半分</u>に おります。

　　1 はんぶん　　2 はふん　　　3 はぶん　　　4 はんふん

3 山の 中に <u>湖</u>が あります。

　　1 うみ　　　　2 みずうみ　　3 みなと　　　4 いけ

4 小学生 <u>以下</u>は お金を はらわなくて いいです。

　　1 いか　　　　2 いじょう　　3 まで　　　　4 した

5 <u>安全</u>な ところで あそびます。

　　1 あんしん　　2 あんぜん　　3 かんぜん　　4 かんしん

6 何度も <u>失敗</u> しました。

　　1 しつぱい　　2 しっはい　　3 しっぱい　　4 しつはい

Check □1 □2 □3

7 自分の 意見を 言います。

1 いみ　　　　2 いげん　　　3 かんじ　　　4 いけん

8 明日から 旅行に 行きます。

1 りゅこう　　2 りょこお　　3 りょこう　　4 りよこ

9 エレベーターの 前の 白い ドアから 入って ください。

1 みぎ　　　　2 まえ　　　　3 ひだり　　　4 うしろ

もんだい2 ＿＿の ことばは どう かきますか。1・2・3・4から
いちばん いい ものを ひとつ えらんで ください。

(例) 毎日、この 道を とおります。

1 返ります 2 通ります 3 送ります 4 運ります

（かいとうようし） | (例) | ① ● ③ ④ |

---

10 かれは とおい 国から 来ました。

1 遠い 2 近い 3 遠い 4 赾い

11 白い かみに 字を かきます。

1 糸 2 紙 3 氏 4 終

12 おいわいの てがみを もらいました。

1 お祝い 2 お祝い 3 お社い 4 お祝い

13 あには 新しい 薬の けんきゅうを して います。

1 研急 2 㓝究 3 研究 4 㓝急

14 やっと しごとが おわりました。

1 終りました 2 終はりました 3 終わいました 4 終わりました

15 おいしい パンを かって きました。

1 買って 2 売って 3 勝って 4 変って

もんだい3 （　　　　）に なにを いれますか。1・2・3・4から い
ちばん いい ものを ひとつ えらんで ください。

(例) わからない ことばは、（　　　　）を 引きます。

　　1　ほん　　　　2　せんせい　　3　じしょ　　　　4　がっこう

(かいとうようし)　| (例) | ① ② ● ④ |

16　かさが ないので、雨が （　　　　）まで 待ちましょう。

　1　かたまる　　　2　とまる　　　3　ふる　　　　　4　やむ

17　にゅういんちゅうの 友だちの （　　　　）に いきました。

　1　おみやげ　　　2　おみまい　　3　おれい　　　4　おつり

18　おとうとが 小学校に （　　　　）しました。

　1　にゅういん　　2　にゅうがく　3　ひっこし　　4　そつぎょう

19　うみの そばの ホテルを （　　　　）しました。

　1　よやく　　　　2　よしゅう　　3　あいさつ　　4　じゆう

20　へやを （　　　　）、きれいに しましょう。

　1　かたづけて　　2　すてて　　　3　さがして　　4　まぜて

21　英語が 話せるように なったのは、（　　　　）です。

　1　さいしょ　　　2　さいきん　　3　さいご　　　4　さいしゅう

22　みんなで、山に 木を （　　　　）。

　1　いれました　　2　まきました　3　うちました　4　うえました

23 かいじょうに 人が （　　　） あつまって きました。

　1 つるつる　　　2 どんどん　　3 さらさら　　4 とんとん

24 この 中から ひとつを （　　　） ください。

　1 えらんで　　　2 あつめて　　3 くらべて　　4 して

もんだい4 ＿＿の ぶんと だいたい おなじ いみの ぶんが あ
ります。1・2・3・4から いちばん いい ものを
ひとつ えらんで ください。

(例) おとうとは 先生に ほめられました。

　　1 先生は おとうとに 「よく できたね」と 言いました。

　　2 先生は おとうとに 「こまったね」と 言いました。

　　3 先生は おとうとに 「気を つけろ」と 言いました。

　　4 先生は おとうとに 「もう いいかい」と 言いました。

(かいとうようし)　　● ② ③ ④

25 でんしゃが えきを しゅっぱつしました。

　1 でんしゃが えきに とまりました。

　2 でんしゃが えきを 出ました。

　3 でんしゃが えきに つきました。

　4 でんしゃが えきを とおりました。

26 りょこうの けいかくを 立てて います。

　1 りょこうに 行く よていは ありません。

　2 りょこうに 行くと きいて います。

　3 りょこうに 行った ことを おもいだして います。

　4 りょこうの よていを かんがえて います。

27 おたくは　どちらですか。

1　あなたは　どこに　行きたいのですか。

2　あなたの　いえに　行っても　いいですか。

3　あなたの　いえは　どこですか。

4　あなたに　ききたい　ことが　あります。

28 テレビが　こしょうして　しまいました。

1　テレビが　なく　なって　しまいました。

2　テレビが　みられなく　なって　しまいました。

3　テレビが　かえなく　なって　しまいました。

4　テレビが　きらいに　なって　しまいました。

29 あねは、とても　うまく　うたを　うたいます。

1　あねは、とても　じょうずに　うたを　うたいます。

2　あねは、とても　たのしそうに　うたを　うたいます。

3　あねは、とても　たかい　こえで　うたを　うたいます。

4　あねは、とても　うるさく　うたを　うたいます。

もんだい5　つぎの　ことばの　つかいかたで　いちばん　いい　もの
　　　　　を　1・2・3・4から　ひとつ　えらんで　ください。

（例）こわい

　　1　へやが　くらいので、こわくて　入れません。

　　2　足が　こわくて　もう　走れません。

　　3　外は　こわくて　かぜを　ひきそうです。

　　4　この　パンは　こわくて　おいしいです。

（かいとうようし）　| (例) | ● ② ③ ④ |

30　つれる

　1　かばんを　つれて　きょうしつに　はいりました。

　2　先生を　つれて　べんきょうを　しました。

　3　犬を　つれて　さんぽを　しました。

　4　ごみを　つれて　すてました。

31　あんない

　1　何回も　よんで、その　ことばを　あんないしました。

　2　パソコンで　その　いみを　あんないしました。

　3　あなたに　いもうとを　あんないします。

　4　大学の　中を　あんないしました。

32　そだてる

　1　大きな　たてものを　そだてました。

　2　子どもを　きびしく　そだてました。

　3　にわの　花に　水を　そだてました。

　4　はたらいて　お金を　そだてました。

33 やわらかい

　1 <u>やわらかい</u>　ふとんで　ねました。

　2 <u>やわらかい</u>　べんきょうを　しました。

　3 <u>やわらかい</u>　川が　ながれて　います。

　4 <u>やわらかい</u>　山に　のぼりました。

34 おる

　1 パンを　おさらに　<u>おりました</u>。

　2 木の　えだを　<u>おりました</u>。

　3 ちゃわんを　おとして　<u>おって</u>　しまいました。

　4 せんたくした　シャツを　<u>おって</u>、かたづけました。

MEMO

第2回

言語知識（文字・語彙）

もんだい1 ＿＿の ことばは ひらがなで どう かきますか。1・2・3・4から いちばん いい ものを ひとつ えらんで ください。

（例）春に なると さくらが さきます。

1　はる　　　2　なつ　　　　3　あき　　　　4　ふゆ

（かいとうようし）　| （例） | ● ② ③ ④ |

---

1 早く 医者に 行った ほうが いいですよ。

1　いしや　　2　いし　　　3　いしゃ　　　4　せんせい

2 ごご、えいごの 授業が あります。

1　じゅぎょう　2　こうぎ　　　3　べんきょう　4　せつめい

3 水道の みずを のみます。

1　すいとう　　2　すいと　　3　すうどう　　4　すいどう

4 会社の 受付に きて ください。

1　うけつき　　2　うけつけ　　3　いりぐち　　4　げんかん

5 夫は ぎんこうで はたらいて います。

1　おとうと　　2　おっと　　3　あに　　　4　つま

6 大学で 経済の べんきょうを して います。

  1 けいさい　　2 けいけん　　3 けいざい　　4 れきし

7 わたしには 関係が ない ことです。

  1 かんけい　　2 かいけい　　3 かんけ　　4 かいかん

8 朝 出かける まえに 鏡を 見ます。

  1 かかみ　　2 すがた　　3 かお　　4 かがみ

9 かれは この国で 有名な 人です。

  1 ゆうめい　　2 ゆめい　　3 ゆうかん　　4 ゆうめ

もんだい2 ＿＿の ことばは どう かきますか。1・2・3・4から
いちばん いい ものを ひとつ えらんで ください。

(例) 毎日、この 道を とおります。

　　1 返ります　2 通ります　　3 送ります　　4 運ります

　　(かいとうようし)　| (例) | ① ● ③ ④ |

---

10 二つの はこの 大きさを くらべて みましょう。

　1 北べて　　　　2 比べて　　　　3 並べて　　　　4 毘べて

11 母は 近くの スーパーで しごとを して います。

　1 仕事　　　　　2 士事　　　　　3 仕事　　　　　4 仕事

12 かった 本を さいしょから 読みました。

　1 最初　　　　　2 先初　　　　　3 最始　　　　　4 最初

13 ここに ごみを すてないで ください。

　1 拾て　　　　　2 捨て　　　　　3 放て　　　　　4 落て

14 毎朝、つめたい 水で 顔を あらいます。

　1 冷い　　　　　2 冷たい　　　　3 令い　　　　　4 令たい

15 子どもは いえの そとで あそびます。

　1 外　　　　　　2 中　　　　　　3 表　　　　　　4 夕

もんだい3 （　　　）に　なにを　いれますか。1・2・3・4から
　　　　　　いちばん　いい　ものを　ひとつ　えらんで　ください。

(例) わからない　ことばは、（　　　）を　引きます。
　　　1　ほん　　　　2　せんせい　　3　じしょ　　　　4　がっこう

　　(かいとうようし) | (例) | ① ② ● ④

16　歩いて　いて、金色の　ゆびわを　（　　　）ました。
　1　うり　　　　　2　ひろい　　　3　もち　　　　　4　たし

17　パソコンの　つかいかたを　（　　　）して　もらいました。
　1　けんきゅう　2　しょうかい　3　せつめい　　　4　じゅんび

18　せきが　（　　　）ので、すわりましょう。
　1　すいた　　　　2　うごいた　　3　かえた　　　　4　あいた

19　かいだんから　おちて　（　　　）を　しました。
　1　けが　　　　　2　ほね　　　　3　むり　　　　　4　けいけん

20　山田さんは　歌が　とても　（　　　）ので、　おどろきました。
　1　あまい　　　　2　とおい　　　3　うまい　　　　4　ふかい

21　学校に　行くには　電車を　（　　　）なければ　なりません。
　1　とりかえ　　　2　のりかえ　　3　まちがえ　　　4　ぬりかえ

22　先生が　くると　せいとたちは　（　　　）しずかに　なりました。
　1　はっきり　　　2　なるべく　　3　あまり　　　　4　きゅうに

23 どろぼうは　けいかんに　おいかけられて　（　　　）　いきました。

1　なげて　　　　2　とめて　　　　3　にげて　　　　4　ぬれて

24 5階に　ある　お店には　（　　　）で　上がります。

1　エスカレーター　　　　　　2　ストーカー

3　コンサート　　　　　　　　4　スクリーン

もんだい4 ＿＿の ぶんと だいたい おなじ いみの ぶんが あ
　　　　 ります。1・2・3・4から いちばん いい ものを
　　　　 ひとつ えらんで ください。

(例) おとうとは 先生に ほめられました。

　　1　先生は おとうとに 「よく できたね」と 言いました。

　　2　先生は おとうとに 「こまったね」と 言いました。

　　3　先生は おとうとに 「気を つけろ」と 言いました。

　　4　先生は おとうとに 「もう いいかい」と 言いました。

(かいとうようし)　　

25　でんしゃは すいています。

　　1　でんしゃの 中には せきが ぜんぜん ありません。

　　2　でんしゃの 中には すこしだけ 人が います。

　　3　でんしゃの 中は 人で いっぱいです。

　　4　でんしゃの 中は 空気が わるいです。

26　中村さんは テニスの 初心者です。

　　1　中村さんは テニスが とても うまいです。

　　2　中村さんは テニスを する つもりは ありません。

　　3　中村さんは さいきん テニスを 習いはじめました。

　　4　中村さんは テニスが とても すきです。

27 山田さんは　昨日　友だちの　いえを　たずねました。

1　山田さんは　昨日　友だちに　あいました。

2　山田さんは　昨日　友だちに　でんわを　しました。

3　山田さんは　昨日　友だちの　いえを　さがしました。

4　山田さんは　昨日　友だちの　いえに　行きました。

28 車は　通行止めに　なって　います。

1　車だけ　通れる　ように　なって　います。

2　車を　止めて　おく　ところが　あります。

3　車は　通れなく　なって　います。

4　車が　たくさん　通って　います。

29 わたしは　先生に　しかられました。

1　先生は　わたしに　「きそくを　まもりなさい」と　言いました。

2　先生は　わたしに　「がんばったね」と　言いました。

3　先生は　わたしに　「からだに　気を　つけて」と　言いました。

4　先生は　わたしに　「どうも　ありがとう」と　言いました。

もんだい5 つぎの ことばの つかいかたで いちばん いい ものを 1・2・3・4から ひとつ えらんで ください。

(例) こわい

　1　へやが くらいので、こわくて 入れません。

　2　足が こわくて もう 走れません。

　3　外は こわくて かぜを ひきそうです。

　4　この パンは こわくて おいしいです。

(かいとうようし)　(例)　● ② ③ ④

---

[30] こまかい

　1　かのじょは こまかい うでを して います。

　2　ノートに こまかい 字が ならんで います。

　3　公園で こまかい 子どもが あそんで います。

　4　こまかい 時間ですが、楽しんで ください。

[31] かんたん

　1　ハンバーグの かんたんな 作り方を 教えます。

　2　この りょうりは かんたんな 時間で できます。

　3　あすは かんたんな 天気に なるでしょう。

　4　ここは むかし、かんたんな 町でした。

32 ほぞん

　1　すぐに　けが人を　<u>ほぞん</u>します。

　2　教室の　かぎは　先生が　<u>ほぞん</u>して　います。

　3　この　おかしは、れいぞうこで　<u>ほぞん</u>して　ください。

　4　その　もんだいは　<u>ほぞん</u>に　なって　います。

33 ひらく

　1　へやを　<u>ひらいて</u>　きれいに　しました。

　2　ケーキを　<u>ひらいて</u>　おさらに　入れました。

　3　テレビを　<u>ひらいて</u>　ニュースを　見ました。

　4　テキストの　15ページを　<u>ひらいて</u>　ください。

34 しばらく

　1　つぎの　電車が　<u>しばらく</u>　来ます。

　2　この　雨は　<u>しばらく</u>　やみません。

　3　長い　冬が　<u>しばらく</u>　終わりました。

　4　きょうの　しあいは　<u>しばらく</u>　まけました。

MEMO

答對：
／34題

第3回

言語知識（文字・語彙）

もんだい1　＿＿の　ことばは　ひらがなで　どう　かきますか。1・2・3・4から　いちばん　いい　ものを　ひとつ　えらんで　ください。

（例）春に　なると　さくらが　さきます。

　　1　はる　　　　2　なつ　　　　3　あき　　　　4　ふゆ

　　（かいとうようし）　| (例) | ● ② ③ ④ |

1　月が　とても　きれいです。

　1　はな　　　　2　つき　　　　3　ほし　　　　4　そら

2　わたしの　妻は　がっこうの　先生です。

　1　おつと　　　2　まつ　　　　3　おっと　　　4　つま

3　会場には　バスで　行きます。

　1　かいじよう　2　かいじょお　3　かいじょう　4　ばしょ

4　世界には　たくさんの　国が　あります。

　1　せかい　　　2　せいかい　　3　ちず　　　　4　せえかい

5　立派な　いえが　ならんで　います。

　1　りゅうは　　2　りゅうぱ　　3　りっは　　　4　りっぱ

6　母の　力に　なりたいと　思います。

　1　たより　　　2　りき　　　　3　ちから　　　4　たすけ

Check □1 □2 □3

7 車に　注意して　あるきなさい。

　1　きけん　　　2　ちゅうい　　　3　あんぜん　　　4　ちゅうもん

8 あなたの　お母さんは　若く　見えます。

　1　わかく　　　2　こわく　　　3　きびしく　　　4　やさしく

9 わたしの　趣味は　ほしを　見る　ことです。

　1　きょうみ　　2　しゅみ　　　3　きようみ　　　4　しゆみ

もんだい2 ＿＿の ことばは どう かきますか。1・2・3・4か ら いちばん いい ものを ひとつ えらんで ください。

（例） 毎日、この 道を とおります。

　　1 返ります　2 通ります　　3 送ります　　4 運ります

（かいとうようし）　| （例） | ① ● ③ ④ |

---

[10] この いけは あさいです。

　1 広い　　　2 低い　　　3 浅い　　　4 熱い

[11] べんとうを もって 山に 行きました。

　1 弁通　　　2 弁旨　　　3 便当　　　4 弁当

[12] がいこくの おきゃくさまを むかえます。

　1 迎え　　　2 迎え　　　3 迎かえ　　　4 迎かえ

[13] ともだちと あそぶ やくそくを しました。

　1 約束　　　2 約則　　　3 紙束　　　4 約束

[14] きょうは あたらしい くつを はいて います。

　1 親しい　　2 新しい　　3 親らしい　　4 新らしい

[15] きぬの ハンカチを 買いました。

　1 綿　　　2 麻　　　3 絹　　　4 繍

もんだい3 （　　　）に　なにを　いれますか。1・2・3・4から
いちばん　いい　ものを　ひとつ　えらんで　ください。

(例) わからない　ことばは、（　　　）を　引きます。

1　ほん　　　　2　せんせい　　3　じしょ　　　　4　がっこう

(かいとうようし)　│ (例) │ ① ② ● ④ │

16　私の　家に　きたら　かぞくに　（　　　）します。

1　しょうかい　2　おれい　　　3　てつだい　　4　しょうたい

17　わたしは　（　　　）を　かえる　ために　かみの　毛を
切りました。

1　ことば　　　2　きぶん　　　3　くうき　　　4　てんき

18　しあいには　まけましたが、よい　（　　　）に　なりました。

1　しゃかい　　　　　　　　　2　けんぶつ

3　けいけん　　　　　　　　　4　しゅうかん

19　わたしが　うそを　ついたので、父は　たいへん　（　　　）。

1　おこしました　　　　　　　2　よこしました

3　さがりました　　　　　　　4　おこりました

20　出かける　ときは　部屋の　かぎを　（　　　）　ください。

1　つけて　　　2　かけて　　　3　けして　　　4　とめて

21　たんじょうびには　妹が　ぼくに　プレゼントを　（　　　）。

1　いただきます　2　たべます　　3　もらいます　4　くれます

22 りょうしんは　いなかに　（　　　）　います。

1　ならんで　　2　くらべて　　3　のって　　　　4　すんで

23 風が　つよいので、うみには　（　　　）　ください。

1　わすれないで　　　　　　　　2　わたらないで

3　入らないで　　　　　　　　　4　とおらないで

24 みせの　前には　じてんしゃを　（　　　）　ください。

1　かたづけて　　　　　　　　　2　とめないで

3　とめて　　　　　　　　　　　4　かわないで

もんだい4 ＿＿の ぶんと だいたい おなじ いみの ぶんが あ
　　　　　　　ります。1・2・3・4から いちばん いい ものを
　　　　　　　ひとつ えらんで ください。

(例) おとうとは 先生に ほめられました。

　　1 先生は おとうとに 「よく できたね」と 言いました。

　　2 先生は おとうとに 「こまったね」と 言いました。

　　3 先生は おとうとに 「気を つけろ」と 言いました。

　　4 先生は おとうとに 「もう いいかい」と 言いました。

(かいとうようし)

---

25 夕はんの 準備を します。

　　1 夕はんの 世話を します。

　　2 夕はんの 説明を します。

　　3 夕はんの 心配を します。

　　4 夕はんの 用意を します。

26 あんぜんな やさいだけを 売って います。

　　1 めずらしい やさいだけを 売っています。

　　2 ねだんの 高い やさいだけを 売っています。

　　3 おいしい やさいだけを 売っています。

　　4 体に 悪く ない やさいだけを 売っています。

27 もっと しずかに して ください。

1 そんなに しずかに しては いけません。

2 そんなに うるさく しないで ください。

3 すこし うるさく して ください。

4 もっと おおきな こえで 話して ください。

28 きゃくを ネクタイうりばに あんないしました。

1 きゃくと いっしょに ネクタイうりばを さがしました。

2 きゃくに ネクタイうりばを おしえて もらいました。

3 きゃくは ネクタイうりばには いませんでした。

4 きゃくを ネクタイうりばに つれていきました。

29 友だちは わたしに あやまりました。

1 友だちは わたしに 「ごめんね」と 言いました。

2 友だちは わたしに 「よろしくね」と 言いました。

3 友だちは わたしに 「いっしょに 行こう」と 言いました。

4 友だちは わたしに 「ありがとう」と 言いました。

Check □1 □2 □3

もんだい5 つぎの ことばの つかいかたで いちばん いい もの を 1・2・3・4から ひとつ えらんで ください。

(例) こわい

　　1　へやが くらいので、<u>こわくて</u> 入れません。

　　2　足が <u>こわくて</u> もう 走れません。

　　3　外は <u>こわくて</u> かぜを ひきそうです。

　　4　この パンは <u>こわくて</u> おいしいです。

（かいとうようし）　| (例) | ● ② ③ ④ |

30　きょうみ

　　1　わたしは うすい あじが <u>きょうみ</u>です。

　　2　わたしは 体が じょうぶな ところが <u>きょうみ</u>です。

　　3　わたしの <u>きょうみ</u>は りょこうです。

　　4　わたしは おんがくに <u>きょうみ</u>が あります。

31　じゅうぶん

　　1　あと <u>じゅうぶん</u>だけ ねたいです。

　　2　セーター 1まいでも <u>じゅうぶん</u> あたたかいです。

　　3　これは <u>じゅうぶん</u>だから よく きいて ください。

　　4　あれは 日本の <u>じゅうぶん</u>な おてらです。

32　とりかえる

　　1　つぎの えきで きゅうこうに <u>とりかえます</u>。

　　2　せんたくものを いえの 中に <u>とりかえます</u>。

　　3　ポケットから ハンカチを <u>とりかえます</u>。

　　4　かびんの みずを <u>とりかえます</u>。

33 うかがう

　1　先生からの　てがみを　<u>うかがいました</u>。

　2　先生に　おはなしを　<u>うかがいました</u>。

　3　おきゃくさまから　おかしを　<u>うかがいました</u>。

　4　わたしは　ていねいに　おれいを　<u>うかがいました</u>。

34 うちがわ

　1　へやの　<u>うちがわ</u>から　かぎを　かけます。

　2　本の　<u>うちがわ</u>は　とくに　おもしろいです。

　3　<u>うちがわ</u>の　おおい　おはなしを　ききました。

　4　かばんの　<u>うちがわ</u>を　ぜんぶ　だしました。

MEMO

翻譯與解題

◎問題1 以下詞語的平假名為何？請從選項1・2・3・4中選出一個最適合填入＿＿＿的答案。

□ **1** あの 森まで あるいて いきます。

　　1　はやし　　　　　　　　2　もり

　　3　いえ　　　　　　　　　4　き

　　譯〉我要走到那座森林。
　　　　1　林　　　　　　　2　森
　　　　3　家　　　　　　　4　木

□ **2** かみを 半分に おります。

　　1　はんぶん　　　　　　　2　はふん

　　3　はぶん　　　　　　　　4　はんふん

　　譯〉把紙對折。
　　　　1　一半　　　　　　　2　X
　　　　3　X　　　　　　　　4　X

□ **3** 山の 中に 湖が あります。

　　1　うみ　　　　　　　　　2　みずうみ

　　3　みなと　　　　　　　　4　いけ

　　譯〉山中有一座湖。
　　　　1　海　　　　　　　2　湖
　　　　3　港　　　　　　　4　池

□ **4** 小学生 以下は お金を はらわなくて いいです。

　　1　いか　　　　　　　　　2　いじょう

　　3　まで　　　　　　　　　4　した

　　譯〉學齡前兒童不必付費。
　　　　1　以下　　　　　　　2　以上
　　　　3　到　　　　　　　　4　下

(解題)1

森＝シン／もり。例句：

森林（森林）

選項1林。選項3家。選項4木。

(解題)2

(答案)(1)

半＝ハン／なか‐ば。例句：

6時半（六點半）

半年後に帰国します。（半年後回國）

分＝フン・ブ・ブン／わ‐かる・わ‐かれる・わ‐ける。例如：

5時5分（五點五分）、5時10分（五點十分）

風邪は大分よくなった。（感冒已經好很多了）

自分（自己）

(解題)3

(答案)(2)

湖＝コ／みずうみ。例句：

琵琶湖は日本で一番大きい湖です。（琵琶湖是日本第一大湖）

選項1海。選項3港。選項4池。

(解題)4

(答案)(1)

以＝イ。例句：

毎晩3時間以上勉強しています。（每天晚上念書三個小時以上）

彼はコーヒー以外飲みません。（他不喝咖啡以外的飲料）

下＝カ・ゲ／した・さ‐げる・さ‐がる・くだ‐る・くだ‐さる・

お‐ろす・お‐りる。例如：

地下（ちか／地下）、地下鉄（ちかてつ／地下鐵）、上下（じょうげ／上

下）、机の下（つくえのした／桌子底下）

頭を下げます（低頭）、熱が下がります（退燒）

船で川を下ります。（搭船順流而下）

この本は先生が下さったものです。（這本書是老師送給我的）

棚から荷物を下ろします。（把行李從櫃子上拿下來）

山を下ります。（下山）

特殊念法：下手（笨拙）

A：日本語が上手になりましたね。（你的日語變好了耶）

B：いいえ、まだ下手ですよ。（沒有啦，程度還是很差啦）

□ 5　安全（あんぜん）な　ところで　あそびます。

1　あんしん　　　　　　　　2　あんぜん

3　かんぜん　　　　　　　　4　かんしん

譯〉 在安全的地方玩耍。
1　安心　　　　　　　　2　安全
3　完全　　　　　　　　4　關心

□ 6　何度（なんど）も　失敗（しっぱい）　しました。

1　しつぱい　　　　　　　　2　しっはい

3　しっぱい　　　　　　　　4　しつはい

譯〉 我失敗了無數次。
1　X　　　　　　　　　2　X
3　失敗　　　　　　　　4　X

□ 7　自分（じぶん）の　意見（いけん）を　言（い）います。

1　いみ　　　　　　　　　　2　いげん

3　かんじ　　　　　　　　　4　いけん

譯〉 說出自己的意見。
1　意思　　　　　　　　2　威嚴
3　感覺　　　　　　　　4　意見

□ 8　明日（あした）から　旅行（りょこう）に　行（い）きます。

1　りゅこう　　　　　　　　2　りょこお

3　りょこう　　　　　　　　4　りよこ

譯〉 從明天開始要去旅行了。
1　X　　　　　　　　　2　X
3　旅行　　　　　　　　4　X

□ 9　エレベーターの　前（まえ）の　白（しろ）い　ドアから　入（はい）って　ください。

1　みぎ　　　　　　　　　　2　まえ

3　ひだり　　　　　　　　　4　うしろ

譯〉 請從電梯前的白色大門進入。
1　右邊　　　　　　　　2　前面
3　左邊　　　　　　　　4　後面

解題**5**

安＝アン／やす‐い。例句：

安心しました。（放心了）

この店は安いです。（這家店很便宜）

全＝ゼン／まった‐く。例句：

テストは全部できました。（考試全部答對了）

フランス語は全然分かりません。（完全不懂法文）

解題**6**

失＝シツ／うしな‐う。例句：

お先に失礼します。（我先走一步了）＜先離開時的招呼語＞

敗＝ハイ／やぶ‐れる。例句：

勝者と敗者（贏家與輸家）

雖然「失」是「シツ」的漢字、「敗」是「ハイ」的漢字，但請注意，當兩字合在一起時並不是「シツハイ」，而是「シッパイ」。

解題**7**

意＝イ。例句：

飲み物を用意します。（準備飲料）

見＝ケン／み‐る・み‐える・み‐せる。例句：

工場を見学します。（去參觀工廠）

パンダを見たことがありますか。（你看過熊貓嗎？）

部屋の窓から富士山が見えます。（從房間窗口可以望見富士山）

学生証を見せてください。（請出示學生證）

選項1是「意味／意思」。

解題**8**

旅＝リョ／たび

行＝コウ、ギョウ／い‐く・ゆ‐く・おこな‐う

テキストの１２行目を読んでください。（請念課本第十二行）

公園に行きましょう。（我們去公園吧！）

解題**9**

前＝ゼン／まえ。例如：

午前（早上）、前回（上次）、前後（前後）

３日前（三天前）、前の席（前面的座位）

選項1右（右邊）。選項3左（左邊）。選項4後ろ（後面）。

前⇔後（前⇔後）　前⇔後ろ（前面⇔後面）

◎問題2　以下詞語應為何？請從選項1・2・3・4中選出一個最適合填入＿＿的答案。

□ **10** かれは　<u>とおい</u>　国（くに）から　来（き）ました。

1　遠（とお）い　　　　　　2　近（ちか）い

3　遠い　　　　　　　　4　赶い

譯〉他是從遠方的國家來的。
　　1　遠　　　　2　近
　　3　X　　　　4　X

□ **11** 白（しろ）い　<u>かみ</u>に　字（じ）を　かきます。

1　糸（いと）　　　　　　2　紙（かみ）

3　氏（し）　　　　　　4　終

譯〉我在白色的紙上寫字。
　　1　線　　　　2　紙
　　3　氏　　　　4　終

□ **12** <u>おいわいの</u>　てがみを　もらいました。

1　お祝い　　　　　2　お祝い

3　お社い　　　　　4　お祝（いわ）い

譯〉我收到了一封祝賀信。
　　1　X　　　　2　X
　　3　X　　　　4　祝賀

□ **13** あには　新（あたら）しい　薬（くすり）の　<u>けんきゅうを</u>　して　います。

1　研急　　　　　　2　邢究

3　研究（けんきゅう）　　　　　　4　邢急

譯〉我哥哥從事研究新藥的工作。
　　1　X　　　　2　X
　　3　研究　　　4　X

解題 10

遠＝エン／とお‐い。例如：

遠足（郊遊）

遠くに山が見えます。（可以看見遠處的山）

※ 遠い⇔近い（遠⇔近）

選項2 近（キン／ちか‐い）

解題 11

紙＝シ／かみ。例如：

新聞紙（報紙）

折り紙（摺紙手工藝）

選項1 糸（シ／いと）

選項3 氏（シ／うじ）

例如：

山本氏（山本先生）、氏名（姓名）、彼氏がいます。（我有男朋友）

選項4 終（シュウ／お‐わる・お‐える）

解題 12

祝＝シュク・シュウ／いわ‐う。例句：

国民の祝日（國民的節日）

友人の誕生日を祝う。（慶祝朋友生日）

姉に結婚のお祝いを贈った。（送了姐姐結婚賀禮）＜「お祝い」是名詞＞

解題 13

研＝ケン／と‐ぐ

究＝キュウ／きわ‐める

急＝キュウ／いそ‐ぐ。例句：

急いで帰りましょう。（趕緊回家吧）

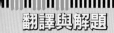

□ **14** やっと　しごとが　<u>おわりました。</u>

1 終りました　　　　　　2 終はりました

3 終わいました　　　　　4 終わりました

譯〉終於把工作完成了。
　　1　✕　　　　　　　2　✕
　　3　✕　　　　　　　4　完成了

□ **15** おいしい　パンを　<u>かって</u>　きました。

1 買って　　　　　　　　2 売って

3 勝って　　　　　　　　4 変って

譯〉我來買好吃的麵包了。
　　1　買進　　　　　　2　賣出
　　3　勝過　　　　　　4　改變

終＝シュウ／お‐わる・お‐える。例句：

終電は 23 時 40 分です。（末班車是晚上 11 點 40 分）

この番組は今月で終わります。（這個節目這個月就要完結了。）

記住"送假名"吧！

"送假名"是指漢字後面接的平假名。

例如「終」，漢字的讀音是「お」，而送假名則是「わる」。即使讀音相同，也可能會有送假名不同的漢字，請多加注意。

かえる→・帰る（かえ‐る）

変える（か‐える）

おこる→・怒る（おこ‐る）

起こる（お‐こる）

以下是容易記錯的送假名，也請一起記下來吧！

行う（舉行）→おこな‐う

驚く（驚訝）→おどろ‐く

短い（短）→みじか‐い

買＝バイ／か‐う。例句：

駅で切符を買います。（在車站買車票）

スーパーで買い物をしました。（在超市購物）

選項 2 売（バイ／う‐る）。選項 3 勝（ショウ／か‐つ）。

選項 4 変（ヘン／か‐える・かわ‐る）。

翻譯與解題

◎問題3 （　　　）中的詞語應為何？請從選項1・2・3・4中選出一個最適
合填入（　　　）的答案。

□ **16** かさが　ないので、雨が　（　　　）まで　待ちましょう。

1　かたまる　　　　　　　2　とまる

3　ふる　　　　　　　　　4　やむ

譯〉因為沒帶雨傘，我們就等雨（停）吧！
1　凝固　　　　　　　　2　停止
3　降下（雨）　　　　　4　（雨）停歇

□ **17** にゅういんちゅうの　友だちの　（　　　）に　いきました。

1　おみやげ　　　　　　　2　おみまい

3　おれい　　　　　　　　4　おつり

譯〉我去（探望）一位正在住院的朋友。
1　土產　　　　　　　　2　探望
3　謝禮　　　　　　　　4　找零

□ **18** おとうとが　小学校に　（　　　）しました。

1　にゅういん　　　　　　2　にゅうがく

3　ひっこし　　　　　　　4　そつぎょう

譯〉弟弟（上）小學了。
1　住院　　　　　　　　2　入學
3　搬家　　　　　　　　4　畢業

□ **19** うみの　そばの　ホテルを　（　　　）しました。

1　よやく　　　　　　　　2　よしゅう

3　あいさつ　　　　　　　4　じゆう

譯〉我（預約）了濱海的飯店。
1　預約　　　　　　　　2　預習
3　招呼　　　　　　　　4　自由

　　"雨"是「雨が降る／下雨」「雨が止む／雨停」的雨。因為考量到題目中的「かさがないので／因為沒帶雨傘」，所以可知答案是「雨が止むまで／（等）到雨停」。

選項1固まる（凝固）。例句：

このお菓子は冷やすと固まります。（這種點心冷凍後會凝固）

選項2止まる（停止）。例句：

この時計は止まっています。（這個時鐘停止轉動了）

選項3降る（降下）。例句：

雪が降っています。（正在下雪）

解題**17**　　　　　　　　　　　　　　　　　　　　　　　　答案 **(2)**

　　去探望生病或受傷的人稱為「お見舞いに行く／去探病」，也可以說「お見舞いする／探病」。

選項1お土産（伴手禮）是指去旅行或去別人家拜訪時送給別人的禮物。例句：

これは京都のお土産です。（這是京都的伴手禮）

選項4おつり（找零）是指買東西時，店員將多付的錢找回來的零錢。例句：

A：「コーヒーは1杯400円です。千円払ったら、おつりはいくらですか。／咖啡一杯四百元。如果付了一千元鈔票，會找回多少零錢？」

B：「600円です。／六百圓」

解題**18**　　　　　　　　　　　　　　　　　　　　　　　　答案 **(2)**

　　因為題目中提到「小学校に／（上）小學」，也就是進入學校（成為該校的學生）的意思，所以要選「入学／入學」。

選項1入院（住院）。選項3引っ越し（搬家）。選項4卒業（畢業）。

入学する⇔　卒業する（入學⇔畢業）

解題**19**　　　　　　　　　　　　　　　　　　　　　　　　答案 **(1)**

　　「予約／預約」是指事先約定。例句：

飛行機は窓側の席を予約しました。（預約靠近窗戶的飛機座位）。

選項2予習（預習）是指在下次上課前先自己讀過一遍。

選項3挨拶（招呼）。例句：

大きな声で挨拶しましょう。（大聲打招呼）

選項4自由（隨意）。例句：

思ったことを自由に話してください。（無論你想到什麼都請隨意發言）

□ **20** へやを　（　　　）、　きれいに　しましょう。

1　かたづけて　　　　　　　2　すてて

3　さがして　　　　　　　　4　まぜて

譯〉（整理）房間，好讓房間變得整潔吧！
1　整理　　　　　　　　　2　丟棄
3　找尋　　　　　　　　　4　混合

□ **21** 英語が　話せるように　なったのは、（　　　）です。

1　さいしょ　　　　　　　　2　さいきん

3　さいご　　　　　　　　　4　さいしゅう

譯〉我能夠開口說英語是（最近）的事。
1　最初　　　　　　　　　2　最近
3　最後　　　　　　　　　4　最終

□ **22** みんなで、山に　木を（　　　）。

1　いれました　　　　　　　2　まきました

3　うちました　　　　　　　4　うえました

譯〉（種植了）樹木。
1　放入了　　　　　　　　2　播種了
3　打擊了　　　　　　　　4　種植了

「片付ける／整理」是指整理物品。題目的「部屋を片付ける／整理房間」是指把書放回書架、把衣服收進衣櫃等使房間變整潔的事。例句：

使ったはさみは引き出しに片付けてください。（請把用過的剪刀收到抽屜裡）

選項2「（ゴミを）捨てる／丟（垃圾）」　⇔　「拾う／撿拾」

選項3「（失くした本を）探す／翻找（弄丟的書）」

選項4「（卵をよく）混ぜる／（好好）攪拌（雞蛋）」

「最近」是指剛過去沒多久的一段時間。例句：

A：最近、田中さんに会いましたか。（你最近見過田中小姐嗎？）

B：はい、先週会いました。（有，上星期遇到她。）

C：いいえ、最後に会ったのは2年前です。（沒有，最後一次見到她已經是兩年前了。）

説話者如果表達的是「近い過去／很近的過去」，那麼實際時間也可以長一點。

選項1最初（最初）是一剛開始的意思。　⇔　最後（最後）、最終（最終）。例句：

まっすぐ行って、最初の角を右に曲がります。（直走，然後在第一個轉角右轉）

因為題目有「山に木を／在山裡（種植）樹木」，所以要選「植える／種植」。例句：

池の周りに桜の木が植えてあります。（水池周圍種著櫻花樹）

選項1「（かばんに本を）入れます。／（把書）放進（包包）」

選項2「（花の種を）蒔きます／播種（花的種子）」

　　　　「（庭に水を）撒きます／（在庭院）撒（水）」

　　　　「（メールを）打ちます／繕打（電子郵件）」

□ **23** かいじょうに　人が　（　　　）　あつまって　きました。

1　つるつる　　　　　　　　2　どんどん

3　さらさら　　　　　　　　4　とんとん

譯〉群眾（漸漸）聚集到了會場內。
　　1　光滑　　　　　　　　2　漸漸
　　3　乾爽　　　　　　　　4　順利

□ **24** この　中から　ひとつを　（　　　）　ください。

1　えらんで　　　　　　　　2　あつめて

3　くらべて　　　　　　　　4　して

譯〉請從這裡面（選擇）一個。
　　1　選擇　　　　　　　　2　收集
　　3　比較　　　　　　　　4　做

(解題)**23**　　　　　　　　　　　　　　　　　　　　　　(答案) **(2)**

「どんどん／漸漸」表示事情漸入佳境的樣子。例句：

たくさんありますから、どんどん食べてください。（東西還很多，請盡量多吃點）。例句：

世界の人口はどんどん増えている。（世界上的人口逐漸增加了）

選項1つるつる（光滑）。選項3さらさら（乾爽）。選項4とんとん（順利）。

(解題)**24**　　　　　　　　　　　　　　　　　　　　　　(答案) **(1)**

接在「ひとつを／一個」後面的是「選ぶ／選擇」。「この中から／這之中」可以理解為「たくさんの選択肢の中から／從很多選項之中」。例句：

正解を選ぶ。（選出正確答案）、くつ屋でくつを選ぶ。（在鞋店選鞋子）

選項2「（たくさんのものを）集める／收集（很多東西）」。例句：

木の実を集める。（收集樹木的果實）、切手を集める。（收集郵票）

選項3「（2つ以上のものを）比べる／比較（兩個以上的物品）」。例句：

兄と弟を比べる。（比較哥哥和弟弟）

去年と今年の東京の天気を比べる。（比較去年和今年的東京天氣）

選項4因為「ひとつをする／選一個」的意思不明確，所以不正確。

翻譯與解題

◎問題 4　選項中有和＿＿意思相近的句子。請從選項 1・2・3・4 中選出一個
　　　　最適合的答案。

□ **25** でんしゃが　えきを　しゅっぱつしました。

　　1　でんしゃが　えきに　とまりました。

　　2　でんしゃが　えきを　出ました。

　　3　でんしゃが　えきに　つきました。

　　4　でんしゃが　えきを　とおりました。

　　譯〉電車從車站出發了。

　　　　1　電車停在車站了。

　　　　2　電車開出車站了。

　　　　3　電車到站了。

　　　　4　電車經過車站了。

□ **26** りょこうの　けいかくを　立てて　います。

　　1　りょこうに　行く　よていは　ありません。

　　2　りょこうに　行くと　きいて　います。

　　3　りょこうに　行った　ことを　おもいだして　います。

　　4　りょこうの　よていを　かんがえて　います。

　　譯〉正在擬定旅行計畫。

　　　　1　沒打算去旅行。　　　2　聽說要去旅行。

　　　　3　想起了旅行的回憶。　4　正在構思旅行計畫。

□ **27** おたくは　どちらですか。

　　1　あなたは　どこに　行きたいのですか。

　　2　あなたの　いえに　行っても　いいですか。

　　3　あなたの　いえは　どこですか。

　　4　あなたに　ききたい　ことが　あります。

　　譯〉請問貴府在哪裡呢？

　　　　1　你想去哪裡？　　　2　我可以去你家嗎？

　　　　3　你家在哪裡呢？　　4　我有件事想請教你。

(解題)**25**　　　　　　　　　　　　　　　　　　　　　　　　　　(答案) **(2)**

「（場所）を出発する／從（地點）出發」和「（場所）を出る／離開（地點）」意思相同。

選項1止まる（停止）。選項3着く（抵達）。選項4通る（通過）。

(解題)**26**　　　　　　　　　　　　　　　　　　　　　　　　　　(答案) **(4)**

「計画を立てる／訂定計畫」和「予定を考える／考慮計畫」意思相同。「計画／計畫」或「予定／預定」應選「立てる／訂定」這個動詞。

因為選項1是沒有訂定計畫，所以不正確。

選項2「～と聞いている／聽説」表示傳聞。和「旅行に行くそうです／聽説要去旅行」意思相同。

因為選項3是「思い出している／想起了」，而這是去旅行之後會説的話。

(解題)**27**　　　　　　　　　　　　　　　　　　　　　　　　　　(答案) **(3)**

「お宅／您、府上」是「あなた／你」或「あなたの家／你家」的尊敬語。

「どちら／哪個」是「どれ／哪裡」或「どこ／哪個」等等的鄭重説法。

□ **28** テレビが　こしょうして　しまいました。

1　テレビが　なく　なって　しまいました。

2　テレビが　みられなく　なって　しまいました。

3　テレビが　かえなく　なって　しまいました。

4　テレビが　きらいに　なって　しまいました。

譯〉電視故障了。

1	電視不見了。	2	電視不能看了。
3	我不能買電視了。	4	電視變乾淨了。

□ **29** あねは、とても　うまく　うたを　うたいます。

1　あねは、とても　じょうずに　うたを　うたいます。

2　あねは、とても　たのしそうに　うたを　うたいます。

3　あねは、とても　たかい　こえで　うたを　うたいます。

4　あねは、とても　うるさく　うたを　うたいます。

譯〉我姐姐唱歌非常好聽。

1	我姐姐對唱歌很拿手。	2	我姐姐很開心的唱歌。
3	我姐姐用高亢的聲音唱歌。	4	我姐姐鬼吼亂唱一通。

(解題)**28**　　　　　　　　　　　　　　　　　　　　　　　　　　(答案)**(2)**

因為「故障してしまった／故障了」的電視就是「見られなくなる／變得不能看了」，所以選項２正確。

「故障してしまった／故障了」的「～てしまう」是表達惋惜的説法。「見られなくなる／不能看了」是在「見る／看」的可能型「見られる／可以看」的否定型「見られない／不能看」後面接上「～くなる／變得」，表示變化。和「見ることができない／不能看＋ようにな（る）／變得＋ってしまった」相同。

形容詞～くなる（變得～）。

寒くなる（變冷）

形容動詞～になる（變得～）。

便利になる（變得方便）

名詞～になる（變得～）。

大人になる（長大成人）

動詞、可能動詞、形容詞的否定形～なくなる（變得不～）。例句：

分からなくなる（不知道）　　勉強しなくなる（不念書了）

食べられなくなる（吃不下了）

おいしくなくなる（不好吃）

形容動詞、名詞的否定形～ではなくなる、～じゃなくなる／變得不～。例句：

安全ではなくなる（變得不安全）

休みじゃなくなる（不休假了）

(解題)**29**　　　　　　　　　　　　　　　　　　　　　　　　　　(答案)**(1)**

「うまく」（形容詞）和「上手に」（形容動詞）的意思相同。

「うまい」可以表示「おいしい／好吃」和「上手だ／擅長」兩種意思。

翻譯與解題

◎問題 5　關於以下詞語的用法，請從選項 1・2・3・4 中選出一個最適合的答案。

□ **30　つれる**

1　かばんを　<u>つれて</u>　きょうしつに　はいりました。
2　先生を　<u>つれて</u>　べんきょうを　しました。
3　犬を　<u>つれて</u>　さんぽを　しました。
4　ごみを　<u>つれて</u>　すてました。

譯〉帯

1　我帶包包進入教室了。　　2　我帶著老師學習了。
3　我帶狗狗去散步。　　　　4　我帶垃圾去丟了。

□ **31　あんない**

1　何回も　よんで、その　ことばを　<u>あんない</u>しました。
2　パソコンで　その　いみを　<u>あんない</u>しました。
3　あなたに　いもうとを　<u>あんない</u>します。
4　大学の　中を　<u>あんない</u>しました。

譯〉導覽

1　讀了好幾次，終於導覽了那個單字。
2　用電腦導覽這個意思。
3　向你導覽我妹妹。
4　陪同他人導覽大學校園。

□ **32　そだてる**

1　大きな　たてものを　<u>そだてました</u>。
2　子どもを　きびしく　<u>そだてました</u>。
3　にわの　花に　水を　<u>そだてました</u>。
4　はたらいて　お金を　<u>そだてました</u>。

譯〉教育

1　教育了一座建築。
2　嚴格的教育孩子。
3　用水教育庭院裡的花。
4　工作教育錢。

解題**30**

這個句子是在「私は散歩をしました／我去散步了」中加上「犬を連れて／帶狗」。「連れる／帶」表達某人攜伴或是攜帶寵物的狀況。

選項1「（私は）～を連れて／我帶～」中的「～」（目的語）應填入人物或動物。因為「かばん／包包」是物品，這種情況若說「かばんを持って／攜帶包包」則正確。

選項2「（私は）～を連れて／我帶～」後面的動詞（述語）應連接表達狀態的「いる／在、立っている／站著」等等，或是表示移動的「行く、帰る、散歩する／去、回去、散步」。因為「勉強する／念書」並非表達移動的動詞，所以不正確。如果題目為「先生と一緒に／和老師一起」則正確。

選項4如果是「ごみを拾って／撿垃圾」或「ごみを集めて／收集垃圾」則正確。

解題**31**

正確句子是「（私はＡさんに）大学の中を案内しました／（我帶Ａ小姐）遊覽大學校園」。這裡的「案内する／嚮導」是帶某人認識某地的意思。

例句：
駅までの道を案内した。（我告訴她去車站的道路）

選項1理解しました（理解了）。選項2調べました（調查了）。選項3紹介しました（介紹了）。

□ **32**

「育てる／養育」是指照顧人或動植物長大的意思。例句：
私は子供を5人育てました。（我養育了五個孩子）
庭でトマトを育てています。（在庭院裡栽種番茄）
選項1建てました（建造了）。選項3やりました（做了）。
選項4もらいました（得到了）。

□ **33** やわらかい

1 <u>やわらかい</u>　ふとんで　ねました。

2 <u>やわらかい</u>　べんきょうを　しました。

3 <u>やわらかい</u>　川が　ながれて　います。

4 <u>やわらかい</u>　山に　のぼりました。

譯〉柔軟

    1　蓋著柔軟的棉被睡了。

    2　念柔軟的書。

    3　柔軟的河川正在流動。

    4　爬柔軟的山。

□ **34** おる

1 パンを　おさらに　<u>おりました</u>。

2 木の　えだを　<u>おりました</u>。

3 ちゃわんを　おとして　<u>おって</u>　しまいました。

4 せんたくした　シャツを　<u>おって</u>、かたづけました。

譯〉折斷

    1　把麵包折斷到盤子上。

    2　把樹木的枝枒折斷了。

    3　碗掉到地上，折斷了。

    4　把洗好的襯衫折斷，整理好了。

(解題)**33**　　　　　　　　　　　　　　　　　　　　　　　　(答案)**(1)**

「柔らかい／柔軟」是表達物品的性質或狀態的形容詞。柔軟的物品是指像麵包、毛衣等容易彎曲的物體。另外，想讚美他人思想不受拘束時可以説「彼は頭が柔らかい／他的腦筋真靈活」⇔　堅い（僵固）。

選項2關於「勉強／念書」的形容詞有：簡単な（簡單）⇔難しい（困難）等等。

選項3關於「川／河川」的形容詞有：大きい（大）⇔小さい（小）、太い（粗）⇔細い（細）、長い（長）⇔短い（短）等等。

選項4關於「山／山」的形容詞有：高い（高）⇔低い（低）等等。

(解題)**34**　　　　　　　　　　　　　　　　　　　　　　　　(答案)**(2)**

「折る／折」表示施加力量，使物體彎曲或斷裂的動作。可以「折る／折」的物品有紙、鉛筆、骨頭等等。「折り紙／折紙」是指將紙折成花或鳥形狀的日本傳統文化。

選項1「（パンをお皿に）置きました／（把麵包）放在（盤子上）了」

選項2「（茶碗を落として）割って（しまいました）／（碗掉到地上）摔破了」

選項3「（洗濯したシャツを）畳んで、（片付けました）／（把洗好的襯衫）疊起來（整理好）」

翻譯與解題

◎問題1　以下詞語的平假名為何？請從選項1・2・3・4中選出一個最適合填入＿＿的答案。

□ **1** 早く　医者に　行った　ほうが　いいですよ。

　　1　いしや　　　　　　　　2　いし

　　3　いしゃ　　　　　　　　4　せんせい

　　譯〉還是趁早去看醫生比較好哦。
　　　　1　石匠　　　　　　2　意志
　　　　3　醫生　　　　　　4　老師

□ **2** ごご、えいごの　授業が　あります。

　　1　じゅぎょう　　　　　　2　こうぎ

　　3　べんきょう　　　　　　4　せつめい

　　譯〉下午有英文課。
　　　　1　授課　　　　　　2　講義
　　　　3　唸書　　　　　　4　説明

□ **3** 水道の　みずを　のみます。

　　1　すいとう　　　　　　　2　すいと

　　3　すうどう　　　　　　　4　すいどう

　　譯〉喝自來水管流出的水。
　　　　1　水壺　　　　　　2　Ｘ
　　　　3　Ｘ　　　　　　　4　水管

□ **4** 会社の　受付に　きて　ください。

　　1　うけつき　　　　　　　2　うけつけ

　　3　いりぐち　　　　　　　4　げんかん

　　譯〉請來公司的接待處。
　　　　1　Ｘ　　　　　　2　接待處
　　　　3　入口　　　　　4　玄關

（解題）**1**　　　　　　　　　　　　　　　　　　　　　　　（答案）**(3)**

医＝イ

者＝シャ／もの。例如：

参加者（參加者）、技術者（技師）、科学者（科學家）、患者（患者）、

悪者（壞人）

私は鈴木という者です。（敝姓鈴木）

（解題）**2**　　　　　　　　　　　　　　　　　　　　　　　（答案）**(1)**

授＝ジュ／さず‐かる・さず‐ける

業＝ギョウ・ゴウ／わざ

選項２講義（講義）。選項３勉強（念書）。選項４説明（說明）。

請注意念起來的讀音有幾拍。

→「受」、「授」讀音為「ジュ」，一拍。

　「十」、「住」、「重」讀音為「ジュゥ」，兩拍。

（解題）**3**　　　　　　　　　　　　　　　　　　　　　　　（答案）**(4)**

水＝スイ／みず。例句：

水曜日（星期三）、地下水（地下水）

水色（淡藍色）、水着（泳衣）

（解題）**4**　　　　　　　　　　　　　　　　　　　　　　　（答案）**(2)**

受＝ジュ／う‐かる・う‐ける　。例句：

行きたかった大学に受かりました。（我考上了心目中第一志願的大學）

就職試験を受ける。（接受就業考試）

付＝フ／つ‐く・つ‐ける。例句：

帽子の付いたコートを買った。（買了附有帽子的大衣）

髪に飾りを付けます。（把髮飾點綴在頭髮上）

友達の買い物に付き合う。（陪朋友去購物）

「受ける」和「付ける」合在一起變成「うけつけ」的念法是特殊念法。

選項３入口（入口）。選項４玄関（玄關）。

□ **5** 夫は　ぎんこうで　はたらいて　います。

1　おとうと　　　　　　　　2　おっと

3　あに　　　　　　　　　　4　つま

譯〉我丈夫在銀行工作。
　　1　弟弟　　　　　　　　2　丈夫
　　3　哥哥　　　　　　　　4　妻子

□ **6** 大学で　経済の　べんきょうを　して　います。

1　けいさい　　　　　　　　2　けいけん

3　けいざい　　　　　　　　4　れきし

譯〉我在大學研讀經濟學。
　　1　刊登　　　　　　　　2　經驗
　　3　經濟　　　　　　　　4　歷史

□ **7** わたしには　関係が　ない　ことです。

1　かんけい　　　　　　　　2　かいけい

3　かんけ　　　　　　　　　4　かいかん

譯〉這件事與我無關。
　　1　關係　　　　　　　　2　會計
　　3　X　　　　　　　　　4　會館、快感

□ **8** 朝　出かける　まえに　鏡を　見ます。

1　かかみ　　　　　　　　　2　すがた

3　かお　　　　　　　　　　4　かがみ

譯〉早上出門前先照鏡子。
　　1　X　　　　　　　　　2　身影
　　3　臉　　　　　　　　　4　鏡子

□ **9** かれは　この国で　有名な　人です。

1　ゆうめい　　　　　　　　2　ゆめい

3　ゆうかん　　　　　　　　4　ゆうめ

譯〉他在這個國家是知名人士。
　　1　知名　　　　　　　　2　X
　　3　勇敢　　　　　　　　4　X

　　　　　　　　　　　　　　　　　　　　（答案）**(2)**

夫＝フ・フウ／おっと
例如：
夫人（夫人）、夫婦（夫婦）
お年寄りにも使い易いように工夫する。（為了使年長者也能輕鬆使用而下
足了工夫）
夫（丈夫）　⇔　妻（妻子）
選項1弟（弟弟）。選項3兄（哥哥）。選項4妻（妻子）。

（解題）**6**　　　　　　　　　　　　　　　　　　　　（答案）**(3)**

経＝ケイ・キョウ／へ‐る。例句：
珍しい経験をする。（獲得寶貴的經驗）
済＝サイ／す‐む・す‐ます・す‐ませる。例句：
朝食はパンとコーヒーで済ませた。（早餐用麵包和咖啡解決了）
選項2経験（經驗）。選項4歴史（歷史）。

（解題）**7**　　　　　　　　　　　　　　　　　　　　（答案）**(1)**

関＝カン／せき
係＝ケイ／かかり。例句：
係員に道を聞きます。（向工作人員問路）
※「間」「関」「簡」的讀音都是「かん」。
　「係」「系」的讀音都是「けい」。

（解題）**8**　　　　　　　　　　　　　　　　　　　　（答案）**(4)**

鏡＝キョウ／かがみ
※「眼鏡」是特殊念法
選項2姿（身姿）。選項3顔（臉）。

（解題）**9**　　　　　　　　　　　　　　　　　　　　（答案）**(1)**

有＝ユウ・ウ／あ‐る
名＝メイ・ミョウ／な。例句：
参加者は25名です。（參加的人有25位）
名字を平仮名で入力してください。（姓名請用平假名輸入）
平假名、片假名、送假名等等的特殊念法。

◎問題 2　以下詞語應為何？請從選項 1・2・3・4 中選出一個最適合填入＿＿＿的答案。

□ **10** 二_{ふた}つの　はこの　大_{おお}きさを　くらべて　みましょう。

1　北べて 　　　　　2　比_{くら}べて
3　並_{なら}べて 　　　　　4　阰べて

譯〉比較兩個箱子的大小。
　　1　X 　　　　　2　比較
　　3　大體上 　　　4　X

□ **11** 母_{はは}は　近_{ちか}くの　スーパーで　しごとを　して　います。

1　任事 　　　　　2　士事
3　仕_{しごと}事 　　　　　4　仕事

譯〉媽媽在附近的超市上班。
　　1　X 　　　　　2　X
　　3　工作 　　　　4　X

□ **12** かった　本_{ほん}を　さいしょから　読_よみました。

1　最初 　　　　　2　先初
3　最始 　　　　　4　最初_{さいしょ}

譯〉從頭開始讀了這本買來的書。
　　1　X 　　　　　2　X
　　3　X 　　　　　4　一開始

□ **13** ここに　ごみを　すてないで　ください。

1　拾て 　　　　　2　捨_すて
3　放_{はな}て 　　　　　4　落て

譯〉請不要在這裡丟垃圾。
　　1　撿拾 　　　　2　丟棄
　　3　放出 　　　　4　X

比＝ヒ／くら‐べる。例句：

去年と今年の雨の量を比べる。（比較去年和今年的雨量）

選項1北（ホク／きた）。選項3並（ヘイ／なみ・なら‐ぶ・なら‐べる）。

選項4沒有這個字。

解題**11**

仕＝シ／つか‐える。例句：

コピーの仕方が分かりません。（不知道該怎麼複製／影印）

事＝ジ／こと。例句：

大事な用があります。（有重要的事）、お大事に。（請多保重）

これから言う事をメモしてください。（請將我接下來說的話抄寫下來）

解題**12**

最＝サイ／もっと‐も。例句：

最後の人は電気を消してください。（最後離開的人請把電燈關掉）

最近気になったニュースは何ですか。（你最近關心的新聞是什麼？）

初＝ショ／はじ‐め・はじ‐めて・はつ・うい・そ‐める。例句：

初めに、社長から挨拶があります。（首先，從總經理開始致詞）

この映画は、初めて見ました。（第一次看這部電影）

最初（首先）　⇔　最後（最後）

解題**13**

捨＝シャ／す‐てる

捨てる（捨棄）　⇔　拾う（撿拾）

選項1拾（シュウ／ひろ‐う）。

選項3放（ホウ／はな‐す・はな‐れる）。選項4落（ラク／お‐ちる・お‐とす）。

□ **14** 毎朝、<u>つめたい</u>　水で　顔を　あらいます。

1　冷い　　　　　　2　冷たい

3　令い　　　　　　4　令たい

譯〉每天早上都用（冷）水洗臉。
　　1　X　　　　　2　冷
　　3　X　　　　　4　X

□ **15** 子どもは　いえの　<u>そと</u>で　あそびます。

1　外　　　　　　　2　中

3　表　　　　　　　4　タ

譯〉小孩子在屋（外）玩耍。
　　1　外面　　　2　裡面
　　3　表面　　　4　X

解題**14**　　　　　　　　　　　　　　　　　　　　　答案 **(2)**

冷＝レイ／つめ - たい・ひ - える・ひ - やす・ひ - やかす・さ - める・さ - ます。

冷蔵庫（冰箱）

冷えたビールをください。（請給我冰啤酒）

このスープは冷やすとおいしいです。（這個湯冷卻後很好喝）

「冷たい／冷淡的」的送假名為「たい」。

解題**15**　　　　　　　　　　　　　　　　　　　　　答案 **(1)**

外＝ガイ・ゲ／そと・はず - す・はず - れる。例句：

外国（外國）、外国人（外國人）

家の外（家門外）　⇔　家の中（家裡）

国外（國外）　⇔　国内（國內）

選項 2 中（チュウ／なか）。選項 3 表（ヒョウ／おもて・あらわ - す・あらわれる）。選項 4 沒有這個字。

◎問題3 （　　　　）中的詞語應為何？請從選項１・２・３・４中選出一個最適合填入（　　　）的答案。

□ **16** 歩^{ある}いて　いて、金色^{きんいろ}の　ゆびわを　（　　　）ました。

1　うり　　　　　　　　　　2　ひろい

3　もち　　　　　　　　　　4　たし

譯〉走著走著就（撿到）了一枚金色的戒指。
1　賣出　　　　　　　　2　撿到
3　持有　　　　　　　　4　添加

□ **17** パソコンの　つかいかたを　（　　　）して　もらいました。

1　けんきゅう　　　　　　　2　しょうかい

3　せつめい　　　　　　　　4　じゅんび

譯〉他向我（説明）了電腦的使用方式。
1　研究　　　　　　　　2　介紹
3　説明　　　　　　　　4　準備

□ **18** せきが　（　　　）ので、すわりましょう。

1　すいた　　　　　　　　　2　うごいた

3　かえた　　　　　　　　　4　あいた

譯〉有（空）位（了），我們坐下吧！
1　餓了　　　　　　　　2　動了
3　改變了　　　　　　　4　空了

□ **19** かいだんから　おちて　（　　　）を　しました。

1　けが　　　　　　　　　　2　ほね

3　むり　　　　　　　　　　4　けいけん

譯〉我從樓梯上摔下去，（受傷）了。
1　受傷　　　　　　　　2　骨頭
3　勉強　　　　　　　　4　經驗

(解題)**16**   (答案) **(2)**

因為題目提到「歩いていて／走著走著」，由此可知題目是指走在路上的時候撿到了戒指。

如果是選項3「持ちました／持有」，則句子應為「ゆびわを持って、歩きました／拿著戒指走路」，表示「持ちます／拿著」和「歩きます／走路」這兩件事同時並存。

選項1の「売りました／販賣」是無法邊走邊做的事。4「たしました／添加」與文意不符。

(解題)**17**   (答案) **(3)**

沒有「使い方を準備する／準備用法」這種説法，選項4不正確。

因為題目提到「～してもらいました／為我做～」，所以可知是對方為自己做事「してくれた／為我」，因此選項1「研究／研究」不正確。

選項3「説明／説明」是指告知對方不清楚的事或不知道的事，這是正確答案。選項4「紹介／介紹」是指傳達信息。雖然可以説「日本文化を世界に紹介する／向全世界介紹日本文化」等等，但是「パソコンの使い方／電腦的使用方式」用「説明／説明」這個詞較為適切。

(解題)**18**   (答案) **(4)**

因為題目中有「（　　　）ので、すわりましょう」，表示"座位上沒有人，我們去坐"，這種情況要説「席が空いた／有空位了」。沒有人坐在座位上的時候，應該説「席が空いている／座位空著」。

選項1「空いた／空著」是指店面或電影院等，整體看起來人很少。

選項2如果把「人が動いた／人動了」換成「席が空いた／有空位」、3把「人が席を替えた／人換位子了」換成「席が空いた／有空位」則正確。

(解題)**19**   (答案) **(1)**

因為題目提到「階段から落ちて／從樓梯上摔下來」，所以要選「けがをした／受傷了」。

選項2「骨／骨頭」受傷的話會説「骨を折った／骨折」。選項3「無理／勉強」雖然可以説「無理をする／勉強」，但正確用法應為「熱があったが、無理をして働いた／雖然發燒了，但仍然勉強工作」。

選項4「経験／經驗」用於「大変な経験をした／經歷了千辛萬苦」、「病気を経験した／生過病」等等，會跟説明經歷事件的詞語一起使用。

□ **20** 山田さんは　歌が　とても　（　　　）ので、　おどろきました。

　　1　あまい　　　　　　　　　2　とおい

　　3　うまい　　　　　　　　　4　ふかい

　　譯〉山田先生歌唱得非常（好），真令人吃驚。
　　　　1　甜　　　　　　　　　2　遠
　　　　3　好　　　　　　　　　4　深

□ **21** 学校に　行くには　電車を　（　　　）なければ　なりません。

　　1　とりかえ　　　　　　　　2　のりかえ

　　3　まちがえ　　　　　　　　4　ぬりかえ

　　譯〉要去學校就必須得（轉乘）火車。
　　　　1　更換　　　　　　　　2　轉乘
　　　　3　弄錯　　　　　　　　4　重新粉刷

□ **22** 先生が　くると　せいとたちは　（　　　）　しずかに　なりました。

　　1　はっきり　　　　　　　　2　なるべく

　　3　あまり　　　　　　　　　4　きゅうに

　　譯〉老師一來，學生們突然安靜下來了。
　　　　1　清楚　　　　　　　　2　盡量
　　　　3　（不）太　　　　　　4　突然

□ **23** どろぼうは　けいかんに　おいかけられて　（　　　）　いきました。

　　1　なげて　　　　　　　　　2　とめて

　　3　にげて　　　　　　　　　4　ぬれて

　　譯〉小偷在警察的追捕下逃走了。
　　　　1　投出　　　　　　　　2　停止
　　　　3　逃跑　　　　　　　　4　淋濕

解題**20** 答案 **(3)**

連接「歌が／歌」的是和「上手だ／擅長」相同意思的「うまい／（唱得）好」。

選項1甘い（お菓子）／甘甜的（點心）

選項2遠い（道）／遙遠的（路途）

選項4深い（池）／很深的（池塘）

「うまい／拿手」是口語用法，不太禮貌。此外，「うまい／美味」的另一個意思是有「おいしい／好吃」。

解題**21** 答案 **(2)**

「乗り換える／轉乘」是指從一種交通工具上下來、再換搭其他交通工具。

例句：

東京駅で中央線に乗り換えます。（在東京站轉乘中央線）

選項1是指因為尺寸不合，所以要更換大尺寸的衣服。

選項3是指因為弄錯時間，所以會議遲到了。

選項4是指將牆壁重新粉刷上色。

解題**22** 答案 **(4)**

這題要選表示「静かに／安靜」下來的樣子的副詞。「急に／突然」表示短時間內情況有很大的變化。

選項1「はっきり／清楚」表示事物明確的樣子。例句：

犯人の姿をはっきり見ました。（我看清楚了犯人的樣子）

嫌ならはっきり断ったほうがいい。（討厭的話就果斷拒絕比較好。）

選項2「なるべく／盡量」是「できるだけ／盡可能地」的意思。後面要接表示意志、希望、請託等等的詞語。

選項3用「あまり／（不）太」的句子最後要接否定型。

解題**23** 答案 **(3)**

小偷被警察追捕時的行動，正確答案是「逃げる／逃跑」。

「追いかける／追趕」是「追う／追」和「かける」的複合動詞，意思是從後方追趕在前方前進的人、物。「追いかけられる」是該詞的被動型。

選項1「（ボールを）投げる／投（球）」。

選項2「（時計を）止める／（時鐘）停止運轉」、「（車を）停める／停（車）」。

選項4「（雨に）濡れる／被（雨）淋濕」。

□ **24** 5階に　ある　お店には　（　　　）で　上がります。

1　エスカレーター　　　　2　ストーカー

3　コンサート　　　　　　4　スクリーン

譯〉搭乘手扶梯到五樓的店面。

1　手扶梯　　　　　2　跟蹤狂

3　音樂會　　　　　4　電影銀幕

選項2ストーカー（跟蹤狂）是犯罪行為者的名稱。

選項3コンサート（音樂會）是指音樂會。

選項4スクリーン（銀幕）是播映電影的銀幕或播放電視的螢幕。

把「エレベーター／電梯」也一起記下來吧！

翻譯與解題

◎問題 4　選項中有和____意思相近的句子。請從選項 1・2・3・4 中選出一個最適合的答案。

□ **25** でんしゃは　すいています。

　　1　でんしゃの　中には　せきが　ぜんぜん　ありません。

　　2　でんしゃの　中には　すこしだけ　人が　います。

　　3　でんしゃの　中は　人で　いっぱいです。

　　4　でんしゃの　中は　空気が　わるいです。

　譯〉電車裡很空。

　　　1　電車裡完全沒有空位。

　　　2　電車裡只有少少的人。

　　　3　電車裡人非常多。

　　　4　電車裡空氣很差。

□ **26** 中村さんは　テニスの　初心者です。

　　1　中村さんは　テニスが　とても　うまいです。

　　2　中村さんは　テニスを　する　つもりは　ありません。

　　3　中村さんは　さいきん　テニスを　習いはじめました。

　　4　中村さんは　テニスが　とても　すきです。

　譯〉中村先生是網球的初學者。

　　　1　中村先生的網球打得非常好。

　　　2　中村先生沒有打算打網球。

　　　3　中村先生最近開始學網球了。

　　　4　中村先生非常喜歡網球。

□ **27** 山田さんは　昨日　友だちの　いえを　たずねました。

　　1　山田さんは　昨日　友だちに　あいました。

　　2　山田さんは　昨日　友だちに　でんわを　しました。

　　3　山田さんは　昨日　友だちの　いえを　さがしました。

　　4　山田さんは　昨日　友だちの　いえに　行きました。

　譯〉山田小姐昨天去了朋友家拜訪。

　　　1　山田小姐昨天跟朋友見面了。

　　　2　山田小姐昨天打了通電話給朋友。

　　　3　山田小姐昨天去找了朋友家。

　　　4　山田小姐昨天去了朋友家。

電車或公共場所等地方用「空いている／空」形容，意思是裡面的人很少。
空いている（空）⇔混んでいる（擁擠）

「初心者／初學者」是指剛開始學某事的人。

「たずねる／拜訪、尋找、打聽」可以表示「訪ねる／拜訪」，意思是去和
某人見面，也可以表示「尋ねる／尋找」，意思是尋找、提問。
因為題目提到「友達の家を／朋友家」，所以可知要選「訪ねました／拜
訪」，選項 4 正確。

□ **28** 車は　通行止めに　なって　います。

1　車だけ　通れる　ように　なって　います。

2　車を　止めて　おく　ところが　あります。

3　車は　通れなく　なって　います。

4　車が　たくさん　通って　います。

譯〉禁止車輛通行。

1　只允許車輛通行。

2　有可以停車的地方。

3　車輛無法通過。

4　車輛正大量通行。

□ **29** わたしは　先生に　しかられました。

1　先生は　わたしに　「きそくを　まもりなさい」と　言いました。

2　先生は　わたしに　「がんばったね」と　言いました。

3　先生は　わたしに　「からだに　気を　つけて」と　言いました。

4　先生は　わたしに　「どうも　ありがとう」と　言いました。

譯〉我被老師責罵了。

1　老師對我説：「請遵守校規！」

2　老師對我説：「你很努力了呢！」

3　老師對我説：「保重身體！」

4　老師對我説：「謝謝你！」

(解題)**28**

「通行止め／禁止通行」是「通ってはいけない／無法通行」、「通ること
を禁止する／不能通行」的意思。

選項2「車を止めておく／停車」是「駐車する／停車」的意思，所以不正
確。

(解題)**29**

「叱られる／被責罵」是「叱る／責罵」的被動型。「叱る／責罵」是指要
對方注意缺點、或向對方生氣。"責罵"用於像是父母對孩子、老師對學
生等上對下的關係。

選項1因為老師是説「規則を守りなさい／請遵守規則」，是叮嚀學生多注
意，所以正確。選項2是老師誇獎學生「がんばったね／你很努力了呢！」，
所以不正確。選項3是關心對方健康的問候句。選項4是表達謝意。

◎問題5　關於以下詞語的用法，請從選項1・2・3・4中選出一個最適合的答案。

□ **30　こまかい**

1　かのじょは　<u>こまかい</u>　うでを　して　います。

2　ノートに　<u>こまかい</u>　字が　ならんで　います。

3　公園で　<u>こまかい</u>　子どもが　あそんで　います。

4　<u>こまかい</u>　時間ですが、楽しんで　ください。

譯〉細小

　　1　她有很細小的手臂

　　2　細小的字並排在筆記本上。

　　3　細小的孩子在公園裡嬉戲。

　　4　雖然只有細小的時間，請盡情享受。

□ **31　かんたん**

1　ハンバーグの　<u>かんたんな</u>　作り方を　教えます。

2　この　りょうりは　<u>かんたんな</u>　時間で　できます。

3　あすは　<u>かんたんな</u>　天気に　なるでしょう。

4　ここは　むかし、<u>かんたんな</u>　町でした。

譯〉簡易

　　1　我來教你漢堡肉的簡易做法。

　　2　這道料理用簡易的時間就能完成。

　　3　明天天氣會變簡易吧。

　　4　這裡以前是一座簡易的城鎮。

□ **32　ほぞん**

1　すぐに　けが人を　<u>ほぞん</u>します。

2　教室の　かぎは　先生が　<u>ほぞん</u>して　います。

3　この　おかしは、れいぞうこで　<u>ほぞん</u>して　ください。

4　その　もんだいは　<u>ほぞん</u>に　なって　います。

譯〉保存

　　1　馬上保存傷患。

　　2　教室的鑰匙由老師保存。

　　3　請把這塊蛋糕放進冰箱保存。

　　4　保存這個問題。

(解題)**30**　　　　　　　　　　　　　　　　　　　　　　　(答案) **(2)**

「細かい／細小」是指形體很小。

可以用於 "細かい砂（細沙）、細かい雨（細雨）、野菜を細かく切る（把蔬菜切碎）" 等等。

選項 1 應改為「細い腕／纖細的手臂」

選項 3 應改為「小さい子供／年紀小的孩子」

選項 4 應改為「短い時間／很短的時間」

(解題)**31**　　　　　　　　　　　　　　　　　　　　　　　(答案) **(1)**

「簡単な／簡單」⇔「難しい／困難」

可以從「ハンバーグを作るのは簡単です／作漢堡肉很簡單」、「ハンバーグは簡単に作ることができます／可以輕鬆作漢堡肉」等句子來思考，「作る／製作」是否可以接在「簡単な（に）／簡單的」後面。例句：

簡単に説明する（簡單的説明）

簡単な辞書（簡易的字典）

「作り方／做法」是指製作方法。

選項 2 形容「時間／時間」的形容詞是「短い／短」　⇔　「長い／長」

選項 3 形容「天気／天氣」的形容詞是「よい／好」　⇔　「悪い／壞」

選項 4 形容「町／城鎮」的形容詞是「小さい／小」　⇔　「大きい／大」

(解題)**32**　　　　　　　　　　　　　　　　　　　　　　　(答案) **(3)**

「保存／保存」是指沒有改變狀態、繼續持有。例句：

PC に資料を保存します。（把資料儲存在電腦裡）

選項 1 應改為「けが人を保護する／保護傷者」

選項 2 應改為「鍵を保管する／保管鑰匙」

選項 4 應改為「問題を保留にする／擱置這個問題」

□ **33 ひらく**

1　へやを　ひらいて　きれいに　しました。

2　ケーキを　ひらいて　おさらに　入れました。

3　テレビを　ひらいて　ニュースを　見ました。

4　テキストの　15 ページを　ひらいて　ください。

譯〉揭開

　　1　揭開房間讓房間變乾淨了。

　　2　把揭開的蛋糕盛到盤子上。

　　3　揭開電視看新聞。

　　4　請揭開課本第十五頁。

□ **34 しばらく**

1　つぎの　電車が　しばらく　来ます。

2　この　雨は　しばらく　やみません。

3　長い　冬が　しばらく　終わりました。

4　きょうの　しあいは　しばらく　まけました。

譯〉暫時

　　1　下一班火車暫時來。

　　2　這場雨暫時不會停。

　　3　漫長的冬天暫時結束。

　　4　今天的比賽暫時輸了。

「開く／打開」是指打開門、書、電腦、店家等等關閉的事物。

選項１應改為「部屋を掃除して／打掃房間」。

選項２應改為「ケーキを切って／切蛋糕」。

選項３應改為「テレビを点けて／打開電視」。

「しばらく／暫時」是指短暫的時間，或是稍微長一點的時間。例句：

名前を呼ぶまで、しばらくお待ちください。（叫到名字之前，請暫時在此稍候）

母とけんかをして、しばらく家に帰っていない。（我和媽媽吵架了，暫時不回家了）

選項１應改為「まもなく／不久」。

選項２應改為「ようやく／終於」。

選項４應改為「惜しくも／可惜」。

翻譯與解題

◎問題 1　以下詞語的平假名為何？請從選項 1・2・3・4 中選出一個最適合填入＿＿的答案。

□ **1** <ruby>月<rt>つき</rt></ruby>が　とても　きれいです。

1　はな　　　　　　　　　2　つき

3　ほし　　　　　　　　　4　そら

> 譯〉月亮非常美。
> 　　1　花　　　　　　　　2　月亮
> 　　3　星星　　　　　　　4　天空

□ **2** わたしの　<ruby>妻<rt>つま</rt></ruby>は　がっこうの　<ruby>先生<rt>せんせい</rt></ruby>です。

1　おっと　　　　　　　　2　まつ

3　おっと　　　　　　　　4　つま

> 譯〉我妻子是學校的老師。
> 　　1　X　　　　　　　　2　等待
> 　　3　丈夫　　　　　　　4　妻子

□ **3** <ruby>会場<rt>かいじょう</rt></ruby>には　バスで　<ruby>行<rt>い</rt></ruby>きます。

1　かいじよう　　　　　　2　かいじょお

3　かいじょう　　　　　　4　ばしょ

> 譯〉將搭乘巴士前往會場。
> 　　1　X　　　　　　　　2　X
> 　　3　會場　　　　　　　4　場所

□ **4** <ruby>世界<rt>せかい</rt></ruby>には　たくさんの　<ruby>国<rt>くに</rt></ruby>が　あります。

1　せかい　　　　　　　　2　せいかい

3　ちず　　　　　　　　　4　せえかい

> 譯〉世界上有很多國家。
> 　　1　世界　　　　　　　2　正解
> 　　3　地圖　　　　　　　4　X

(解題)**1**

答案 **(2)**

月＝ゲツ・ガツ／つき

例如：

月曜日（星期一）、今月（這個月）、先月（上個月）、来月（下個月）、

四月十日（四月十日）、生年月日（出生年月日）、ひと月（一個月）

選項１花（花）。選項３星（星星）。選項４空（天空）。

(解題)**2**

答案 **(4)**

妻＝サイ／つま。例如：

夫妻（夫妻）

妻（妻子）　⇔　夫（丈夫）

(解題)**3**

答案 **(3)**

会＝エ・カイ／あ‐う。例如：

会社（公司）、会議（會議）、社会（社會）

場＝ジョウ／ば。例如：

入場（入場）、工場（工廠）、駐車場（停車場）。

場所（場所）、場合（場合）

把意思相近的「場」和「所」的讀音記下來吧！

「会場」的「場」讀音是「ジョウ」，兩拍。

「近所」的「所」讀音是「ジョ」，一拍。

(解題)**4**

答案 **(1)**

世＝セイ・セ／よ

界＝カイ

請注意「世」的讀音有「セ」和「セイ」兩種。例如：

21 世紀（せいき）

□ **5** 立派な　いえが　ならんで　います。

1　りゅうは　　　　　　　2　りゅうぱ

3　りっは　　　　　　　　4　りっぱ

譯〉豪宅林立。
　　　1　流派　　　　　　　2　X
　　　3　X　　　　　　　　4　豪華

□ **6** 母の　力に　なりたいと　思います。

1　たより　　　　　　　　2　りき

3　ちから　　　　　　　　4　たすけ

譯〉我想成為媽媽的助力。
　　　1　依靠　　　　　　　2　力
　　　3　力量　　　　　　　4　幫忙

□ **7** 車に　注意して　あるきなさい。

1　きけん　　　　　　　　2　ちゅうい

3　あんぜん　　　　　　　4　ちゅうもん

譯〉走路請注意來車。
　　　1　危險　　　　　　　2　注意
　　　3　安全　　　　　　　4　點餐

□ **8** あなたの　お母さんは　若く　見えます。

1　わかく　　　　　　　　2　こわく

3　きびしく　　　　　　　4　やさしく

譯〉你母親看起來很年輕。
　　　1　年輕　　　　　　　2　可怕
　　　3　嚴厲　　　　　　　4　溫柔

□ **9** わたしの　趣味は　ほしを　見る　ことです。

1　きょうみ　　　　　　　2　しゅみ

3　きようみ　　　　　　　4　しゆみ

譯〉我的嗜好是觀星。
　　　1　感到興趣　　　　　2　嗜好

　　　3　X　　　　　　　　4　X

解題 **5** 答案 **(4)**

立＝リツ・リュウ／た - つ・た - てる

派＝ハ

"立（リツ）"和"派（ハ）"合在一起變成漢字的兩字複合詞時，讀音會變成「りっぱ」。

兩個漢字的詞語，當前面的字結尾音為「チ、ツ、ン」時，後面的字的第一個音若是「ハ行」，就要變為「パ行」，前面的音「チ、ツ」則要變為「ッ（促音）」。例句：

一（イチ）＋ 杯（ハイ）→ 一杯（イッ パイ）。

発（ハツ）＋ 表（ヒョウ）→ 発表（ハッ ピョウ）。

散（サン）＋ 歩（ホ）→ 散歩（サンポ）

當前面的結尾音為「ク」時，「ク」則要變為「ッ」。

学（ガク）＋ 校（コウ）→ 学校（ガッコウ）

解題 **6** 答案 **(3)**

力＝リキ・リョク／ちから

「（人）の力になる／成為（某人）的助益」意思是「（人）を助ける／幫助某人」。

解題 **7** 答案 **(2)**

注＝チュウ／そそ - ぐ

意＝イ。例句：

パーティーの用意をします。（準備派對）

選項1危険（危險）。選項3安全（安全）。選項4注文（點餐）。

解題 **8** 答案 **(1)**

若＝ジャク・ニャク／わか - い・も - しくは

選項2恐く（可怕）／怖く（可怕）。選項3厳しく（嚴厲）。

選項4優しく（溫柔）。

解題 **9** 答案 **(2)**

趣＝シュ／おもむき

味＝ミ／あじ・あじ - わう。例句：

スープの味がいい（湯的味道很好）

「趣味」的讀音是「シュミ」，兩拍。

「興味」的讀音是「キョウミ」，三拍。

翻譯與解題

◎問題2 以下詞語應為何？請從選項1・2・3・4中選出一個最適合填入____
的答案。

□ **10** この いけは あさいです。

1 広い 　　　　　　　　2 低い

3 浅い 　　　　　　　　4 熱い

譯〉這座池塘很淺。

　　1 廣闊　　　　　　2 低

　　3 淺　　　　　　　4 熱

□ **11** べんとうを もって 山に 行きました。

1 弁通　　　　　　　　2 弁呉

3 便当　　　　　　　　4 弁当

譯〉帶著便當去爬山了。

　　1 X　　　　　　　2 X

　　3 X　　　　　　　4 便當

□ **12** がいこくの おきゃくさまを むかえます。

1 迎え　　　　　　　　2 迎え

3 迎かえ　　　　　　　4 迎かえ

譯〉迎接外國貴客。

　　1 X　　　　　　　　2 迎接

　　3 X　　　　　　　　4 X

□ **13** ともだちと あそぶ やくそくを しました。

1 約束　　　　　　　　2 約則

3 紙束　　　　　　　　4 紡束

譯〉我和朋友約好了一起玩。

　　1 約定　　　　　　2 X

　　3 X　　　　　　　4 X

(解題)**10**

浅＝セン／あさ - い

浅い（淺）　⇔　深い（深）

選項1広（コウ／ひろ - い）　広い（寬廣）　⇔　狭い（狹窄）

選項2低（テイ／ひく - い）　低い（低）　⇔　高い（高）

選項4熱（ネツ／あつ - い）　熱い（熱）　⇔　冷たい（冷）

(解題)**11**

答案 (4)

弁＝ベン

当＝トウ／あ - たる　あ - てる

「弁当／便當」是為了要在外用餐，而放進便當盒裡帶著走的食物。關聯詞有「弁当箱／便當盒」「弁当屋／便當店」等。

(解題)**12**

答案 (2)

迎＝ゲイ／むか - える

「迎」的送假名是「える」。

「迎える／迎接」這個詞的慣用説法為「迎えに行く／去迎接」「迎えに来る／來迎接」。例句：

友達を空港まで迎えに行きました。（去機場為朋友接機了）。

父が車で迎えに来てくれた。（爸爸開車來接我了）

(解題)**13**

答案 (1)

約＝ヤク

束＝ソク／たば

選項2寫成了規則的「則」。

選項3寫成了紙（シ／かみ）。

選項4沒有這個字。

□ **14** きょうは　<u>あたらしい</u>　くつを　はいて　います。

1　親<ruby>親<rt>した</rt></ruby>しい　　　　2　新<ruby>新<rt>あたら</rt></ruby>しい

3　親らしい　　　　4　新らしい

譯〉我今天穿新鞋。
　　1　親密　　　2　嶄新
　　3　X　　　　4　X

□ **15** <u>きぬ</u>の　ハンカチを　買いました。

1　綿<ruby>綿<rt>めん</rt></ruby>　　　　　2　麻<ruby>麻<rt>あさ</rt></ruby>

3　絹<ruby>絹<rt>きぬ</rt></ruby>　　　　　4　縜

譯〉我買了一條絲綢手帕。
　　1　棉料　　　2　麻布
　　3　絲綢　　　4　X

解題 **14**　　　　　　　　　　　　　　　　　　　　　　　答案 (2)

新＝シン／あたら‐しい

「新」的送假名是「しい」。例如：

新聞（報紙）、新聞社（報社）、新規作成（新創建）

「親」的念法是シン／おや　した‐しい。例如：

親切な人（親切的人）。

よく似た親子（很相像的父母和孩子）

解題 **15**　　　　　　　　　　　　　　　　　　　　　　　答案 (3)

絹＝ケン／きぬ

選項1綿（メン／わた）。選項2麻（マ／あさ）。選項4沒有這個字。

絹、綿、麻都是表示布的材料的詞語。

翻譯與解題

◎問題 3 （　　　）中的詞語應為何？請從選項 1・2・3・4 中選出一個最適合填入（　　　）的答案。

□ **16** 私の　家に　きたら　かぞくに　（　　　）します。

1　しょうかい　　　　　2　おれい

3　てつだい　　　　　　4　しょうたい

譯〉如果你來我家，就把你（介紹）給我的家人。
1　介紹　　　　　　2　謝禮
3　幫忙　　　　　　4　招待

□ **17** わたしは　（　　　）を　かえる　ために　かみの　毛を　切りました。

1　ことば　　　　　　　2　きぶん

3　くうき　　　　　　　4　てんき

譯〉為了轉換（心情），我把頭髮剪短了。
1　詞語　　　　　　2　心情
3　空氣　　　　　　4　天氣

□ **18** しあいには　まけましたが、よい　（　　　）に　なりました。

1　しゃかい　　　　　　2　けんぶつ

3　けいけん　　　　　　4　しゅうかん

譯〉雖然輸掉了比賽，但獲得了寶貴的（經驗）。
1　社會　　　　　　2　觀光
3　經驗　　　　　　4　習慣

選項 2 お礼（謝禮）。選項 3 手伝い（幫忙）。選項 4 招待（招待）。

正確句子是「（あなたが）私の家に来たら（私はあなたを）家族に紹介します／如果（你）來我家，（我）就把（你）介紹給我的家人」。請注意「来たら／來之後」前後的主詞不同。

「家族／家人」在本題的意思是「（私の）家族／（我的）家人」。

選項 1「紹介／介紹」是指處於某人和某人之間，介紹雙方認識。這是正確答案。

選項 2 向家人道謝不合邏輯。

選項 3「手伝い／幫忙」的用法是「（人を）手伝います（動詞）／幫忙（某人）」或「（人の）手伝い（名詞）をします／幫（某人）的忙」。

選項 4「招待／招待」是招待對方來家裡的意思，選項 4 從文意考量不合邏輯。

解題**17** 答案 **(2)**

請思考剪頭髮之後會改變的東西是什麼。「気分／心情」是指人的情緒。

例句：

今日はいい天気で、気分がいい。（今天天氣真好，心情也跟著好了起來）。

朝から失敗ばかりで、気分が悪い。（今天從早上開始就諸事不順，心情很差）。

お酒を飲み過ぎて、気分が悪い。（喝太多酒了，身體很不舒服）

若選 1「言葉／詞語」或 4「天気／天氣」則與文意不符。

選項 3「空気／空氣」雖然可以用於「空気を変える／改變氛圍」，表示改變了在場的人們的心情，但剪頭髮只會改變自己一個人的心情，因此「気分／心情」較為合適。

解題**18** 答案 **(3)**

請思考輸了比賽後會有什麼結果。「負けましたが／輸了」中的「が」表示逆接。

雖然輸了比賽是負面的事，但題目的意思是「因為輸了比賽而變得（　　）是好事」。

「経験／經驗」的例句：

私はアメリカに留学した経験があります。（我擁有留學美國的經歷）

旅行中、珍しい経験をしました。（在旅行途中得到了寶貴的經驗）

選項 2 例句：祖父を東京見物に連れて行く。（帶爺爺去觀光東京）

選項 4 例句：私は朝冷たいシャワーを浴びる習慣があります。（我習慣早上洗冷水澡）

□ **19** わたしが　うそを　ついたので、父は　たいへん　（　　　　）。

　　1　おこしました　　　　　　2　よこしました

　　3　さがりました　　　　　　4　おこりました

譯〉因為我説了謊，所以爸爸非常（生氣）。
　　　1　叫醒了　　　　　　2　寄來了
　　　3　下降了　　　　　　4　生氣了

□ **20** 出かける　ときは　部屋の　かぎを　（　　　　）　ください。

　　1　つけて　　　　　　　　　2　かけて

　　3　けして　　　　　　　　　4　とめて

譯〉離開時請（鎖上）房門。
　　　1　打開　　　　　　　2　鎖上
　　　3　關掉　　　　　　　4　停止

□ **21** たんじょうびには　妹が　ぼくに　プレゼントを　（　　　　）。

　　1　いただきます　　　　　　2　たべます

　　3　もらいます　　　　　　　4　くれます

譯〉生日時妹妹（給）我禮物。
　　　1　收下　　　　　　2　吃
　　　3　得到　　　　　　4　送

□ **22** りょうしんは　いなかに　（　　　）　います。

　　1　ならんで　　　　　　　　2　くらべて

　　3　のって　　　　　　　　　4　すんで

譯〉我的父母（住）在鄉下。
　　　1　排隊　　　　　　2　比較
　　　3　乘坐　　　　　　4　居住

解題19   答案 (4)

「嘘をついた／說謊」是說謊話的意思。答案是「怒りました／生氣」。
因為有同音的「起こりました／發生」，請特別注意。選項1「起こしまし
た／叫醒」是「起こりました／發生」的他動詞形。例句：
その時、事故が起こりました。（那時候，意外發生了）
交通事故を起こしてしまいました。（發生了交通事故）

解題20   答案 (2)

用鑰匙「かける／鎖上」或是「閉める／關上」。
鍵をかける／閉める（用鑰匙鎖上）　⇔　鍵を開ける（用鑰匙打開）
選項1電気をつけます（開燈）
選項3電気を消します（關燈）
選項4水道の水を止めます（關掉水龍頭的水）、車を停めます（停車）

解題21   答案 (4)

主詞是「妹／妹妹」。接在「妹が僕にプレゼントを／妹妹（送）我禮物」
之後的是「くれます／送」。
選項1掌握「主語／主詞」的不同。
主詞是「私／我」的情形：あげます　もらいます
主詞是「他者／他人」的情形：くれます
選項2掌握「物の動く方向／物品移動的方向」。
「私／我」→「他者／他人」的情形：もらいます、くれます
「他者／他人」→「私／我」的情形：あげます
「いただきます／收下」是「もらいます／收到」的謙讓語。

解題22   答案 (4)

「田舎／鄉下」⇔　「町／城鎮」、「都会／都市」
接在「田舎に／在鄉下」之後的是「住んで／住」。
選項1應為「（店の前に客が）並んでいます／（店門前客人）正在排隊」。
選項2應為「A店の値段とB店の値段を比べます／比較A店家和B店家的
價格」。
選項3應為「車に乗ります／搭車」。

□ **23** 風_{かぜ}が　つよいので、うみには　（　　　）　ください。

1　わすれないで　　　　　　2　わたらないで

3　入_{はい}らないで　　　　　　4　とおらないで

譯〉由於風勢強勁，請（不要進入）海域。
　　1　不要忘記　　　　　2　不要渡過
　　3　不要進入　　　　　4　不要通過

□ **24** みせの　前_{まえ}には　じてんしゃを　（　　　）　ください。

1　かたづけて　　　　　　2　とめないで

3　とめて　　　　　　　　4　かわないで

譯〉請（不要）將腳踏車（停放）在店門口。
　　1　整理　　　　　　　2　不要停放
　　3　停放　　　　　　　4　不要買

「海には／進入海」的「に」表示目的地。接在「（場所）に／到（地點）」
後的應是「入ります／進入」。

「には」的「は」表示強調。

選項1應為「（宿題を）忘れます／忘記（作業）」。

選項2應為「（橋を）渡ります／過（橋）」。

選項4應為「（家の前をバスが）通ります／（公車從家門前）經過」。

選項2「～を渡ります／過～」和選項4「～を通ります／經過～」的「を」
表示路線。

「店の前には／店門口」的「に」表示目的地，「は」表示強調。這句話表
達「他の場所はいい（関係ないが、店の前は）／其他地方沒關係，但店門
口不行」的意思。由此可知應該選擇呼籲大家注意的「停めないで／不要
停」最為適當。

選項1應為「（部屋を）片付けます／整理（房間）」。

選項3應為「（車は駐車場に）停めてください／請把（車）停在（停車
場）」。

選項4應為「（肉は家にありますから）買わないでください／請不要買肉
（因為家裡已經有肉了）」。

◎問題 4　選項中有和____意思相近的句子。請從選項 1・2・3・4 中選出一個
　　　　最適合的答案。

□ **25** 夕はんの　準備を　します。

　　1　夕はんの　世話を　します。

　　2　夕はんの　説明を　します。

　　3　夕はんの　心配を　します。

　　4　夕はんの　用意を　します。

譯〉準備晚餐。
　　　1　照顧晚餐。
　　　2　説明晚餐。
　　　3　擔心晚餐。
　　　4　張羅晚餐。

□ **26** あんぜんな　やさいだけを　売って　います。

　　1　めずらしい　やさいだけを　売っています。

　　2　ねだんの　高い　やさいだけを　売っています。

　　3　おいしい　やさいだけを　売っています。

　　4　体に　悪く　ない　やさいだけを　売っています。

譯〉我們只賣安全無虞的蔬菜。
　　　1　我們只賣珍奇的蔬菜。
　　　2　我們只賣昂貴的蔬菜。
　　　3　我們只賣好吃的蔬菜。
　　　4　我們只賣對身體無害的蔬菜。

□ **27** もっと　しずかに　して　ください。

　　1　そんなに　しずかに　しては　いけません。

　　2　そんなに　うるさく　しないで　ください。

　　3　すこし　うるさく　して　ください。

　　4　もっと　おおきな　こえで　話して　ください。

譯〉請再安靜一點。
　　　1　不可以這麼安靜。　　　2　不可以這麼吵。
　　　3　請再吵一點。　　　　　4　請再説大聲一點。

解題25　　　　　　　　　　　　　　　　　　　　　答案 (4)

「準備／準備」和「用意／準備」的意思大致相同。例句：

旅行の準備をします。（為旅行做準備）。

パーティーのために、飲み物を用意しました。（為了派對而準備了飲料）

選項1應為「（小さい弟の）世話をします／照顧（小弟弟）」

選項2應為「（薬の飲み方を）説明します／説明（吃藥的注意事項）」

選項3應為「（外国にいる娘の）心配をします／擔心（住在國外的女兒）」

解題26　　　　　　　　　　　　　　　　　　　　　答案 (4)

「安全な（食べ物）／安全的（食物）」是指不必擔心吃了會有不良影響的食物，也就是指沒過期或沒有添加有害物質的食物，和「体に悪くない／對身體無害」意思相同。

解題27　　　　　　　　　　　　　　　　　　　　　答案 (2)

静かな（安靜）　⇔　うるさい（吵雜）

「静かにしてください」和「うるさくしないでください」意思相同。

※雖然「静かな／安靜」的相反詞也可以説成「にぎやかな／熱鬧」，但這是正面的意思。例句：

駅前はお店がたくさんあってにぎやかです。（車站前有很多商店，非常熱鬧）

□ **28** きゃくを　ネクタイうりばに　あんないしました。

　　1　きゃくと　いっしょに　ネクタイうりばを　さがしました。

　　2　きゃくに　ネクタイうりばを　おしえて　もらいました。

　　3　きゃくは　ネクタイうりばには　いませんでした。

　　4　きゃくを　ネクタイうりばに　つれていきました。

　譯〉我領著顧客到了領帶專櫃。

　　　1　我和顧客一起找了領帶專櫃。

　　　2　我向顧客打聽了領帶專櫃的位置。

　　　3　顧客當時不在領帶專櫃上。

　　　4　我帶著顧客去去領帶專櫃。

□ **29** 友だちは　わたしに　あやまりました。

　　1　友だちは　わたしに　「ごめんね」と　言いました。

　　2　友だちは　わたしに　「よろしくね」と　言いました。

　　3　友だちは　わたしに　「いっしょに　行こう」と　言いました。

　　4　友だちは　わたしに　「ありがとう」と　言いました。

　譯〉朋友向我道歉了。

　　　1　朋友向我説了「對不起啦」。

　　　2　朋友向我説了「請多指教」。

　　　3　朋友向我説了「一起去吧」。

　　　4　朋友向我説了「謝謝」。

(解題)**28**

(答案)(4)

「（場所）を案内します／引導到（地點）」是指"領著對當地不熟的人前往"。

選項１「一緒に探す／一起找」和「案内する／引導」的意思不同。

選項２如果是「教えました」則正確。

(解題)**29**

(答案)(1)

因為題目提到「謝りました／道歉」。道歉時會說的語句是「ごめんなさい／對不起」。「ごめんね／對不起啦」是朋友之間或是對比自己地位低的人說的，較隨和的說法。

翻譯與解題

◎問題 5　關於以下詞語的用法，請從選項 1・2・3・4 中選出一個最適合的答案。

□ **30 きょうみ**

1　わたしは　うすい　あじが　きょうみです。

2　わたしは　体が　じょうぶな　ところが　きょうみです。

3　わたしの　きょうみは　りょこうです。

4　わたしは　おんがくに　きょうみが　あります。

譯〉感到興趣

1　我對淡的味道感到興趣。

2　身體強壯是我的感到興趣。

3　我的感到興趣是旅行。

4　我對音樂感到興趣。

□ **31 じゅうぶん**

1　あと　じゅうぶんだけ　ねたいです。

2　セーター　1まいでも　じゅうぶん　あたたかいです。

3　これは　じゅうぶんだから　よく　きいて　ください。

4　あれは　日本の　じゅうぶんな　おてらです。

譯〉足夠

1　我想再睡足夠。

2　只要穿一件毛衣就夠暖和了。

3　因為這個很足夠，請仔細聽。

4　那是日本足夠的寺廟。

□ **32 とりかえる**

1　つぎの　えきで　きゅうこうに　とりかえます。

2　せんたくものを　いえの　中に　とりかえます。

3　ポケットから　ハンカチを　とりかえます。

4　かびんの　みずを　とりかえます。

譯〉更換

1　在下一站更換快車。

2　把洗好的衣服更換進家裡。

3　從口袋更換手帕。

4　更換花瓶裡的水。

解題 30 答案 (4)

「興味／興趣」的用法是「～に興味があります／對～有興趣」或「～に興味を持ちます／抱持著對～的興趣」。例句：

私は子どもの頃から虫に興味があります。（我從小就對昆蟲有興趣）

選項 1 應為「私は薄い味が好きです／我喜歡清淡的口味」。

選項 2 應為「私は体が丈夫なところがいいところです／我的優點是身體強壯」。

選項 3 應為「私の趣味は旅行です／我的興趣是旅行」。

解題 31 答案 (2)

「十分／充分」是"需要的部分已經足夠了，不需要再更多了"的意思。讀音是「じゅうぶん」。漢字寫成「充分」也是相同意思。例句：

食べ物は十分あります。（已經有足夠的食物）。

今出れば、2時の会議に十分間に合いますよ。（現在出門的話，離兩點的會議還有很充裕的時間喔）

選項 1 あと 10 分だけ…（再十分鐘…）指的是時間的長度。讀音是「じゅっぷん」。

選項 3 應為「これは重要だから…／這個很重要…」。

選項 4 應為「日本の有名なお寺です／那是日本知名的寺廟」。

解題 32 答案 (4

「取り替える／更換」是指換成其他東西。例句：

買ったズボンが小さかったので、お店で大きいのと取り替えてもらいました。（因為買來的褲子太小了，所以去店裡換了較大的尺碼）

選項 1 應為「急行に乗り換えます／在下一站轉乘快車」。

選項 2 應為「洗濯物を…取り込みます／洗好的衣服…收進家裡」。

選項 4 應為「ハンカチを取り出します／拿出手帕」。

□ **33** うかがう

1 先生からの　てがみを　うかがいました。

2 先生に　おはなしを　うかがいました。

3 おきゃくさまから　おかしを　うかがいました。

4 わたしは　ていねいに　おれいを　うかがいました。

譯〉請教

　　1　從老師那裡請教了信。
　　2　向老師請教過了。
　　3　從顧客那裡請教了點心。
　　4　我恭敬地請教了謝意。

□ **34** うちがわ

1 へやの　うちがわから　かぎを　かけます。

2 本の　うちがわは　とくに　おもしろいです。

3 うちがわの　おおい　おはなしを　ききました。

4 かばんの　うちがわを　ぜんぶ　だしました。

譯〉內側

　　1　從房間內側上鎖。
　　2　書的內側特別有趣。
　　3　我打聽了內側的很多消息。
　　4　我把包包內側的所有東西都拿出來了。

解題**33**

「伺う／請教、拜訪」是「聞く／詢問」「訊く（質問する）／提問」「訪問する／拜訪」的謙讓語。例句：

では、明日 10 時にお宅に伺います。（那麼，過去拜訪您）

選項 1 應為「手紙を拝見しました／拜讀信件了」。

「拝見する／拜讀」是「見る／看」的謙讓語。

選項 3 應為「お菓子を頂きました／收下了點心」。

「頂く／收下」是「もらう／得到」的謙讓語。

選項 4 應為「お礼を申しました／道謝」。

「申す／説」是「言う／説」的謙讓語。

解題**34**

内側 ⇔ 外側（內側 ⇔ 外側）

內側是當某物分為內外時，表示裡面那一側。例句：

箱の内側にきれいな紙を貼ります。（把漂亮的紙貼在箱子裡面）

電車のホームでは白い線の内側に立ちます。（請站在電車月台的白線內側）

極めろ！
日本語能力試験 解説編

新制日檢！絕對合格 N3,N4,N5 單字全真模考三回 + 詳解

JAPANESE TESTING

第一回

言語知識（文字、語彙）

問題1 ＿＿＿＿のことばの読み方として最もよいものを、1・2・3・4から一つえらびなさい。

1 友人の手術は<u>成功</u>した。

1 せこう　　　2 せいこう　　3 せいきょう　4 せきょう

2 彼が、<u>給料</u>を計算した。

1 ちゅうりょう　2 ちゅりょ　　3 きゅうりょう　4 きゅりょお

3 先生が教室に<u>現れる</u>。

1 おもわれる　2 たわむれる　3 しのばれる　4 あらわれる

4 近くの公園で<u>事件</u>が起こる。

1 しけん　　　2 せけん　　　3 じけん　　　4 じこ

5 初めて会った人と<u>握手</u>をした。

1 あいて　　　2 あくしゅ　　3 あくし　　　4 あくしゆ

6 授業に<u>欠席</u>しないようにしよう。

1 けつせき　　2 けえせき　　3 けせき　　　4 けっせき

7 彼女は、遅刻したことがないと<u>自慢</u>した。

1 じまい　　　2 じまん　　　3 まんが　　　4 じけん

8 その<u>警察官</u>は、とても親切だった。

1 けえさつかん　2 けんさつかん　3 けいかん　　4 けいさつかん

問題2 ＿＿＿＿のことばを漢字で書くとき、最もよいものを、1・2・3・4から一つえらびなさい。

9 力の弱い方のグループにみかたした。

1 見方 2 三方 3 診方 4 味方

10 大事な書類がもえてしまった。

1 火えて 2 燃えて 3 焼えて 4 災えて

11 ゆうびん局からの荷物が届いた。

1 郵使 2 郵仕 3 郵便 4 郵働

12 風邪のよぼうのために、うがいをしてマスクをかける。

1 予紡 2 予坊 3 予防 4 予妨

13 彼はいつでも、もんくばかり言っている。

1 文句 2 門句 3 問句 4 分句

14 暑さのために、いしきが薄れる。

1 異識 2 意識 3 意職 4 異職

問題3　（　　）に入れるのに最もよいものを、1・2・3・4から一
　　　　つえらびなさい。

15 今から予定を（　　）しても大丈夫か確かめたいと思う。
　1　返信　　　　　2　変更　　　　3　必要　　　　4　参道

16 受付時間（　　　）で、なんとか間に合った。
　1　だらだら　　2　うろうろ　　3　みしみし　　4　ぎりぎり

17 電車の先頭車両には、（　　）の席がある。
　1　運転士　　　2　介護士　　　3　栄養士　　　4　弁護士

18 そのことについては、必ず本人の（　　　）をとることが大切だ。
　1　確認　　　　2　丁寧　　　　3　用意　　　　4　簡単

19 後片付けについては、（　　　）が責任を持ってほしい。
　1　注意　　　　2　意見　　　　3　各自　　　　4　全部

20 試合の途中、地震についての（　　　）が流れた。
　1　スピーチ　　　　　　　　2　アナウンス
　3　ディスカッション　　　　4　バーゲン

21 相手を（　　　）気持ちを大切にする。
　1　思いつく　　2　おめでたい　3　思い出す　　4　思いやる

22 彼女が来ないので、彼は（　　　）して機嫌が悪い。
　1　わくわく　　2　いらいら　　3　はればれ　　4　にこにこ

23 外国に行くので、日本のお金をその国のお金に（　　　）。
　1　たえる　　　2　求める　　　3　かえる　　　4　つくる

問題4 ＿＿＿に意味が最も近いものを、1・2・3・4から一つえらびなさい。

24 壊れた時計を修理する。

1 すてる　　　2 直す　　　　3 人にあげる　4 持っていく

25 同じような仕事が続いたので、あきてしまった。

1 いやになって　　　　　　2 うれしくなって

3 すきになって　　　　　　4 こわくなって

26 あの人とは、以前、会ったことがある。

1 明日　　　2 何度か　　　3 昔　　　　4 昨日

27 道路に危険なものがあったら、さけて歩いたほうがいい。

1 近づいて　　　2 さわいで　　　3 遠ざかって　4 見つめて

28 川で流されそうな人を助けた。

1 困った　　　2 急いだ　　　3 見た　　　　4 すくった

問題5　つぎのことばの使い方として最もよいものを、1・2・3・4
　　　　から一つえらびなさい。

29　向ける
1　時計の針が正午に向けた。
2　電車がこむ時間を向けて帰宅した。
3　どうしようかと頭を向ける。
4　台風はその進路を北に向けた。

30　確かめる
1　その池は危険なので、確かめてはいけない。
2　この会社に適した人か、会って確かめたい。
3　大学の卒業式の後、みんなで先生の家に確かめた。
4　困っている人を確かめるために話をした。

31　役立てる
1　私の経験を人のために役立てたい。
2　風が役立てるということを多くの人が知っていた。
3　耳を役立てるまでしっかり聞いてください。
4　彼は、その人に命を役立てられた。

32　招く
1　少しの不注意で、大きな事故を招いてしまうものだ。
2　畑に豆の種を招いた。
3　川の水が増えて木が招かれた。
4　強風のため、飛行機が招いてしまった。

33 平和^{へい わ}

1 平和な電車^{でんしゃ}のために人々は働いている。

2 平和な本^{ほん}があったので、すぐに買^かった。

3 平和な世界^{せ かい}になるように願う。

4 平和な食べ物を食べるようにしたい。

第二回

言語知識（文字、語彙）

問題1 ＿＿＿＿のことばの読み方として最もよいものを、1・2・3・4から一つえらびなさい。

1 昔、母はとても<u>美人</u>だったそうだ。
 1 ぴじん　　　2 びしん　　　3 びじん　　　4　ぴしん

2 彼は、私と彼女の<u>共通</u>の友人だ。
 1 きょうつう　2 ちょうつう　3 きょおつう　4 きょうゆう

3 先生は生徒から<u>尊敬</u>されている。
 1 そんけい　　2 そんきょう　3 そんちょう　4 そんだい

4 首を<u>曲げる</u>運動をする。
 1 さげる　　　2 あげる　　　3 まげる　　　4 かしげる

5 <u>明後日</u>、お会いしましょう。
 1 めいごにち　2 みょうごにち　3 めいごび　　4 みょうごび

6 おもしろいテレビ番組に<u>夢中</u>になる。
 1 ぶちゅう　　2 ふちゅう　　3 むちゅう　　4 うちゅう

7 学校での<u>出来事</u>をノートに書いた。
 1 でるきごと　2 できごと　　3 できいごと　4 できこと

8 授業の<u>内容</u>をまとめる。
 1 ないくう　　2 うちがわ　　3 なかみ　　　4 ないよう

問題2 ＿＿＿＿のことばを漢字で書くとき、最もよいものを、1・2・3・4から一つえらびなさい。

9 彼女はクラスのいいんに選ばれた。

1 医員　　　　2 医院　　　　3 委員　　　　4 委院

10 えいえんに、あなたのことを忘れません。

1 氷延　　　　2 氷縁　　　　3 永遠　　　　4 永塩

11 卒業生に記念の品物がおくられた。

1 憎られた　　2 僧られた　　3 増られた　　4 贈られた

12 地球おんだん化は、解決しなければならない問題だ。

1 温段　　　　2 温暖　　　　3 温談　　　　4 温断

13 今月から、美術館で、かいがの展覧会が開かれている。

1 絵画　　　　2 会雅　　　　3 貝画　　　　4 絵貴

14 試験かいしのベルがなった。

1 開氏　　　　2 会氏　　　　3 会始　　　　4 開始

問題3 （　　）に入れるのに最もよいものを、1・2・3・4から一
　　　つえらびなさい。

15 現状に（　　）するだけでは、進歩しない。
1　冷淡　　　　2　希望　　　　3　満足　　　　4　検討

16 とつぜんの事故によって、家族が（　　　）になる。
1　きちきち　　2　すべすべ　　3　ばらばら　　4　ふらふら

17 部屋を借りているので、（　　）を払わなくてはならない。
1　家賃　　　　2　運賃　　　　3　室代　　　　4　労賃

18 今年の（　　　）の色は、紫色です。
1　社会　　　　2　文化　　　　3　増加　　　　4　流行

19 このパソコンは台湾（　　　）です。
1　製　　　　　2　用　　　　　3　作　　　　　4　産

20 積極的に（　　　）活動に参加する。
1　ボーナス　　2　ボランティア　3　ホラー　　　4　ホームページ

21 何度も話し合って、彼のことを（　　　）しようと努力した。
1　理解　　　　2　安心　　　　3　睡眠　　　　4　食事

22 泣いている彼女の肩に（　　　）手を置いた。
1　どっと　　　2　やっと　　　3　ぬっと　　　4　そっと

23 用事で家を（　　　）いる間に、犬が逃げた。
1　ないて　　　2　どいて　　　3　あけて　　　4　せめて

問題4　_____に意味が最も近いものを、1・2・3・4から一つえらびなさい。

24　つくえの上をきれいに整理した。

　1　かざった　　2　やりなおした　3　ならべた　　4　片づけた

25　台風が近づいて、激しい雨が降ってきた。

　1　ひじょうに弱い　　　　　　2　ひじょうに暗い

　3　ひじょうに強い　　　　　　4　ひじょうに明るい

26　雨が降り出したので、遠足は中止になった。

　1　やめること　　　　　　　　2　先に延ばすこと

　3　翌日にすること　　　　　　4　行く場所を変えること

27　サイズが合わない洋服を彼女にゆずった。

　1　あげた　　　　2　貸した　　　3　見せた　　　4　届けた

28　宿題がなんとか間に合った。

　1　何日も前に提出した　　　　2　提出が遅れないですんだ

　3　提出が少し遅れてしまった　4　まったく提出できなかった

問題5　つぎのことばの使い方として最もよいものを、1・2・3・4
　　　　から一つえらびなさい。

29 ふやす
1　夏は海に行けるようにふやす。
2　安全に車を運転するようにふやした。
3　貯金を毎年少しずつふやしたい。
4　仕事がふやすのでとても疲れた。

30 中止
1　大雨のため祭りは中止になった。
2　危険なため、その窓は中止された。
3　パーティーへの参加を希望したが中止された。
4　初めから展覧会は中止した。

31 申し込む
1　迷子になった子どもを、やっと申し込む。
2　ガソリンスタンドで、車にガソリンを申し込んだ。
3　その報告にたいへん申し込んだ。
4　彼女に結婚を申し込む。

32 移る
1　分かるまで何度も移ることが大切だ。
2　郊外の広い家に移る。
3　ボールを受け取って移る。
4　パンを入れてあるかごに移る。

33 不足

1 <u>不足</u>な味だったので、おいしかった。

2 この金額では<u>不足</u>だ。

3 彼の<u>不足</u>な態度を見て腹が立った。

4 やさしい表情に<u>不足</u>する感じがした。

第三回

言語知識（文字、語彙）

問題1 ＿＿＿＿のことばの読み方として最もよいものを、1・2・3・
4から一つえらびなさい。

1 喫茶店のコーヒーが値上がりした。

1 ねさがり　　2 ちあがり　　3 ねうえがり　　4 ねあがり

2 今日は、図書を整理する日だ。

1 とうしょ　　2 ずが　　　3 としょ　　　4 ずしょ

3 暑いので、扇風機をつけた。

1 せんふうき　2 せんぶうき　3 せんぷうき　4 せんたくき

4 真っ青な空が、まぶしい。

1 まあお　　　2 まっさき　　3 まつあお　　4 まっさお

5 朝ごはんにみそ汁を飲む。

1 みそしる　　2 みそじゅう　3 みそすい　　4 みそじゅる

6 車の免許を取る。

1 めんきよ　　2 めんきょ　　3 めんきょう　4 めんきょお

7 校長先生の顔に注目する。

1 ちゅうもく　2 ちゅうい　　3 ちょおもく　4 ちゅもく

8 黒板の字をノートにうつす。

1 くろばん　　2 こうばん　　3 こくばん　　4 こくはん

問題2 ＿＿＿のことばを漢字で書くとき、最もよいものを、1・2・3・4から一つえらびなさい。

9 室内は涼しくて、とても<u>かいてき</u>だ。

1 快嫡　　　　2 快敵　　　　3 快摘　　　　4 快適

10 遠い昔の<u>きおく</u>が戻ってきた。

1 記億　　　　2 記憶　　　　3 記臆　　　　4 記憶

11 彼女は、今ごろ、試験を受けている<u>さいちゅう</u>だ。

1 最注　　　　2 最中　　　　3 再仲　　　　4 際中

12 <u>じじょう</u>をすべて話してください。

1 真情　　　　2 実情　　　　3 事情　　　　4 強情

13 夏は、毎日<u>たりょう</u>の水を飲む。

1 他量　　　　2 対量　　　　3 大量　　　　4 多量

14 私は、小さいとき、体が<u>よわかった</u>。

1 強かった　　2 便かった　　3 引かった　　4 弱かった

問題3 （　　）に入れるのに最もよいものを、1・2・3・4から一
　　　　つえらびなさい。

15 部屋の（　　）は、とうとう 30℃ を超えた。
　1 湿気　　　　2 風力　　　　3 気圧　　　　4 温度

16 涼しい部屋だったので、気持ちよく（　　）眠れた。
　1 とっぷり　　2 ぐっすり　　3 くっきり　　4 すっかり

17 多くの道路は（　　）で、煙草を吸える場所は限られている。
　1 喫煙　　　　2 禁煙　　　　3 通行止め　　4 水煙

18 （　　）でなければ、そんな厳しい労働はできない。
　1 健康　　　　2 危険　　　　3 正確　　　　4 困難

19 その通りには、30（　　）もの商店が並んでいる。
　1 軒　　　　　2 本　　　　　3 個　　　　　4 家

20 太陽（　　）は、今、注目を集めているものの一つだ。
　1 スクリーン　2 クリック　　3 エネルギー　4 ダンサー

21 スポーツ好きな友だちの（　　）もあって、水泳に通うように
　なった。
　1 試合　　　　2 影響　　　　3 興味　　　　4 長所

22 弟は、中学生になって（　　）背が高くなった。
　1 するする　　2 わいわい　　3 にこにこ　　4 ますます

23 家族みんなの好みに（　　）夕飯を作った。
　1 選んで　　　2 迷って　　　3 受けて　　　4 合わせて

Check □1 □2 □3

問題4　＿＿＿に意味が最も近いものを、1・2・3・4から一つえら
びなさい。

24　彼は学級委員に適する人だ。
1　ぴったり合う　2　似合わない　　3　選ばれた　　　4　満足する

25　車の事故をこの町から一掃しよう。
1　少なくしよう　　　　　　　　2　ながめよう
3　なくそう　　　　　　　　　　4　掃除をしよう

26　彼のお姉さんはとても美人です。
1　優しい人　　　2　頭がいい人　3　変な人　　　　4　きれいな人

27　偶然、駅で小学校の友だちに会った。
1　久しぶりに　　　　　　　　　2　うれしいことに
3　たまたま　　　　　　　　　　4　しばしば

28　彼の店では、その商品をあつかっている。
1　参加している　2　売っている　3　楽しんでいる　4　作っている

問題5　つぎのことばの使い方として最もよいものを、1・2・3・4
　　　　から一つえらびなさい。

29 えがく

1　きれいな字を<u>えがく</u>人だと先生にほめられた。
2　デザインされた服を、針と糸で<u>えがいて</u>作り上げた。
3　レシピ通りに玉子と牛乳を<u>えがいて</u>料理が完成した。
4　鳥たちは、水面に美しい円を<u>えがく</u>ように泳いでいる。

30 感心

1　くつの修理を頼んだが、なかなかできないので<u>感心</u>した。
2　現代を代表する女優のすばらしい演技に<u>感心</u>した。
3　自分の欠点がわからず、とても<u>感心</u>した。
4　夕べはよく眠れなくて遅くまで<u>感心</u>した。

31 人種

1　わたしの家の<u>人種</u>は全部で6人です。
2　世界にはいろいろな<u>人種</u>がいる。
3　料理によって<u>人種</u>が異なる。
4　昨日見かけた外国人は、<u>人種</u>だった。

32 燃える

1　古いビルの中の店が<u>燃えて</u>いる。
2　春の初めにあさがおの種を<u>燃えた</u>。
3　食べ物の好みは、人によって<u>燃えて</u>いる。
4　湖の中で、何かがもぞもぞ<u>燃えて</u>いるのが見える。

33 不満

1　機械の調子が<u>不満</u>で、ついに動かなくなった。
2　自慢ばかりしている<u>不満</u>な彼に嫌気がさした。
3　その決定に<u>不満</u>な人が集会を開いた。
4　カーテンがひく<u>不満</u>で見かけが悪い。

Check □1 □2 □3

MEMO

◎問題1　以下詞語的平假名為何？請從選項1・2・3・4中選出一個最適合填入＿＿的答案。

□ **1** 友人の手術は<u>成功</u>した。

1　せこう
2　せいこう
3　せいきょう
4　せきょう

譯〉朋友的手術成功了。
　　1　×
　　2　成功
　　3　盛況
　　4　×

□ **2** 彼が、<u>給料</u>を計算した。

1　ちゅうりょう
2　ちゅりょ
3　きゅうりょう
4　きゅりょお

譯〉他計算了薪水。
　　1　×
　　2　×
　　3　薪水
　　4　×

□ **3** 先生が教室に<u>現れる</u>。

1　おもわれる
2　たわむれる
3　しのばれる
4　あらわれる

譯〉老師來到教室。
　　1　被認為
　　2　玩耍
　　3　被懷念
　　4　來到

□ **4** 近くの公園で<u>事件</u>が起こる。

1　しけん
2　せけん
3　じけん
4　じこ

譯〉附近的公園發生一起事件。
　　1　考試
　　2　世間
　　3　事件
　　4　事故

解題 **1**　　　　　　　　　　　　　　　　　　　　　　答案 **(2)**

【成　セイ　な-る】

【功　コウ】

選項1很多人會把「成功／成功」誤寫作「せこう」，漏寫了「い」。另外，誤念成「せえこう」的情形也很常見，請多加注意。

解題 **2**　　　　　　　　　　　　　　　　　　　　　　答案 **(3)**

【給　キュウ】

【料　リョウ】

請注意標註的小字的「ゅ」「ょ」，和長音「う」。選項4沒有寫到「きゅう」的「う」，以及「りょう」的「う」寫成了「お」，所以不正確。

「給料／薪水」是指「仕事などでもらうお金／透過工作等事項獲得的金錢」。

解題 **3**　　　　　　　　　　　　　　　　　　　　　　答案 **(4)**

【現　ゲン　あらわ-れる】

「現れる／出現」是指「（人などが）出てくる／（人物等）出現」。也一起記住「現れる／出現」的音讀詞「出現（しゅつげん）」吧！

解題 **4**　　　　　　　　　　　　　　　　　　　　　　答案 **(3)**

【事　ジ・ズ　こと】

【件　ケン】

「事」的音讀有「じ」和「ず」，這裡要念作「じ」。

選項1「しけん」寫成漢字是「試験／考試」。選項2「せけん」寫成漢字是「世間／世間」。選項4「じこ」寫成漢字是「事故／事故」。「事件／案件、事端」和「事故／事故」很容易搞混，請多加注意。

「事件／案件、事端」是指「みんなが話題にするできごと／會引發眾人議論的話題」。

□ **5** 初めて会った人と握手をした。

1　あいて　　　　　　　　2　あくしゅ

3　あくし　　　　　　　　4　あくしゆ

譯〉和初次見面的人握了手。
　　　1　對方　　　　　　2　握手
　　　3　×　　　　　　　4　×

□ **6** 授業に欠席しないようにしよう。

1　けつせき　　　　　　　2　けえせき

3　けせき　　　　　　　　4　けっせき

譯〉上課盡量不要缺席。
　　　1　×　　　　　　　2　×
　　　3　×　　　　　　　4　缺席

□ **7** 彼女は、遅刻したことがないと自慢した。

1　じまい　　　　　　　　2　じまん

3　まんが　　　　　　　　4　じけん

譯〉她炫耀了自己從沒遲到。
　　　1　×　　　　　　　2　炫耀
　　　3　漫畫　　　　　　4　事件

□ **8** その警察官は、とても親切だった。

1　けえさつかん　　　　　2　けんさつかん

3　けいかん　　　　　　　4　けいさつかん

譯〉當時那位警察非常親切。
　　　1　×　　　　　　　2　檢察官
　　　3　警員　　　　　　4　警察

【握　アク　にぎ‐る】
【手　シュ　て・た】

因為選項 4 寫成「しゅ」所以不正確。請注意正確應為小字的「ゅ」。選項 1「あいて」寫成漢字是「相手／對方」。

「握手／握手」是指寒暄時互相握對方的手。

【欠　ケツ　か‐ける】
【席　セキ】

請注意，當「欠」寫作「欠席」這樣兩個以上的漢字的詞語，「けつ」要寫成小字的「っ」，也就是「けっ」。

選項 1 因為寫成了大字「つ」，所以不正確。選項 3 漏寫了「っ」，所以不正確。

「欠席／缺席」是指“沒有出席該出席的集會、缺席不到場”的意思。反意詞是「出席（しゅっせき）／出席」。

【自　ジ・シ　みずか‐ら】
【慢　マン】

「自」的音讀是「じ」或「し」，在這裡讀作「じ」。

選項 3「まんが」寫成漢字是「漫画／漫畫」。選項 4「じけん」寫成漢字是「事件」。

「自慢／自誇」是指“向他人誇耀自己的長處”。

【警　ケイ】
【察　サツ】
【官　カン】

選項 1「けい」寫成「けえ」，所以不正確。雖然發音聽起來像是「けえ」，但寫的時候要寫作「けい」。選項 2「けい」寫成了「けん」所以不正確。

選項 3「けいかん」寫成漢字是「警官」。「警官」是「警察官」的簡稱。

「警察官／警察」是做警察工作的人，也就是警員。

翻譯與解題

◎問題2　以下詞語應為何？請從選項1・2・3・4中選出一個最適合填入＿＿＿的答案。

□ **9** 力の弱い方のグループに**みかた**した。

1　見方　　　　　　　　　2　三方

3　診方　　　　　　　　　4　味方

譯〉我支持了弱勢團體。
　　1　看法　　　　　　　2　三面
　　3　✕　　　　　　　　4　支持

□ **10** 大事な書類が**もえて**しまった。

1　火えて　　　　　　　　2　燃えて

3　焼えて　　　　　　　　4　災えて

譯〉重要的資料被燒毀了。
　　1　✕　　　　　　　　2　燃燒
　　3　✕　　　　　　　　4　✕

□ **11** **ゆうびん**局からの荷物が届いた。

1　郵使　　　　　　　　　2　郵仕

3　郵便　　　　　　　　　4　郵働

譯〉收到了郵局送來的包裹。
　　1　✕　　　　　　　　2　✕
　　3　郵（注：「郵便ゆうびん」意指「郵件」，而「郵便局ゆうびんきょく」為「郵局」）
　　4　✕

□ **12** 風邪の**よぼう**のために、うがいをしてマスクをかける。

1　予紡　　　　　　　　　2　予坊

3　予防　　　　　　　　　4　予妨

譯〉為預防感冒，我會先漱口再戴上口罩。
　　1　✕　　　　　　　　2　✕
　　3　預防　　　　　　　4　✕

210

(解題) **9**

(4)

「味方（みかた）／同伴」是指「自分のほうになって、助けてくれるような仲間／站在自己這一邊、提供幫助的夥伴」。請注意「み」對應的漢字。選項1雖然「見方」也念作「みかた」，但意思是「①見る方法。②ものごとに対する考え方／①看的方法。②對某事的見解」，因此不正確。例句：

選項1　地図の見方を習う。（學習看地圖的方法）
選項4　母は妹に味方した。（媽媽站在妹妹那一邊）

(解題) **10**

答案 (2)

「燃える（もえる）／燃燒」是指「火がついて、ほのおが上がる／點火後火焰升起」。選項3「焼」這個漢字的念法是「や-く」，是「火をつけてもやす／點火燃燒」的意思。請注意「燃」「焼」的讀音和用法。例句：

選項2　紙が燃える。（紙在燃燒）
選項3　紙を焼く。（燒紙）

(解題) **11**

答案 (3)

「郵便局（ゆうびんきょく）／郵局」是指處理信件、包裹的地方。請注意「便」這個漢字。例句：

選項3　郵便局で荷物を出す。（在郵局寄出包裹）

(解題) **12**

答案 (3)

「予防（よぼう）／預防」是指「前もって防ぐこと／事先防範」。請注意「防」這個漢字的偏旁（漢字左半邊）的不同。例句：

選項3　うがいと手洗いで、風邪を予防する。（靠漱口和洗手來預防感冒）

《第一回 全真模考》
問題二

□ **13** 彼はいつでも、もんくばかり言っている。

1 文句

2 門句

3 問句

4 分句

譯〉他總是在發牢騷。

    1 牢騷   2 ×

    3 ×   4 ×

□ **14** 暑さのために、いしきが薄れる。

1 異識

2 意識

3 意職

4 異職

譯〉熱得人意識模糊。

    1 ×   2 意識

    3 ×   4 ×

(解題) **13**

「文句（もんく）／牢騷」是「不満や苦情／不滿和抱怨」的意思。例句：

選項 1　アルバイト料が安いと文句を言う。（抱怨打工的薪水太低）

(解題) **14**

「意識（いしき）／意識到」是指「自分のしていることや考えていることがはっきりわかる心のはたらき／明白自己所做的事和思考的事情的心理活動」。例句：

選項 2　頭を打って、意識を失う。（被打到頭而失去了意識）

《第一回　全真模考》　問題二

翻譯與解題

◎問題3 （　　　　）中的詞語應為何？請從選項1・2・3・4中選出一個最適
合填入（　　　　）的答案。

□ **15** 今から予定を（　　）しても大丈夫か確かめたいと思う。

1 返信 　　　　　　　　　　2 変更

3 必要 　　　　　　　　　　4 参道

> 譯〉 我想確認現在還能不能（更改）行程。
>
> 1 回覆 　　　　　　　　　2 更改
>
> 3 必要 　　　　　　　　　4 參拜道路

□ **16** 受付時間（　　　　）で、なんとか間に合った。

1 だらだら 　　　　　　　　2 うろうろ

3 みしみし 　　　　　　　　4 ぎりぎり

> 譯〉 在受理時間（截止前一刻），總算趕上了。
>
> 1 磨磨蹭蹭 　　　　　　　2 轉來轉去
>
> 3 吱吱嘎嘎 　　　　　　　4 截止前一刻（極限）

□ **17** 電車の先頭車両には、（　　）の席がある。

1 運転士 　　　　　　　　　2 介護士

3 栄養士 　　　　　　　　　4 弁護士

> 譯〉 在電車的第一節車廂裡設有（駕駛員）的座位。
>
> 1 駕駛員 　　　　　　　　2 看護
>
> 3 營養師 　　　　　　　　4 律師

□ **18** そのことについては、必ず本人の（　　　　）をとることが大切だ。

1 確認 　　　　　　　　　　2 丁寧

3 用意 　　　　　　　　　　4 簡単

> 譯〉 關於這件事，一定要向本人（確認），這是非常重要的。
>
> 1 確認 　　　　　　　　　2 細心
>
> 3 準備 　　　　　　　　　4 簡單

解題 **15**　　　　　　　　　　　　　　　　　　　　　　　　答案 **(2)**

請注意（　）前面的「予定を／做計畫」。首先尋找「予定をどうする／為何要做計畫」的動詞。

「変更／變更」是「決まっていたものを変えること／更改決定了的事情」。這是「予定を変えても大丈夫か／可以更改行程嗎？」換句話說的方式，因此選項 2 正確。

選項 1「返信／回覆」是「返事すること／回覆」。選項 3「必要／必要」是「なくてはならない様子／非這麼做不可的樣子」。因為題目的句子無法連接「必要する／必要」，因此不正確。選項 4「参道／參拜道路」是「神社や寺にお参りするために作られた道／為了參拜神社和寺廟而建造的道路」。

解題 **16**　　　　　　　　　　　　　　　　　　　　　　　　答案 **(4)**

從題目的「なんとか間に合った／總算趕上了」可知時間並不寬裕。表示「沒有時間慢慢來了」的擬態語是選項 4「ぎりぎり／極限」。

選項 1「だらだら／磨磨蹭蹭」是指以不認真的狀態繼續下去的樣子。選項 2「うろうろ／轉來轉去」是指心情無法平靜、來回走動的樣子。選項 3「みしみし／吱吱嘎嘎」是形容板子之類的物體發出的聲音。

解題 **17**　　　　　　　　　　　　　　　　　　　　　　　　答案 **(1)**

電車的第一節車廂坐著駕駛電車的人「運転士／駕駛員」。

選項 2「介護士／看護」是「病気やお年寄りの手助けや世話をする人／照顧病患或幫助年長者的人」。選項 3「栄養士／營養師」是「栄養に関する指導をする人／指導營養相關事項的人」。選項 4「弁護士／律師」是「法律の相談にのったり、裁判でうったえられた人や、うったえた人に頼まれて弁護する人／擔任法律諮詢，接受原告或被告委任在判決中協助辯護的人」。

解題 **18**　　　　　　　　　　　　　　　　　　　　　　　　答案 **(1)**

請注意（　）之後的「とる」。這裡的「とる」是「する。知る／做。知道」的意思，是「確認する／確認」的另一種說法。

選項 2「丁寧／鄭重」、選項 3「用意／準備」、選項 4「簡単／簡單」之後都不能接「とる」這個動詞，所以不正確。

□ **19** 後片付けについては、（　　　　）が責任を持ってほしい。

1　注意　　　　　　　　　　2　意見

3　各自　　　　　　　　　　4　全部

> 譯　關於善後部分，希望（每個人）都能負起（自己）的責任。
> 1　注意　　　　　　　　2　意見
> 3　各自 / 每個人～自己～　4　全部

□ **20** 試合の途中、地震についての（　　　　）が流れた。

1　スピーチ　　　　　　　2　アナウンス

3　ディスカッション　　　4　バーゲン

> 譯　在比賽途中發出了地震（警報）。
> 1　演講　　　　　　　　2　警報 / 廣播
> 3　討論　　　　　　　　4　大甩賣

□ **21** 相手を（　　　　）気持ちを大切にする。

1　思いつく　　　　　　　2　おめでたい

3　思い出す　　　　　　　4　思いやる

> 譯　（體諒）對方的心情是很可貴的。
> 1　想到　　　　　　　　2　恭喜
> 3　想起來　　　　　　　4　體諒

(解題) **19** (答案) (3)

注意（　）後面的「が」。因此可知應填入表示主詞（人）的詞語。

選項1「注意」、選項2「意見」、選項4「全部」都不是主詞，所以不正確。

選項3「各自／各自」是指「ひとりひとり／每個人」。也就是「ひとりひとりが責任を持ってほしい／希望每個人都能負起責任」的意思。

(解題) **20** (答案) (2)

這是關於片假名的問題。

選項1「スピーチ〔speech〕／演説」是「集会やもよおしものなどでする、短い演説／在集會或活動上舉行的小型演講」。選項2「アナウンス〔announce〕／廣播」是「マイクなどを使って、多くの人に知らせること。放送すること／用麥克風等告知眾人、播放訊息」。選項3「ディスカッション〔discussion〕／討論」是「意見を出し合って話し合うこと／互相商量討論意見」。選項4「バーゲン／特價」是「バーゲンセール〔bargain sale〕／大特賣」的省略，意思就是「デパートや商店などで行う大安売り／在百貨商店和商店等地方進行的大特價」。

(解題) **21** (答案) (4)

選項1「思いつく／想到」是「いい考えが心に浮かぶ／心裡浮現出好主意」的意思。選項2「おめでたい／可喜可賀」是「めでたい／可賀」的鄭重説法，意思是「お祝いする値打ちがある様子／值得祝賀的樣子」。選項4「思いやる／體貼」是「相手のことを考えて、同情する／為對方著想、體諒對方」的意思。

選項1、3、4是與「思う」連接的複合語，但是選項1、3沒有體貼對方的意思，所以不正確。

表示為對方著想的詞語是選項4「思いやる／體貼」。

□ **22** 彼女が来ないので、彼は（　　　）して機嫌が悪い。

　　1　わくわく　　　　　　　2　いらいら

　　3　はればれ　　　　　　　4　にこにこ

　　譯▷ 由於她沒有到場，使得他很（焦躁），心情很差。
　　　　1　歡欣雀躍　　　　　2　急躁
　　　　3　愉快　　　　　　　4　笑嘻嘻

□ **23** 外国に行くので、日本のお金をその国のお金に（　　　）。

　　1　たえる　　　　　　　　2　求める

　　3　かえる　　　　　　　　4　つくる

　　譯▷ 因為要去國外，所以要把日幣（換）成該國的貨幣。
　　　　1　忍耐　　　　　　　2　追求
　　　　3　換　　　　　　　　4　做

這題考的是關於表示樣子的擬態語。

選項1「わくわく／歡欣雀躍」是指「期待や喜びなどで、心が落ち着かない様子／因為期待和喜悅使得內心無法平靜的樣子」。選項2「いらいら／急躁」是指「思いどおりにならなくて、怒りっぽくなる様子／事情沒有按照心中所想的發展而憤怒的樣子」。選項3「はればれ／愉快」是指「心配ごとなどがなく、明るい様子／沒有什麼要擔心的開朗樣子」。選項4「にこにこ／笑嘻嘻」是指「笑っているように、うれしそうな顔をする様子／高興笑著的表情」。

請注意（　　）之後接的「機嫌が悪い／心情很差」。「機嫌／情緒」是指「気分／心情」。符合心情很差的是選項2「いらいら／急躁」。

解題 **23**   答案 (3)

去國外的時候，把錢換成該國的貨幣就叫做「かえる／換、兌換」。例句：選項3　円をドルにかえる。（把日圓兌換成美金）

《第一回 全真模考》 問題三

翻譯與解題

◎問題 4　選項中有和＿＿＿意思相近的詞。請從選項 1・2・3・4 中選出一個最適合的答案。

□ **24** 壊れた時計を修理する。

1　すてる　　　　　　　　2　直す

3　人にあげる　　　　　　4　持っていく

> 譯〉修理壞掉的手錶。
> 1　丟掉　　　　　　2　修理
> 3　給別人　　　　　4　拿去

□ **25** 同じような仕事が続いたので、あきてしまった。

1　いやになって　　　　　2　うれしくなって

3　すきになって　　　　　4　こわくなって

> 譯〉由於一直持續做同樣的工作，覺得厭煩了。
> 1　厭膩　　　　　　2　開心
> 3　喜歡上　　　　　4　害怕

□ **26** あの人とは、以前、会ったことがある。

1　明日　　　2　何度か　　　3　昔　　　4　昨日

> 譯〉我和那個人以前見過面。
> 1　明天　　2　幾次　　　3　以前　　　4　昨天

□ **27** 道路に危険なものがあったら、さけて歩いたほうがいい。

1　近づいて　　2　さわいで　　3　遠ざけて　4　見つめて

> 譯〉如果在路上看到危險的物體，還是避開比較好。
> 1　靠近　　2　吵起來　　3　遠離　　　4　凝視

□ **28** 川で流されそうな人を助けた。

1　困った　　2　急いだ　　3　見た　　　4　すくった

> 譯〉我救了差點被河水沖走的人。
> 1　困擾　　2　急著　　　3　看到　　　4　撈起

「修理／修理」是指「壊れたものを直すこと／把壞掉的東西修好」。例句：

選項2　壊れたテレビを修理する。（修理壞掉的電視）

　　　　壊れたテレビを直す。（把壞掉的電視修好）

（解題）**25**

（答案）**(1)**

「あきて／厭煩」的辭書形是「あきる／厭煩」，意思是「十分したので
いやになる／因為做太多次而覺得煩了」。因此選項1「いやになって／
膩煩」正確。例句：

選項1　毎日ハンバーガーであきてしまった。（每天都吃漢堡，已經吃膩了）

　　　　毎日ハンバーガーで、いやになってしまった。（每天都吃漢堡，
　　　　已經吃到很煩了）

（解題）**26**

（答案）**(3)**

「以前／以前」是指「前。昔。もと／之前、從前、先前」。因此選項3「昔／
從前」是正確答案。

選項2「何度か／好幾次」是指「何回か／好幾回」。例句：

選項3　ここは、以前、海だった。（這裡以前是一片海）

　　　　ここは、昔、海だった。（這裡從前是一片海）

（解題）**27**

（答案）**(3)**

「さけて／避開」的辭書形是「さける／避開」，意思是「よくないものや
人、場所などに近づかないようにする／盡量不靠近有害的人、物、地點」。

選項3「遠ざけて／遠離」的「遠ざける／遠離」意思是離得遠遠的。

因為走在路上要「遠ざけて／遠離」危險物體比較好，所以選項3正確。

（解題）**28**

（答案）**(4)**

「助ける／幫助」是指「危険や苦しみからすくう／救離危險或痛苦」。因
此，選項4「すくった／撈起」是正確答案。例句：

選項4　川に落ちた犬を助ける。（救出掉到河裡的狗）

　　　　川に落ちた犬をすくう。（撈起掉到河裡的狗）

翻譯與解題

◎問題5　關於以下詞語的用法，請從選項1・2・3・4中選出一個最適合的答案。

□ **29** 向ける

　　1　時計の針が正午に向けた。　　　2　電車がこむ時間を向けて帰宅した。

　　3　どうしようかと頭を向ける。　　　4　台風はその進路を北に向けた。

　譯〉朝著

　　　　1　時鐘的指針朝了正午。

　　　　2　朝著電車最擁擠的時間回家了。

　　　　3　不知如何是好地把頭轉過去。

　　　　4　颱風朝著這個方向繼續往北方前進。

□ **30** 確かめる

　　1　その池は危険なので、確かめてはいけない。

　　2　この会社に適した人か、会って確かめたい。

　　3　大学の卒業式の後、みんなで先生の家に確かめた。

　　4　困っている人を確かめるために話をした。

　譯〉確認

　　　　1　因為那個水池很危險，不能確認。

　　　　2　想見面確認他是否是適合本公司的人才。

　　　　3　大學的畢業典禮之後，大家一起確認老師的家。

　　　　4　為了確認他是否有困擾才向他搭話。

□ **31** 役立てる

　　1　私の経験を人のために役立てたい。

　　2　風が役立てるということを多くの人が知っていた。

　　3　耳を役立てるまでしっかり聞いてください。

　　4　彼は、その人に命を役立てられた。

　譯〉有助益

　　　　1　我希望自己的經驗能對他人有所助益。

　　　　2　很多人都知道風有所助益。

　　　　3　請仔細聽直到幫助耳朵。

　　　　4　他對那個人的性命有所助益。

(解題) **29**　　　　　　　　　　　　　　　　　　　　　　　　　(答案) (4)

「向ける／朝向」是指「そのほうに向くようにする／面向那一方」。選項4是「台風が北の方向に進んだ／颱風朝著北方的方向前進」的意思。其他選項應為：

選項1　時計の針が正午を指した。（時鐘的指針指向了正午）

選項2　電車がこむ時間をさけて帰宅した。（避開電車的尖峰時間回家了）

選項3　どうしようかと頭を悩ます。（煩惱著不知道該怎麼辦）

＊「悩ます／困擾」的意思是「苦しめる。困らせる／痛苦、煩惱」。

(解題) **30**　　　　　　　　　　　　　　　　　　　　　　　　　(答案) (2)

「確かめる／確認」是「はっきりしないことをはっきりさせる／把不確定的事情確認清楚」的意思。選項2是「この会社に適した人かどうかを、会ってはっきりさせたい／見面確認這個人是否是這間公司需要的人」的意思。其他選項應為：

選項1　その池は危険なので、近づいてはいけない。（那座水池很危險，所以不能靠近）

選項3　大学の卒業式の後、みんなで先生の家を訪れた。（大學的畢業典禮後，大家一起去了老師家拜訪）

選項4　困っている人を助けるために話をした。（我為了幫助遇到困難的人才向他搭話）

(解題) **31**　　　　　　　　　　　　　　　　　　　　　　　　　(答案) (1)

「役立てる／有助益」是「役立つようにする／有幫助」的意思。選項1是「私の経験を人のために役立つようにしたい／希望我的經驗可以對別人有幫助」的意思。

選項2、3的整句話都不合邏輯。

選項4　應為「彼は、その人に命を助けられた／他被那個人救了性命」。

□ **32** 招く

1 少しの不注意で、大きな事故を招いてしまうものだ。
2 畑に豆の種を招いた。
3 川の水が増えて木が招かれた。
4 強風のため、飛行機が招いてしまった。

譯〉引發
　　1　一不小心就會引發嚴重的事故。
　　2　在田裡引發豆子的種子。
　　3　隨著河水漲高，樹被引發了。
　　4　因為強風而引發了飛機。

□ **33** 平和

1 平和な電車のために人々は働いている。
2 平和な本があったので、すぐに買った。
3 平和な世界になるように願う。
4 平和な食べ物を食べるようにしたい。

譯〉和平
　　1　人們為了和平的電車而在工作。
　　2　看到和平的書，我馬上就買了。
　　3　為了世界和平祈禱。
　　4　我想盡量吃和平的食物。

(解題) **32**　　　　　　　　　　　　　　　　　　　　　　　(答案) **(1)**

本題的「招く／引起」是「あることが原因でよくないことを起こす／因某個原因而引發了不好的事情」的意思，並不是「客として呼ぶ／客人呼叫（服務員）」的意思，請特別注意。選項 1 是「少しの不注意で、大きな事故を起こしてしまう／由於不小心而引發了大事故」的意思。其他選項應為：

選項 2　畑に豆の種をまいた。（在田地裡種下了豆子。）

＊「まく／播種」是「植物の種を散らしたり、地中にうめたりする／把植物的種子撒在地上，埋在土地裡」的意思。

選項 3　川の水が増えて木が流された。（河水暴漲，樹木被沖走了）

選項 4　強風のため、飛行機が遅れてしまった。（強風導致飛機誤點了）

(解題) **33**　　　　　　　　　　　　　　　　　　　　　　　(答案) **(3)**

「平和／和平」是「戦いがなく、おだやかな状態であること／沒有戰亂、安穩的狀態」的意思。選項 3 是「戦いのない世界になるように願う／祈願這個世界上沒有戰爭」的意思。

選項 1 整句話都不合邏輯。其他選項應為：

選項 2　読みたい本があったので、すぐに買った。（因為找到想看的書，所以馬上買了）

選項 4　安全な食べ物を食べるようにしたい。（我希望吃安全無虞的食物）

翻譯與解題

◎問題1　以下詞語的平假名為何？請從選項1・2・3・4中選出一個最適合填入＿＿的答案。

□ **1** 昔、母はとても美人だったそうだ。

1 ぴじん　　　　　　　　2 びしん

3 びじん　　　　　　　　4 ぴしん

譯〉聽說我母親以前是個美人。
　　1　✕　　　　　　　2　✕
　　3　美人　　　　　　4　✕

□ **2** 彼は、私と彼女の共通の友人だ。

1 きょうつう　　　　　　2 ちょうつう

3 きょおつう　　　　　　4 きょうゆう

譯〉　他是我和她共同的朋友。
　　1　共同　　　　　　2　✕
　　3　✕　　　　　　　4　共有

□ **3** 先生は生徒から尊敬されている。

1 そんけい　　　　　　　2 そんきょう

3 そんちょう　　　　　　4 そんだい

譯〉老師受到學生尊敬。
　　1　尊敬　　　　　　2　✕
　　3　尊重　　　　　　4　自大

□ **4** 首を曲げる運動をする。

1 さげる　　　　　　　　2 あげる

3 まげる　　　　　　　　4 かしげる

譯〉做扭動脖子的運動。
　　1　往下　　　　　　2　往上
　　3　彎曲　　　　　　4　傾斜

解題 1　　　　　　　　　　　　　　　　　　　　**答案 (3)**

【美　ビ　うつく‐しい】
【人　ジン・ニン　ひと】
「人」的音讀有「じん」、「にん」，這裡念做「じん」。
請注意「び」「じ」的念法是否正確。選項1寫成「ぴ」所以不正確。選項2寫成「しん」所以不正確。選項4寫成「ぴ」「しん」所以不正確。
「美人／美人」是「顔つきやすがたがうつくしい女の人／臉蛋好看或身姿曼妙的女性」的意思。

解題 2　　　　　　　　　　　　　　　　　　　　**答案 (1)**

【共　キョウ　とも】
【通　ツウ・ツ　とお‐る　かよ‐う】
請注意「きょう」的小字「ょ」和長音「う」。選項3寫成「きょお」所以不正確。
「共通／共通」是「どれ（だれ）にも当てはまること／適用於每件事物（人物）」的意思。

解題 3　　　　　　　　　　　　　　　　　　　　**答案 (1)**

【尊　ソン　たっと‐ぶ・とうと‐ぶ】
【敬　ケイ　うやま‐う】
選項2弄錯了「敬」的讀音。選項3「そんちょう」寫成漢字是「尊重／尊重」。選項4「そんだい」寫成漢字是「尊大／驕傲」。
「尊敬／尊敬」是「相手の人格、行い、能力などをりっぱだと思うこと／認為對方的人格、行為、能力等很出色」的意思。

解題 4　　　　　　　　　　　　　　　　　　　　**答案 (3)**

【曲　キョク　ま‐げる】
選項1「さげる」寫成漢字是「下げる・提げる／降下、拿」。選項2「あげる」寫成漢字是「上げる・挙げる・揚げる／抬上、舉起」。沒有「首をさげる」、「首をあげる」這樣的說法。選項4「かしげる」寫成漢字是「傾げる／傾斜」。「首をかしげる／歪頭」用於「疑問に思う／感到懷疑」的時候。
「曲げる／歪曲」是「まっすぐなものをまっすぐでなくする／使筆直的物體變得不直」的意思。「首を曲げる運動／扭動脖子的運動」是指「首を前後に曲げたり、横に曲げたりする運動／前後彎曲脖子或左右彎曲脖子的運動」。

□ **5** <ruby>明後日<rt>みょうごにち</rt></ruby>、お<ruby>会<rt>あ</rt></ruby>いしましょう。

1　めいごにち　　　　　　2　みょうごにち

3　めいごび　　　　　　　4　みょうごび

〔譯〕我們後天見吧。
1　×　　　　　　　　2　後天
3　×　　　　　　　　4　×

□ **6** おもしろいテレビ<ruby>番組<rt>ばんぐみ</rt></ruby>に<ruby>夢中<rt>むちゅう</rt></ruby>になる。

1　ぶちゅう　　　　　　　2　ふちゅう

3　むちゅう　　　　　　　4　うちゅう

〔譯〕有趣的電視節目使我看得入迷。
1　×　　　　　　　　2　×
3　入迷　　　　　　　4　×

□ **7** <ruby>学校<rt>がっこう</rt></ruby>での<ruby>出来事<rt>できごと</rt></ruby>をノートに<ruby>書<rt>か</rt></ruby>いた。

1　でるきごと　　　　　　2　できごと

3　できいごと　　　　　　4　できこと

〔譯〕把在學校發生的事情寫在筆記本上了。
1　能做的事　　　　　2　發生的事
3　×　　　　　　　　4　×

□ **8** <ruby>授業<rt>じゅぎょう</rt></ruby>の<ruby>内容<rt>ないよう</rt></ruby>をまとめる。

1　ないくう　　　　　　　2　うちがわ

3　なかみ　　　　　　　　4　ないよう

〔譯〕彙整課堂內容。
1　×　　　　　　　　2　內側
3　裡面的東西　　　　4　內容

【明　メイ・ミョウ　あか - るい　あき - らか　あ - ける】
【後　ゴ・コウ　のち・うし - ろ・あと・おく - れる】
【日　ニチ・ジツ　ひ・か】
「明」的音讀有「めい」「みょう」，這裡念做「みょう」。
「後」的音讀有「ご」「こう」，這裡念做「ご」。
「日」的音讀有「にち」「じつ」，這裡念做「にち」。
「明」「後」「日」的漢字有很多種讀音，請特別注意。
「明後日／後天」是「あしたの次の日。あさって／明天的明天、後天」
的意思。

解題 **6** 答案 (3)

【夢　ム　ゆめ】
【中　チュウ　なか】
選項1、2、4「夢」的讀音都不正確。
「夢中／沉迷」是「あることに熱中して、ほかのことを忘れてしまう様
子／熱衷於某件事而忘記了其他事情的樣子」的意思。

解題 **7** 答案 (2)

【出　シュツ・スイ　で - る・だ - す】
【来　ライ　く - る・きた - る】
【事　ジ・ズ　こと】
「出」的訓讀是「で - る」在這裡不接送假名，念做「で」。「来」的訓
讀是「く - る」，這裡也不接送假名，並且注意要將「く」變成「き」。「事」
的訓讀是「こと」，但請注意這裡要變成「ごと」。「出来事」是「世の
中で起こるいろいろなことがら／世界上發生的大小事」的意思。

解題 **8** 答案 (4)

【内　ナイ・ダイ　うち】
【容　ヨウ】
選項2寫成漢字是「内側／內側」。選項3寫成漢字是「中味、中身／裝
在其中的東西」。
「内容／內容」是「あるものに入っているもの。ことがら／在某物中的
某物、某事」的意思。

翻譯與解題

◎問題 2　以下詞語應為何？請從選項 1・2・3・4 中選出一個最適合填入＿＿ 的答案。

□ **8** 彼女はクラスのいいんに選ばれた。

　　1　医員　　　　　　　　2　医院

　　3　委員　　　　　　　　4　委院

　譯 她被推選為班級委員（股長）了。

　　　1　×　　　　　　　　2　醫院

　　　3　委員　　　　　　　4　×

□ **10** えいえんに、あなたのことを忘れません。

　　1　氷延　　　　　　　　2　氷縁

　　3　永遠　　　　　　　　4　永塩

　譯 我永遠不會忘記你。

　　　1　×　　　　　　　　2　×

　　　3　永遠　　　　　　　4　×

□ **11** 卒業生に記念の品物がおくられた。

　　1　憎られた　　　　　　2　僧られた

　　3　増られた　　　　　　4　贈られた

　譯 把紀念品送給了畢業生。

　　　1　×　　　　　　　　2　×

　　　3　×　　　　　　　　4　贈送

□ **12** 地球おんだん化は、解決しなければならない問題だ。

　　1　温段　　　　　　　　2　温暖

　　3　温談　　　　　　　　4　温断

　譯 地球暖化是個不得不解決的問題。

　　　1　×　　　　　　　　2　温暖

　　　3　×　　　　　　　　4　×

「委員（いいん）／委員」是「多くの人の中から選ばれて、ある仕事を任された人／在眾人之中被推選出來，被委任某事的人」的意思。選項 2「医院／醫院」是「病気やけがを治す所／治病或療傷的地方」。例句：

選項 2　風邪を引いたので、近くの医院に行った。（因為感冒了，所以去了附近的醫院）

選項 3　委員会で意見を言う。（在委員會上發表意見）

解題 **10**　　　　　　　　　　　　　　　　　　　　答案 **(3)**

「永遠（えいえん）／永遠」是「いつまでも続くこと／一直持續下去」的意思。請注意「永」字的寫法。

解題 **11**　　　　　　　　　　　　　　　　　　　　答案 **(4)**

「贈られた（おくられた）」的辭書形是「贈る」，意思是「感謝やお祝いの気持ちを込めて、人に物などをあげる／含著感謝和祝賀的心情，送給別人東西」。請注意該字的偏旁（漢字左半邊）。同樣讀音的字有「送る（おくる）／送」是「物などを目的の場所に届くようにする／把物品等送到目的地」的意思。例句：

選項 4　母の誕生日にプレゼントを贈る。（在媽媽生日時送媽媽禮物）
　　　　手紙を速達で送る。（用限時專送的方式寄信）

解題 **12**　　　　　　　　　　　　　　　　　　　　答案 **(2)**

「温暖（おんだん）／溫暖」的意思是「気候があたたかくおだやかな様子／氣候平穩溫暖的樣子」。「温」和「暖」的訓讀都是「あたた - かい」。「地球温暖化／地球暖化」的意思是「地球の平均気温が上がること／地球整體的平均溫度上升」。「地球温暖化／地球暖化」是很重要的詞語，請好好記下來吧！

□ **13** 今月から、美術館で、<u>かいが</u>の展覧会が開かれている。

　　1　絵画　　　　　　　　2　会雅

　　3　貝画　　　　　　　　4　絵貴

　　譯〉美術館從這個月開始舉辦畫展。

　　　　1　畫　　　　　　　2　×

　　　　3　×　　　　　　　4　×

□ **14** 試験<u>かいし</u>のベルがなった。

　　1　開氏　　　　　　　　2　会氏

　　3　会始　　　　　　　　4　開始

　　譯〉考試開始的鈴聲響起了。

　　　　1　×　　　　　　　2　×

　　　　3　×　　　　　　　4　開始

「絵画（かいが）／繪畫」是指「絵／畫」。

「絵／畫」有「え」和「かい」兩種音讀方式。例句：

選項1　部屋に絵画を飾る。（在房間裡放上畫做裝飾）

　　　　私の趣味は絵を描くことだ。（我的興趣是畫畫）

「開始（かいし）／開始」是「ものごとをはじめること。ものごとがはじまる／開始做事了、事情就要開始了」的意思。「始」的訓讀是「はじ-める・はじ-まる」。例句：

選項4　9時に作業を開始する。（在九點開始寫作業）

　　　　9時に作業を始める。（在九點開始寫作業）

翻譯與解題

◎問題 3 （　　　）中的詞語應為何？請從選項 1・2・3・4 中選出一個最適合填入（　　　）的答案。

□ **15** 現状に（　　）するだけでは、進歩しない。

1 冷淡　　　　　　　　　　　2 希望
3 満足　　　　　　　　　　　4 検討

譯〉對現狀感到（滿足）的話就不會進步了。
　　1 冷淡　　　　　　　　　2 希望
　　3 滿足　　　　　　　　　4 檢討

□ **16** とつぜんの事故によって、家族が（　　　）になる。

1 きちきち　　　　　　　　2 すべすべ
3 ばらばら　　　　　　　　4 ふらふら

譯〉突如其來的變故使得一家人（四散各地）。
　　1 規規矩矩　　　　　　　2 光滑
　　3 四散各地　　　　　　　4 蹣跚

□ **17** 部屋を借りているので、（　　）を払わなくてはならない。

1 家賃　　　　　　　　　　2 運賃
3 室代　　　　　　　　　　4 労賃

譯〉我租了房子，所以必須付（房租）。
　　1 房租　　　　　　　　　2 運費
　　3 ×　　　　　　　　　　4 工資

□ **18** 今年の（　　　）の色は、紫色です。

1 社会　　　　　　　　　　2 文化
3 増加　　　　　　　　　　4 流行

譯〉今年（流行）的顏色是紫色。
　　1 社會　　　　　　　　　2 文化
　　3 增加　　　　　　　　　4 流行

(解題) **15**　　　　　　　　　　　　　　　　　　　　　　(答案) (3)

選項 1「冷淡／冷淡」的意思是「思いやりがなく、態度が冷たい様子／不關懷他人、態度冷淡的樣子」。選項 2「希望／希望」是「こうあってほしいと望むこと／期望事物的狀態按照自己的預期」的意思。選項 3「満足／満足」是「不満が何もないこと／沒有任何不滿」的意思。選項 4「検討／檢討」是「十分に調べて、よいかどうかをよく考えること／充分調查後，仔細想想這樣好不好」的意思。

（　）前面的「現状／現狀」是「現在の状態／現在的狀態」的意思。題目沒有提到「冷淡する／冷淡」所以選項 1 不正確。「現状に／現狀」無法接在選項 2 和 4 前面，所以選項 2 和 4 不正確。

(解題) **16**　　　　　　　　　　　　　　　　　　　　　　(答案) (3)

這題考的是表示樣子或狀態的擬態語。

正確答案是含有 "家人離散" 意思的選項 3。

選項 1「きちきち／滿滿的」的意思是「つまっている様子／塞滿的樣子」。選項 2「すべすべ／滑溜滑溜」的意思是「なめらかな様子／光滑的樣子」。選項 3「ばらばら／四分五裂、四散各地」的意思是「分かれてまとまりのない様子／分散而無法團聚的樣子」。選項 4「ふらふら／蹣跚」的意思是「足取りがはっきりしない様子／腳步不穩的樣子」。

(解題) **17**　　　　　　　　　　　　　　　　　　　　　　(答案) (1)

租借房屋時付的錢是選項 1「家賃／房租」。

選項 2「運賃／運費」是「荷物を送ったり、乗り物に乗ったりした時に払うお金／寄送行李或乘坐交通工具時支付的錢」。沒有選項 3 這個詞。選項 4「労賃」是「働きに対してもらうお金／工作後獲得的報酬」。例句：

選項 1　月末に家賃を払う。（月底要付房租）

選項 2　バスの運賃が値上げされた。（巴士的車資漲價了）

選項 4　安い労賃で働く。（為賺取微薄的薪水而工作）

(解題) **18**　　　　　　　　　　　　　　　　　　　　　　(答案) (4)

要選可以放入（　）的主詞，因此要確認是否可以連接述語的「紫色です」。選項 1「社会の色」、選項 2「文化の色」不適合當做表示顏色的詞語，所以不正確。也沒有選項 3「増加の色」這種説法，所以不正確。選項 4「流行の色」是正確答案。

選項 4「流行／流行」的意思是「広く広まっていること。はやっていること／廣為流傳的事物、風靡的事物」。題目的意思是「広く使われている色は、紫色だ／被廣泛使用的顏色是紫色」。

□ **19** このパソコンは台湾（　　）です。

1 製　　　　　　　　　2 用

3 作　　　　　　　　　4 産

譯〉這台電腦是台灣（製）的。

1　製　　　　　　　　2　用途
3　著作　　　　　　　4　出產

□ **20** 積極的に（　　）活動に参加する。

1 ボーナス　　　　　　2 ボランティア

3 ホラー　　　　　　　4 ホームページ

譯〉積極參與（志工）活動。

1　獎金　　　　　　　2　志工
3　恐怖　　　　　　　4　網頁

□ **21** 何度も話し合って、彼のことを（　　）しようと努力した。

1 理解　　　　　　　　2 安心

3 睡眠　　　　　　　　4 食事

譯〉和他聊了很多次，很努力嘗試（了解）他。

1　了解　　　　　　　2　安心
3　睡眠　　　　　　　4　吃飯

□ **22** 泣いている彼女の肩に（　　）手を置いた。

1 どっと　　　　　　　2 やっと

3 ぬっと　　　　　　　4 そっと

譯〉把手（輕輕）放在正在哭的她的肩膀上。

1　一下子　　　　　　2　終於
3　突然　　　　　　　4　輕輕的

解題 **19**   答案 **(1)**

表示在哪裡製造的詞是選項1「製／製」。

選項2「用／用途」表示「使う。役立てる／使用、起作用」的意思。選項3「作」、選項4「産」雖然也都表示「作った人／製作者」，但一般而言「作」表示藝術作品，「産」則用於表示農產品或水產。

解題 **20**   答案 **(2)**

這題考的是用片假名寫的外來語。因為（　　）後面接有「活動／活動」，所以要找和“移動、行動”有關係的詞語。

選項1「ボーナス〔bonus〕／獎金」是指「決まった給料のほかに、夏や年末などに特別に払われるお金／除了原定的薪水之外，在夏天或年末等等的時機特別支付的錢」。選項2「ボランティア〔volunteer〕／志工」是指「社会福祉などの活動に、お金をもらわずに参加するする人／參加社會福利等活動但不收報酬的人」。選項3「ホラー〔horror〕／恐怖」是「恐怖／恐怖」的意思。選項4「ホームページ〔home page〕／網頁」是「インターネットに設けられた情報発信の拠点／架設在網絡上提供資訊的據點」。

和「活動」有關係的是選項2「ボランティア／志工」。

解題 **21**   答案 **(1)**

請注意（　　）前後的「彼のことを」「しよう」。請確認選項的詞語後是否可以接「する」。

選項3，沒有「睡眠する」的說法，所以不正確。選項2「安心しよう／安心」和選項4「食事しよう／吃飯」都無法連接目的語「彼のことを／他」，所以不正確。

選項1「理解／了解」是指「よくわかること／清楚明白」。

解題 **22**   答案 **(4)**

這題問的是表示樣子或狀態的副詞。

選項1「どっと／一下子」的意思是「一度にたくさん出る様子／一次出現很多的樣子」。選項2「やっと／終於」的意思是「難しいことが、どうにかできる様子／總算完成了困難之事的樣子」。選項3「ぬっと／突然」的意思是「突然現れる様子／忽然出現的樣子」。選項4「そっと／輕輕的」的意思是「気をつけて静かにする様子／注意不要發出聲音的樣子」。

（　　）後面接「手を置いた」。表示“用什麼方式將手放上去”的詞語是選項4「そっと／輕輕的」。

□ 23 用事で家を（　　　）いる間に、犬が逃げた。

1　ないて　　　　　　　　2　どいて

3　あけて　　　　　　　　4　せめて

譯〉狗狗趁我（出門）辦事時，從家裡溜出去了。
　　1　哭　　　　　　　　　2　讓開
　　3　出門／空　　　　　　4　至少

要尋找可以描述「家を／家」怎麼了的詞語。請把每個選項變為辭書形連接看看，於是就變成了選項1「家をなく」、選項2「家をどく」、選項3「家をあける／不在家」、選項4「家をせめる」，但由於沒有選項1、2、4的說法，所以這三個選項都不正確。

選項3「家をあける／不在家」是指「留守にする／不在家」。例句：

選項3　旅行で1週間家をあける。（由於旅行而一星期不在家）

翻譯與解題

◎問題 4　選項中有和＿＿＿意思相近的詞。請從選項 1・2・3・4 中選出一個最適合的答案。

□ **24** つくえの上をきれいに<u>整理</u>した。

　　1　かざった　　　　　　　2　やりなおした

　　3　ならべた　　　　　　　4　片づけた

　　譯〉把桌面整理乾淨了。

　　　　1　裝飾了　　　　　　2　重新做了

　　　　3　擺了　　　　　　　4　整理了

□ **25** 台風が近づいて、<u>激しい</u>雨が降ってきた。

　　1　ひじょうに弱い　　　　2　ひじょうに暗い

　　3　ひじょうに強い　　　　4　ひじょうに明るい

　　譯〉颱風即將來襲，開始下起大雨了。

　　　　1　非常弱　　　　　　2　非常暗

　　　　3　非常強　　　　　　4　非常亮

□ **26** 雨が降り出したので、遠足は<u>中止</u>になった。

　　1　やめること　　　　　　2　先に延ばすこと

　　3　翌日にすること　　　　4　行く場所を変えること

　　譯〉因為下雨了，所以校外教學取消了。

　　　　1　停止　　　　　　　2　延期

　　　　3　改成隔天　　　　　4　更改目的地

□ **27** サイズが合わない洋服を彼女に<u>ゆずった</u>。

　　1　あげた　　　　　　　　2　貸した

　　3　見せた　　　　　　　　4　届けた

　　譯〉把尺寸不合的洋裝讓給她了。

　　　　1　送了　　　　　　　2　借了

　　　　3　出示了　　　　　　4　送達了

(解題) **24**　　　　　　　　　　　　　　　　　　　　　　　(答案) **(4)**

「整理する／整理」是「乱れているものをきちんと片づける／把弄亂的東西收拾整齊」的意思。選項1「かざった／裝飾了」的辭書形是「かざる／裝飾」，是「美しく見えるようにする／使之看起來變美麗」的意思。例句：

選項4　本だなを整理する。　（整理書架）

　　　　本だなを片づける。　（收拾書架）

(解題) **25**　　　　　　　　　　　　　　　　　　　　　　　(答案) **(3)**

「激しい／激烈的」的意思是「いきおいが大変強い様子／勢頭強勁的樣子」。因此，選項3「ひじょうに強い／非常強」是正確答案。例句：

選項3　激しい風が吹いた。　（猛烈的強風吹來了）

　　　　ひじょうに強い風が吹いた。　（非常強勁的風吹來了）

(解題) **26**　　　　　　　　　　　　　　　　　　　　　　　(答案) **(1)**

「中止／取消」是指「予定したことや行われていたことをやめること／取消預定計畫或正在進行的事情」。因此選項1「やめること／停止」是正確答案。另外，和選項2「先に延ばすこと／延期」相似的詞語是「延期／延期」。例句：

選項1　雨が強くなったので、試合は中止になった。（因為雨變大了，所以比賽取消了）

　　　　雨が強くなったので、試合はやめることにしよう。（因為雨變大了，所以比賽不辦了）

(解題) **27**　　　　　　　　　　　　　　　　　　　　　　　(答案) **(1)**

「ゆずる／讓」的意思是「自分のものを人にあげたり売ったりする／把自己的東西送或賣給他人」。因此選項1「あげた／送了」正確。

選項4「届ける／送達了」的意思是「ものを送ったり渡したりする／寄送或交付東西」。例句：

選項1　読んだ本を友だちにゆずる。　（把看完的書讓給朋友）

　　　　読んだ本を友だちにあげる。　（把看完的書送給朋友）

□ **28** 宿題_{しゅくだい}がなんとか間_まに合_あった。

1 何日_{なんにち}も前_{まえ}に提出_{ていしゅつ}した

2 提出_{ていしゅつ}が遅_{おく}れないですんだ

3 提出_{ていしゅつ}が少_{すこ}し遅_{おく}れてしまった

4 まったく提出_{ていしゅつ}できなかった

譯〉作業總算趕上了繳交期限。

　　1　好幾天前就交作業了。

　　2　總算沒有遲交作業。

　　3　稍微晚了點交作業。

　　4　根本沒辦法交作業。

「間に合った／趕上了」的「間に合う／趕上」是「決まっている時間に
遅れない／沒有晚於規定的時間」的意思。題目中的「宿題がなんとか間
に合った／作業總算趕上了繳交期限」是“作業沒有遲交”的意思。因此
選項 2「提出が遅れないですんだ／總算沒有遲交作業」是正確答案。例句：
選項 2　電車の発車時間になんとか間に合った。（總算趕上了電車的發車
時間）

　　　　　電車の発車時間に遅れないで着いた。(沒有比電車的發車時間晚到)

翻譯與解題

◎問題 5　關於以下詞語的用法，請從選項 1・2・3・4 中選出一個最適合的答案。

□ 29　ふやす

1　夏は海に行けるようにふやす。
2　安全に車を運転するようにふやした。
3　貯金を毎年少しずつふやしたい。
4　仕事がふやすのでとても疲れた。

譯〉增加
　　1　增加夏天可以去海邊。
　　2　請以安全為前提增加駕駛。
　　3　我想每年增加一點存款。
　　4　因為工作增加而非常疲憊。

□ 30　中止

1　大雨のため祭りは中止になった。
2　危険なため、その窓は中止された。
3　パーティーへの参加を希望したが中止された。
4　初めから展覧会は中止した。

譯〉取消
　　1　因為下大雨，所以祭典取消了。
　　2　因為很危險，所以把窗戶取消了。
　　3　雖然想去參加派對，但被取消了。
　　4　展覽從一開始就是取消的了。

□ 31　申し込む

1　迷子になった子どもを、やっと申し込む。
2　ガソリンスタンドで、車にガソリンを申し込んだ。
3　その報告にたいへん申し込んだ。
4　彼女に結婚を申し込む。

譯〉申請
　　1　終於申請到了迷路的孩子。
　　2　在加油站幫車申請了汽油。
　　3　對於這份報告感到非常申請。
　　4　向她求婚。

解題 **29**　　　　　　　　　　　　　　　　　　　　　答案 (3)

「ふやす／增加」是「数や量が多くなるようにする。ふえるようにする／使數量變多、使之增加」的意思。選項 3 是「貯金を毎年少しずつ多くしたい／我想每年增加一些存款」的意思。其他選項應為：

選項 1　夏は海に行けることを願う。（希望夏天可以去海邊）

選項 2　安全に車を運転するように心がける。（注意行車安全。）

＊「心がける／注意」是「いつも心にとめて気をつける／時刻放在心上」的意思。

選項 4　仕事がふえたのでとても疲れた。（因為工作增加了，所以非常疲累）

解題 **30**　　　　　　　　　　　　　　　　　　　　　答案 (1)

「中止／取消」是「予定していたことや行われていたことをやめること／停止預定計畫或正在進行的事情」的意思。選項 1 是「大雨のため祭りは行われなくなった／因為下大雨，所以不舉行祭典了」的意思。其他選項應為：

選項 2　危険なため、その窓は閉じられた。（因為很危險，所以把窗戶關上了）

＊「閉じる／關閉」是「開いていたものをしめる／把開啟的東西關起來」的意思。

選項 3　パーティーへの参加を希望したがかなわなかった。（雖然很想去參加派對，但是沒能如願）

選項 4 整句話都不合邏輯。

解題 **31**　　　　　　　　　　　　　　　　　　　　　答案 (4)

「申し込む／要求、提議」的意思是「こちらの希望などを相手に伝える／把自己的希望傳達給對方」。選項 4 的意思是「彼女に結婚したいという気持ちを伝える／讓她知道自己想和她結婚的心意」。其他選項應為：

選項 1　迷子になった子どもを、やっと見つけた。（終於找到迷路的小孩子了）

選項 2　ガソリンスタンドで、車にガソリンを入れた。（在加油站替車子加了油）

選項 3　その報告に大変驚いた。（聽了那個消息後非常震驚）＊也可以接「感動しました／感動」等詞語。

□ **32 移る**

1 分かるまで何度も移ることが大切だ。
2 郊外の広い家に移る。
3 ボールを受け取って移る。
4 パンを入れてあるかごに移る。

譯〉移動、遷移
　　1 在弄清楚之前移動好幾次是非常重要的。
　　2 遷居到郊外的大房子。
　　3 收到球之後轉移。
　　4 移動到裝麵包的籃子。

□ **33 不足**

1 不足な味だったので、おいしかった。
2 この金額では不足だ。
3 彼の不足な態度を見て腹が立った。
4 やさしい表情に不足する感じがした。

譯〉不夠、不滿
　　1 因為是不夠的味道，所以很好吃。
　　2 這些金額還不夠。
　　3 他露出不滿的表情生氣了。
　　4 對溫柔的表情感到了不滿。

解題 **32**　　　　　　　　　　　　　　　　　　　　　　　　　　**答案 (2)**

「移る／移動」是「ある場所から別の場所に変わる／從某地方轉移到另一地方」的意思。選項2的意思是「郊外の広い家に変わった／搬到郊區的大房子」。「郊外／郊外」是指「都市の周りの、田畑や野原などがある地域／在都市周邊的農田或原野地區」。其他選項應為：

選項1　分かるまで何度も聞くことが大切だ。（在弄清楚之前，多問幾次是很重要的）

選項3和選項4整句話都不合邏輯。

解題 **33**　　　　　　　　　　　　　　　　　　　　　　　　　　**答案 (2)**

「不足／不足」的意思是「足りないこと。十分でない様子／不足夠、不充分的樣子」。選項2是「この金額では足りない／這些錢不夠」的意思。

因為選項1提到「おいしかった／很好吃」，所以選「不足な味／不夠的味道」不合邏輯。因為選項3提到「腹が立った／生氣」，所以要選描述他不愉快的詞語。因為選項4提到了「やさしい表情／溫柔的表情」，所以選「不足する感じ／不滿的感覺」並不適當。其他選項應為：

選項3　彼の無礼な態度を見て腹が立った。(看到他無禮態度後非常生氣)

＊「無礼／無禮」的意思是「礼儀に外れている様子／沒禮貌的樣子」。

選項4　母のやさしい表情に心が和んだ。（母親溫柔的表情讓我的心平靜下來了）

＊「和む／平靜」是「気持ちなどがとけあって、おだやかな様子／心情平靜下來、溫和的樣子」的意思。

翻譯與解題

◎問題1　以下詞語的平假名為何？請從選項1・2・3・4中選出一個最適合填
　　　　入＿＿的答案。

□ **1** 喫茶店のコーヒーが<u>値上</u>がりした。

　　1　ねさがり　　　　　　　2　ちあがり

　　3　ねうえがり　　　　　　4　ねあがり

　　譯〉咖啡店的咖啡漲價了。
　　　　1　X　　　　　　　　2　X
　　　　3　X　　　　　　　　4　漲價

□ **2** 今日は、<u>図書</u>を整理する日だ。

　　1　とうしょ　　　　　　　2　ずが

　　3　としょ　　　　　　　　4　ずしょ

　　譯〉今天是整理圖書的日子。
　　　　1　當初　　　　　　　2　X
　　　　3　圖書　　　　　　　4　X

□ **3** 暑いので、<u>扇風機</u>をつけた。

　　1　せんふうき　　　　　　2　せんぶうき

　　3　せんぷうき　　　　　　4　せんたくき

　　譯〉因為很熱，所以開了電扇。
　　　　1　X　　　　　　　　2　X
　　　　3　電扇　　　　　　　4　洗衣機

□ **4** <u>真っ青</u>な空が、まぶしい。

　　1　まあお　　　　　　　　2　まっさき

　　3　まつあお　　　　　　　4　まっさお

　　譯〉蔚藍的天空十分耀眼。
　　　　1　X　　　　　　　　2　X
　　　　3　X　　　　　　　　4　蔚藍

解題 **1**　　　　　　　　　　　　　　　　　　　　答案 (4)

【値　チ　ね・あたい】

【上　ジョウ・ショウ　うえ・うわ・かみ・あ‐がる・のぼ‐る】

選項 2 把「値」的音讀誤寫成「ち」，所以不正確。選項 3「上」的讀音不正確。選項 1「ねさがり」寫成漢字是「値下がり」，是「値上がり」的反義詞（相反意思的詞）。

「値上がり／漲價」是指「物のねだんが高くなること／東西價格變貴」。

解題 **2**　　　　　　　　　　　　　　　　　　　　答案 (3)

【図　ズ・ト　はか‐る】

【書　ショ　か‐く】

選項 2「ずが」寫成漢字是「図画／圖畫」，是「絵／繪畫」的意思。選項 4 把「図」的讀音寫錯了。也把「図書館（としょかん）／圖書館」這個詞記下來吧！

「図書／圖書」是指「本／書」。

解題 **3**　　　　　　　　　　　　　　　　　　　　答案 (3)

【扇　セン　おうぎ】

【風　フウ　かぜ】

【機　キ】

雖然「風」的音讀是「ふう」，但請注意在這裡要念作「ぷう」。選項 1 和選項 2 寫錯了「風」的讀法。選項 4「せんたくき」寫成漢字是「洗濯機／洗衣機」，意思是「せんたくする機械／洗衣服的機器」。

「扇風機／電風扇」是「モーターで風を起こして、すずむ機械／用馬達製造風以帶來涼意的機器」。

解題 **4**　　　　　　　　　　　　　　　　　　　　答案 (4)

【真っ青　まっさお】

「真っ青／蔚藍」是有特殊念法的漢字。「青」不念「あお」，而是念「さお」。「真っ青／蔚藍」這個詞應念「まっさお」，請記下來吧！同樣是特殊念法的還有「真っ赤（まっか）／通紅」。只要加上「真」則多了「非常に、とても／非常、很」的意思。

「真っ青／蔚藍」是「非常に青い様子／非常藍的樣子」。「真っ赤／通紅」是「非常に赤い様子／非常紅的樣子」。

□ **5**　朝ごはんにみそ汁を飲む。

1　みそしる　　　　　　　2　みそじゅう

3　みそすい　　　　　　　4　みそじゅる

譯〉早餐喝味噌湯。

　　1　味噌湯　　　　　　2　X

　　3　X　　　　　　　　4　X

□ **6**　車の免許を取る。

1　めんきよ　　　　　　　2　めんきょ

3　めんきょう　　　　　　4　めんきょお

譯〉考取駕照。

　　1　X　　　　　　　　2　證照

　　3　X　　　　　　　　4　X

□ **7**　校長先生の顔に注目する。

1　ちゅうもく　　　　　　2　ちゅうい

3　ちょおもく　　　　　　4　ちゅもく

譯〉注視著校長的臉。

　　1　注視　　　　　　　2　注意

　　3　X　　　　　　　　4　X

□ **8**　黒板の字をノートにうつす。

1　くろばん　　　　　　　2　こうばん

3　こくばん　　　　　　　4　こくはん

譯〉把黑板上的字抄寫到筆記本上。

　　1　X　　　　　　　　2　派出所

　　3　黑板　　　　　　　4　X

解題 **5**　答案 (1)

【汁　ジュウ　しる】

選項 2「汁」的音讀誤寫成「じゅう」，所以不正確。寫作「みそ汁／味噌湯」時「汁」要念訓讀。

「みそ汁／味噌湯」是指「みそで味付けしたしる。日本食の代表的なもの。日本料理的代表性／用味噌調味的湯品、具有代表性的日本菜、日本代表性的料理」。

解題 **6**　答案 (2)

【免　メン】

【許　キョ　ゆる-す】

選項 1「許」的「きょ」誤寫成大字的「きよ」，所以不正確。選項 3 和選項 4「許」的讀音寫錯了。

「免許／許可」是指「政府や役所が許可を与えること／政府和政府機關給予許可」。

解題 **7**　答案 (1)

【注　チュウ　そそ-ぐ】

【目　モク・ボク　め・ま】

「目」的音讀是「もく・ぼく」，但在這裡念作「もく」。選項 4「注」誤寫成「ちゅ」所以不正確。選項 2「ちゅうい」寫成漢字是「注意／注意」。

「注目／注目」是「気をつけてよく見ること／注意看」的意思。

解題 **8**　答案 (3)

【黒　コク　くろ・くろ-い】

【板　バン・ハン　いた】

「板」的音讀有「はん」和「ばん」，這裡念做「ばん」，選項 1「黒」誤寫成訓讀的「くろ」，選項 4「板」誤寫成「はん」，所以不正確。

「黒板／黑板」是指「チョークなどで、文字や絵をかくための、いた／可以用粉筆之類的文具寫字或畫圖的板子」。

翻譯與解題

◎問題2　以下詞語應為何？請從選項1・2・3・4中選出一個最適合填入____的答案。

□ **9** 室内(しつない)は涼(すず)しくて、とても<u>かいてき</u>だ。

1　快嫡　　　　　　　　　　2　快敵

3　快摘　　　　　　　　　　4　快適(かいてき)

譯〉室內很涼快，非常舒適。
　　1　✕　　　　　　　　　　2　✕
　　3　✕　　　　　　　　　　4　舒適

□ **10** 遠(とお)い昔(むかし)の<u>きおく</u>が戻(もど)ってきた。

1　記憶　　　　　　　　　　2　記憶(きおく)

3　記臆　　　　　　　　　　4　記檍

譯〉想起了很久以前的記憶。
　　1　✕　　　　　　　　　　2　記憶
　　3　✕　　　　　　　　　　4　✕

□ **11** 彼女(かのじょ)は、今(いま)ごろ、試験(しけん)を受(う)けている<u>さいちゅう</u>だ。

1　最注　　　　　　　　　　2　最中(さいちゅう)

3　再仲　　　　　　　　　　4　際中

譯〉她現在正在應考。
　　1　✕　　　　　　　　　　2　正在
　　3　✕　　　　　　　　　　4　✕

□ **12** <u>じじょう</u>をすべて話(はな)してください。

1　真情　　　　　　　　　　2　実情

3　事情(じじょう)　　　　　　4　強情

譯〉請把隱情全都説出來。
　　1　✕　　　　　　　　　　2　✕
　　3　隱情　　　　　　　　　　4　✕

「快適（かいてき）／舒適」是指感覺舒服的樣子。請注意「適」的字形，尤其容易和「敵」搞混。「敵」是「戦争や試合などの相手／戦爭或比賽的對手」。

解題 10　　　　　　　　　　　　　　　　　　答案 (2)

「記憶（きおく）／記憶」是「ものごとを忘れずに覚えていること／不忘記事物、記得事物」。

請注意「憶」的偏旁（漢字左半邊的部分）。

解題 11　　　　　　　　　　　　　　　　　　答案 (2)

「最中（さいちゅう）／正在～時」是「ものごとがさかんに行われている時／事情正在進行的時候」。例句：

選項 2　今、サッカーの試合の最中だ。（現在正在進行足球比賽）
　　　　　会議の最中に携帯電話が鳴った。（開會時手機響了起來）

解題 12　　　　　　　　　　　　　　　　　　答案 (3)

「事情（じじょう）／情況、緣故」是指「ものごとのいろいろな様子やわけ／各種各樣的情況或緣故」。選項 1「真情（しんじょう）／真情」意思是「本当の気持ち／真實的感情」。選項 2「実情（じつじょう）／實際情況」意思是「ものごとの実際の様子／事情實際的情況」。選項 4「強情（ごうじょう）／頑固」是「自分の考えを押し通す様子／堅持自己想法的樣子」。請注意每個詞的讀音和字義的不同。例句：

選項 1　友だちから真情のこもった手紙をもらった。（我收到了朋友真情流露的信）

＊「こもる／包含」是指「気持ちが十分にふくまれている／蘊含充分的感情」。

選項 2　台風の被害の実情を調べる。（針對颱風的受災情況進行調查）

選項 3　先生はアメリカの事情にくわしい。（老師對美國的實際情況非常了解）

選項 4　兄はとても強情だ。（哥哥非常頑固）

□ **13** 夏は、毎日<u>たりょう</u>の水を飲む。

1 他量 　　　　　　　　2 対量

3 大量 　　　　　　　　4 多量

> 譯〉夏天每天都喝大量的水。
>   1　X　　　　　　　　2　X
>   3　大量（注：大量（たいりょう））
>   4　大量（注：多量（たりょう））

□ **14** 私は、小さいとき、体が<u>よわかった</u>。

1 強かった 　　　　　　2 便かった

3 引かった 　　　　　　4 弱かった

> 譯〉我小時候身體很虛弱。
>   1　以前很強健　　　　2　X
>   3　X　　　　　　　　4　以前很虛弱

解題**13**　　　　　　　　　　　　　　　　　　　　　　　　答案 **(4)**

「多量（たりょう）／大量」是「ものの量が多いこと／東西的量非常龐
大」。選項3「大量（たいりょう）／大量」是「ものの数や量が多いこと
／東西的數量非常多」。雖然「多量」和『大量』意思相近，但請注意兩者
讀音不同。例句：

選項3　食料を大量に輸入する。（大量進口食品）

選項4　台風で多量の雨が降った。（颱風帶來了龐大的雨量）

解題**14**　　　　　　　　　　　　　　　　　　　　　　　　答案 **(4)**

「弱かった（よわかった）／弱」是指「じょうぶではない様子／不結實的
様子」。選項1「強かった（つよかった）／強」是指「じょうぶである
様子／結實的様子」。

「弱い／弱」和「強い／強」是反義詞（意思相反的詞）。例句：

選項1　スポーツで強い体を作る。（藉由運動練就強健的體魄）

選項4　妹は体が弱い。（妹妹的身體很差）

翻譯與解題

◎問題3 （　　　　）中的詞語應為何？請從選項1・2・3・4中選出一個最適
　　　合填入（　　　　）的答案。

□ **15** 部屋の（　　）は、とうとう 30℃ を超えた。

　　1　湿気　　　　　　　　　　2　風力
　　3　気圧　　　　　　　　　　4　温度

　　譯〉房間裡的（溫）終究超過三十度了。
　　　　1　濕氣　　　　　　　　2　風力
　　　　3　氣壓　　　　　　　　4　溫度

□ **16** 涼しい部屋だったので、気持ちよく（　　　）眠れた。

　　1　とっぷり　　　　　　　　2　ぐっすり
　　3　くっきり　　　　　　　　4　すっかり

　　譯〉因為待在涼爽的房間裡，所以舒舒服服地睡了個（好覺）。
　　　　1　天黑　　　　　　　　2　熟睡
　　　　3　鮮明　　　　　　　　4　完全

□ **17** 多くの道路は（　　）で、煙草を吸える場所は限られている。

　　1　喫煙　　　　　　　　　　2　禁煙
　　3　通行止め　　　　　　　　4　水煙

　　譯〉很多路段都（禁菸），因此能吸菸的地方有限。
　　　　1　吸菸　　　　　　　　2　禁菸
　　　　3　禁止通行　　　　　　4　水霧

□ **18** （　　　）でなければ、そんな厳しい労働はできない。

　　1　健康　　　　　　　　　　2　危険
　　3　正確　　　　　　　　　　4　困難

　　譯〉如果不（健康），就無法從事這麼辛苦的工作。
　　　　1　健康　　　　　　　　2　危險
　　　　3　正確　　　　　　　　4　困難

解題**15**   答案 **(4)**

這是關於天氣的題目。表示「30℃」的是選項4「温度／溫度」。

選項1「湿気／濕氣」是指「しめりけ／濕氣」。濕氣的比例稱作濕度。選項2「風力／風力」是指「風の強さ／風的強度」。選項3「気圧／氣壓」是指「空気の圧力／空氣的壓力」。例句：

選項1　この部屋は湿気が多い。（這間房間的濕氣很重）

選項2　山の頂上の風力をはかる。（測量山頂上的風力）

選項3　高気圧が日本列島をおおう。（高氣壓覆蓋了日本列島）

選項4　朝の温度は4℃で、寒かった。（早上的溫度是4℃，冷死了）

解題**16**   答案 **(2)**

這題問的是表示樣子和狀態的副詞。表示睡得很舒服的狀態的詞語是選項2「ぐっすり／酣睡」。

選項1「とっぷり／天黑」是指「日が沈んで、すっかり暗くなる様子／太陽西沉，天色完全暗下來的樣子」。選項3「くっきり／鮮明」是指「物の形がはっきり見える様子／清楚看見物品的形體的樣子」。選項4「すっかり／完全」是「何もかも全部／所有的一切」。例句：

選項1　いつの間にか、日がとっぷり暮れていた。（不知不覺間，天就變黑了）

選項2　アルバイトから帰って、ぐっすり眠った。（打工結束回家後就睡死了）

選項3　富士山がくっきり見える。（富士山清晰可見）

選項4　私はもうすっかり元気になった。（我已經完全康復了）

解題**17**   答案 **(2)**

從「煙草を吸える場所は限られている／可以吸菸的地方很有限」這句話可知很多道路都禁菸。禁止吸菸的詞語是選項2「禁煙／禁菸」。

選項1「喫煙／吸菸」是指「煙草を吸うこと／吸食菸草」。選項3「通行止め／禁止通行」是指「人や車が行ったり来たりできないこと／行人或車輛無法通行」。選項4，沒有「水煙」這個詞語。例句：

選項1　喫煙は喫煙場所ですること。（在吸菸場所才能吸菸）

選項2　映画館の中は禁煙である。（電影院內禁止吸菸）

選項3　工事のため、通行止となる。（因為施工，道路禁止通行）

解題**18**   答案 **(1)**

「厳しい労働／辛苦的工作」的意思是「簡単ではない仕事のこと／不簡單的工作」。這是指經常有用體力勞動來工作的情況。因此，為了要做辛苦的工作，選項1「健康／健康」是必須的。

□ **19** その通りには、30（　　　　）もの商店が並んでいる。

1 軒　　　　　　　　　　2 本

3 個　　　　　　　　　　4 家

> 譯 有三十（間）商店開在那條街上。
>
> 1　間　　　　　　　　2　支
> 3　個　　　　　　　　4　家

□ **20** 太陽（　　　）は、今、注目を集めているものの一つだ。

1 スクリーン　　　　　　2 クリック

3 エネルギー　　　　　　4 ダンサー

> 譯 太陽（能）是目前備受關注的能源之一。
>
> 1　銀幕　　　　　　　　2　點擊
> 3　能源　　　　　　　　4　舞者

□ **21** スポーツ好きな友だちの（　　　）もあって、水泳に通うようになった。

1 試合　　　　　　　　　2 影響

3 興味　　　　　　　　　4 長所

> 譯 在喜歡運動的朋友（影響）下，我開始去游泳了。
>
> 1　比賽　　　　　　　　2　影響
> 3　興趣　　　　　　　　4　優點

解題 **19**　　　　　　　　　　　　　　　　　　　　　　　　　答案 **(1)**

請注意各種物品的量詞。房屋和店面的數量用選項1「軒／間」。

選項2「本／支」用在像原子筆一樣的細長物品。選項3「個／個」用在數雞蛋或蘋果等時。選項4「家／家」接在名字等後面，用於表示某個家族。

例句：

選項1　駅前には2軒のパン屋がある。（車站前有兩間麵包店）

選項2　ボールペンを2本買う。（買兩支原子筆）

選項3　卵を2個焼く。（煎兩顆雞蛋）

選項4　田中家を訪ねる。（拜訪田中家）

解題 **20**　　　　　　　　　　　　　　　　　　　　　　　　　答案 **(3)**

這題問的是用片假名書寫的外來語。

選項1「スクリーン〔英語 screen〕／銀幕」是指「映画やスクリーンを映す幕。また、映画のこと／播映電影的螢幕、也指電影」。選項2「クリック〔click〕／點擊」是指「コンピューターで、マウスのボタンを押す操作。／用電腦時，按滑鼠鍵的操作動作」。選項3「エネルギー〔（德）energie〕／能量」是指「ある仕事をすることができる力や量／能做到某工作的力量」。選項4「ダンサー〔dancer〕／舞者」是指「踊る人／跳舞的人」。

題目的意思是「太陽の力／太陽的能源」，因此選項3「エネルギー／能源」是正確答案。例句：

選項1　50年前のスクリーンを見る。（觀賞五十年前的電影）

選項2　マウスを右クリックする。（點擊滑鼠右鍵）

選項3　太陽エネルギーを利用して電力を作る。（利用太陽能發電）

選項4　彼は有名なダンサーだ。（他是一位很有名的舞者）

解題 **21**　　　　　　　　　　　　　　　　　　　　　　　　　答案 **(2)**

表示為什麼自己會「水泳に通うようになった／開始去游泳」的詞語是選項2「影響／影響」。「影響／影響」的意思是「ほかのものに変化を与えること／帶給其他東西變化」。

若填入選項1「試合／比賽」則不符合文意。選項3「興味／興趣」和4「長所／優點」，朋友的「興味／興趣」或「長所／優點」無法成為開始去游泳的理由，所以不正確。例句：

選項2　大雪の影響で電車が止まった。（受到大雪的影響，導致電車停駛了）

　　　　姉の影響で読書が好きになった。（在姐姐的影響下，我愛上了閱讀）

□ **22** 弟は、中学生になって（　　　　）背が高くなった。

1　するする　　　　　　　2　わいわい

3　にこにこ　　　　　　　4　ますます

訳〉弟弟升上國中後長得（越來越）高了。
　　1　順利的　　　　　　　2　大聲吵鬧
　　3　笑嘻嘻　　　　　　　4　逐漸

□ **23** 家族みんなの好みに（　　　　）夕飯を作った。

1　選んで　　　　　　　　2　迷って

3　受けて　　　　　　　　4　合わせて

訳〉（配合）家人的口味做了晚餐。
　　1　選擇　　　　　　　　2　猶豫
　　3　接受　　　　　　　　4　配合

解題**22**　　　　　　　　　　　　　　　　　　　　　　答案 (4)

這題考的是表示樣子和狀態的擬態語。

選項1「するする／順利的」是指「簡単に進んでいく様子／輕鬆進行的樣子」。選項2「わいわい／大聲吵鬧」是指「さわがしい様子／嘈雜的樣子」。選項3「にこにこ／笑咪咪」是指「うれしそうに、微笑みを浮かべる様子／看起來很開心、浮現出笑容的樣子」。選項4「ますます／更加」是指「程度がさらに増える様子／程度更甚的樣子」。

表示身高長高的樣子的詞語是選項4「ますます」。例句：

選項1　サルが木にするすると登る。（猴子一溜煙爬上樹木）

選項2　お祭りで、みんながわいわいさわいでいる。（大家在祭典上大聲說笑）

選項3　母はいつもにこにこしている。　（媽媽總是笑咪咪的）

選項4　風がますます強くなった。（風漸漸增強了）

解題**23**　　　　　　　　　　　　　　　　　　　　　　答案 (4)

「好み／愛好」是指「好きだと思うこと／覺得喜歡」。注意題目提到「好みに／愛好」。選項1「選んで／選擇」和選項3「受けて／接受」都無法接助詞「に」。若填入選項2「迷って／猶豫」則不符合文意。

符合"家裡每個人喜歡的口味"意思的選項4「合わせて／配合」是正確答案。

◎問題 4　選項中有和＿＿＿意思相近的詞。請從選項 1・2・3・4 中選出一個最適合的答案。

□ **24** 彼は学級委員に<u>適する</u>人だ。

　　1　ぴったり合う　　　　　　2　似合わない

　　3　選ばれた　　　　　　　　4　満足する

　　譯〉他是個很適合擔任班長的人。
　　　　1　符合　　　　　　　　2　不適合
　　　　3　被選中　　　　　　　4　滿足

□ **25** 車の事故をこの町から<u>一掃しよう</u>。

　　1　少なくしよう　　　　　　2　ながめよう

　　3　なくそう　　　　　　　　4　掃除をしよう

　　譯〉讓這裡成為零交通事故的城鎮吧。（讓交通事故從這個鎮上消失吧。）
　　　　1　變少吧　　　　　　　2　眺望吧
　　　　3　消除吧　　　　　　　4　掃除吧

□ **26** 彼のお姉さんはとても<u>美人</u>です。

　　1　優しい人　　　　　　　　2　頭がいい人

　　3　変な人　　　　　　　　　4　きれいな人

　　譯〉他的姐姐是位大美女。
　　　　1　溫柔的人　　　　　　2　頭腦好的人
　　　　3　奇怪的人　　　　　　4　漂亮的人

□ **27** <u>偶然</u>、駅で小学校の友だちに会った。

　　1　久しぶりに　　　　　　　2　うれしいことに

　　3　たまたま　　　　　　　　4　しばしば

　　譯〉偶然在車站遇見了小學時代的朋友。
　　　　1　好久不見　　　　　　2　開心的事情
　　　　3　碰巧　　　　　　　　4　多次

(解題)**24**　　　　　　　　　　　　　　　　　　　　　　　　　答案 **(1)**

「適する／適合」是指「あるものごとをする条件にぴったり合う。よく合う／符合某件事物的條件、非常符合」。因此，選項1「ぴったり合う／符合」是正確答案。

選項4「満足する／滿足」是指「不平や不満がなにもない／毫無怨言」。

例句：

選項1　ジョギングに適する靴を買う。（購買適合慢跑的鞋子）

　　　　ジョギングに合う靴を買う。（購買適宜慢跑的鞋子）

(解題)**25**　　　　　　　　　　　　　　　　　　　　　　　　　答案 **(3)**

「一掃する／清除」是指「残らず取り除く。すっかりなくす／徹底去除、完全消滅」。因此選項3「なくそう／消除吧」是正確答案。

選項2「ながめる」是指「じっと見つめる／凝視」。例句：

選項3　悪者をこの町から一掃しよう。（把壞人從這座城鎮統統趕出去吧！）

　　　　悪者をこの町からなくそう。（讓壞人全都從這座城鎮上消失吧！）

(解題)**26**　　　　　　　　　　　　　　　　　　　　　　　　　答案 **(4)**

「美人／美人」是指「顔や姿が美しい女の人／臉蛋好看或身姿曼妙的女性」。因此選項4「きれいな人／漂亮的人」是正確答案。

選項1「優しい人／溫柔的人」是指「思いやりのある人／會體貼別人的人」。例句：

選項4　友だちのお母さんは美人です。（朋友的媽媽是個美人）

　　　　友だちのお母さんはきれいな人です。（朋友的媽媽是個很漂亮的人）

(解題)**27**　　　　　　　　　　　　　　　　　　　　　　　　　答案 **(3)**

「偶然／偶然」是指「思いがけず。ふと。たまたま／沒有想到、突然、偶然」。因此選項3「たまたま／碰巧」是正確答案。

選項1「久しぶりに／好久不見」的意思是「あるものごとがあってから、長い時間が過ぎている様子／自從某件事之後，過了很長一段時間的樣子」。

選項4「しばしば／多次」是「何度も。たびたび／好幾次、再三」。例句：

選項3　図書館で偶然、隣のおばさんに会った。（在圖書館偶然遇見了住在隔壁的阿姨）

　　　　図書館でたまたま、隣のおばさんに会った。（在圖書館碰巧遇見了住在隔壁的阿姨）

□ **28** 彼の店では、その商品を<u>あつかっている</u>。

1　参加している　　　　　　2　売っている

3　楽しんでいる　　　　　　4　作っている

譯〉他的商店裡陳列了那個商品。

　　1　參加　　　　　　2　販賣

　　3　享受　　　　　　4　製作

「あつかう／處理」是指「仕事などを受け持つ／負責工作之類的事項」。
「その商品をあつかう／陳列了那個商品」的意思是有販賣該商品。因此，
選項２「売っている／販賣」是正確答案。

選項１「参加する／參加」是指「仲間に加わる／入夥」。例句：

選項２　あの店は本だけでなく、文房具もあつかっている。（那間店不只
賣書，也販賣文具）

　　　　　あの店は本だけでなく、文房具も売っている。（那間店不只販賣書，
也販賣文具）

翻譯與解題

◎問題 5　關於以下詞語的用法，請從選項 1・2・3・4 中選出一個最適合的答案。

□ 29 えがく

1　きれいな字をえがく人だと先生にほめられた。
2　デザインされた服を、針と糸でえがいて作り上げた。
3　レシピ通りに玉子と牛乳をえがいて料理が完成した。
4　鳥たちは、水面に美しい円をえがくように泳いでいる。

譯〉畫

　　1　老師誇獎了我畫的字很漂亮。
　　2　把設計完成的服飾用針線畫出來了。
　　3　按照食譜畫上雞蛋和牛奶就完成這道料理了。
　　4　群鳥在水面畫出美麗的圓弧悠游其間。

□ 30 感心

1　くつの修理を頼んだが、なかなかできないので感心した。
2　現代を代表する女優のすばらしい演技に感心した。
3　自分の欠点がわからず、とても感心した。
4　夕べはよく眠れなくて遅くまで感心した。

譯〉敬佩

　　1　我拜託師傅幫我修鞋，但怎麼也修不好，所以我很敬佩。
　　2　對當代傑出的女演員完美的演技感到敬佩不已。
　　3　我不知道自己還有哪裡不足，非常敬佩。
　　4　昨天晚上沒有睡好，直到深夜都很敬佩。

□ 31 人種

1　わたしの家の人種は全部で 6 人です。
2　世界にはいろいろな人種がいる。
3　料理によって人種が異なる。
4　昨日見かけた外国人は、人種だった。

譯〉人種

　　1　我家的人種全部共有六人。
　　2　世界上有各種各樣的人種。
　　3　根據料理不同，人種也會不同。
　　4　昨天見到的外國人是人種。

解題 **29** 答案 **(4)**

「えがく／畫」是指「絵や図をかく／畫圖」。若用在文字上則用「書く／寫」。選項4的意思是「鳥たちが、水面に円をかくように泳いでいる／群鳥在水面畫出圓弧悠游其間」。其他選項應為：

選項1　きれいな字を書く人だと先生にほめられた。（老師誇獎了我寫的字很漂亮。）

選項2　デザインされた服を、針と糸でぬって作り上げた。（把設計完成的服飾用針線縫出來了）

選項3　レシピ通りに玉子と牛乳を加えて料理が完成した。（按照食譜加上雞蛋和牛奶就完成這道料理了）

解題 **30** 答案 **(2)**

「感心／敬佩」是指「心に強く感じること。すばらしい、ほめてあげたいなどと感じること／心裡有強烈的感受；覺得驚嘆、想要稱讚對方等的感覺」。選項2是指「現代を代表する女優のすばらしい演技に心を動かされた／當代傑出女演員的精彩表演打動了我的心」。其他選項應為：

選項1　くつの修理を頼んだが、なかなかできないのでいらいらした。（我拜託師傅幫我修鞋，但怎麼也修不好，急死我了。）

選項3　自分の欠点がわからず、とても不安である。（我不知道自己還有哪裡不足，非常不安）

選項4　夕べはよく眠れなくて遅くまで起きていた。（昨天晚上沒有睡好，直到深夜都還醒著）

解題 **31** 答案 **(2)**

「人種／人種」是指「肌の色、髪の毛の色、体格など、体の特徴で分けた人間の種類／以皮膚顏色、頭髮顏色、體格等身體特徵區分人類的種類」。正確的表達出這個意思的句子是選項2。其他選項應為：

選項1　わたしの家の家族は全部で6人です。（我的家庭共有六位成員）

選項3和選項4的整句話都不合邏輯。

□ **32 燃える**

1 古いビルの中の店が燃えている。
2 春の初めにあさがおの種を燃えた。
3 食べ物の好みは、人によって燃えている。
4 湖の中で、何かがもぞもぞ燃えているのが見える。

譯〉燃燒

　　1 舊大樓裡的商店正在燃燒（發生了火災）。
　　2 初春時燃燒了牽牛花的種子。
　　3 對食物的喜好因人而燃燒。
　　4 可以看到有某種東西正在湖裡蠢動燃燒。

□ **33 不満**

1 機械の調子が不満で、ついに動かなくなった。
2 自慢ばかりしている不満な彼に嫌気がさした。
3 その決定に不満な人が集会を開いた。
4 カーテンがひく不満で見かけが悪い。

譯〉不滿

　　1 機器的狀況不滿，最後終於無法運轉了。
　　2 不滿的他只顧炫耀，我感到很厭煩。
　　3 對那個決定感到不滿的人們召開了會議。
　　4 因為窗簾拉得很不滿，所以看起來不美觀。

解題**32**

「燃える／燃燒」是指「火がついて、ほのおが上がる／點火後火焰升起」。
選項1的意思是「古いビルの中の店が火事だ／舊大樓裡的商店發生了火
災」。其他選項應為：
選項2　春の初めにあさがおの種を植えた。（初春時播下了牽牛花的種子）
選項3　食べ物の好みは、人によって違っている。（對食物的喜好因人而異）
選項4　湖の中で、何かがもぞもぞ動いているのが見える。（可以看到有
某種東西正在湖裡蠢動）
＊「もぞもぞ／蠢動」用於表示「小さい虫などが動いている様子／小蟲等
生物蠕動的樣子」。

解題**33**

「不満／不滿」是指「十分でなく、満足できない様子／不足夠、不滿足的
樣子」。選項3的意思是「決定に満足できない人が集会を開いた／對那個
決定感到不服的人們召開了會議」。其他選項應為：
選項1　機械の調子が悪くて、ついに動かなくなった。（機器的狀況不佳,
最後終於無法運轉了。）
選項2　自慢ばかりしている彼に嫌気がさした。（他只顧炫耀, 讓我感到
很厭煩）
選項4整句話都不合邏輯。

【捷進日檢 12】 （25K+情境單字〔附QR Code線上音檔＆實戰MP3〕）

■ 發行人／**林德勝**

■ 著者／**吉松由美, 田中陽子, 西村惠子**

　　　　山田社日檢題庫小組

■ 出版發行／**山田社文化事業有限公司**
　　地址　臺北市大安區安和路一段112巷17號7樓
　　電話　02-2755-7622
　　傳真　02-2700-1887

■ 郵政劃撥／**19867160號　大原文化事業有限公司**

■ 總經銷／**聯合發行股份有限公司**
　　地址　新北市新店區寶橋路235巷6弄6號2樓
　　電話　02-2917-8022
　　傳真　02-2915-6275

■ 印刷／**上鎰數位科技印刷有限公司**

■ 法律顧問／**林長振法律事務所　林長振律師**

■ 書+MP3+QR Code／**定價　新台幣550元**

■ 初版／**2022年9月**

© ISBN : 978-986-246-712-1
2022, Shan Tian She Culture Co. , Ltd.